Hauch Realer Zeit

AF176784

Hauch Realer Zeit

Josef von Stackelberg

Bibliografische Information der Deutschen
Nationalbibliothek: Die Deutsche Nationalbibliothek
verzeichnet diese Publikation in der Deutschen
Nationalbibliografie; detaillierte bibliografische
Daten sind im Internet über www.dnb.de
abrufbar.

Herstellung und Verlag: BoD – Books on
Demand, Norderstedt

ISBN 9783752667660

Vorwort

Wenn man in seinem Hinterhof beim Ausheben einer Mulde zum Pflanzen eines Baumes auf etwas stößt, was die Reste einer Mauerkrone sein könnten, wenn man später in der Chronik der fränkischen Kleinstadt davon liest, dass im Keller des in der Nachbarschaft gelegenen alten Rathauses bei Renovierungsarbeiten noch tiefer gelegene Gelasse gefunden wurden, und wenn man ein bisschen was von Platon kennt, in specifico sein Höhlengleichnis, dann steht der Plot für die Geschichte vom Hauch Realer Zeit eigentlich schon an der Wand wie die feurige Inschrift beim Gastmahl Belsazars und man muss sie nur noch abtippen. Allerdings ging es mir beim Schreiben dieses Buches wie bei allen anderen Büchern: Ich fange an, die ersten Bilder zu beschreiben, die ich im Kopf habe, und bin selber fasziniert, wie sich die Geschichte weiter entwickelt und welche unerwarteten Wendungen sie nimmt, ehe die Gebärschmerzen vorüber sind und das fertige Werk im Speicher des Rechners liegt. Im Übrigen möchte ich betonen, dass die Geschichte ein Märchen ist, somit alle Handlungen und Personen frei erfunden sind und nicht meine persönliche politische Einstellung spiegeln.

Baunach, im Dezember 2021

Personen

- Xaver Schreiner, Redakteur, Vater von
- Linda Schreiner, junge Erwachsene und Physikstudentin, Tochter von
- Margit Schreiner, erfolgreiche Geschäftsfrau und Exgattin von Xaver
- Rolf, Kollege und Sportredakteur
- Jonas, freier Mitarbeiter für lokale Ereignisse
- Karla, Redakteurin für Feuilleton und Kultur
- Heiner, Chef vom Dienst
- Sylvia, Leiterin Anzeigenabteilung
- Elise Schäublein, Redaktionsassistentin
- Klaus-Dieter, Chefredakteur
- Herta, Klaus-Dieters Frau
- Aumag, Sponsor-Unternehmen
- Seraphim, Kräuterhändler auf dem Mittelaltermarkt, heißt mit bürgerlichem Namen Peter Jonatschek
- Mertin, Sohn des Kräuterhändlers und Kommilitone von Linda
- Graf von Stellenberg, Teilnehmer Mittelaltermarkt
- Ludfried, Geschichtenerzähler
- Karlowig, Schwertkämpfer
- Kräuter-Udolf, Teehändler
- Wachtmeisterin Schönhuber
- Wachtmeister Kohlstrunk
- Dr. Meier, Arzt
- Frau Sandlein, Vorzimmerdrache des Bürgermeisters
- Peter Schnitter, Bürgermeister
- Meinrad, Bauamt
- Kalle, Bauarbeiter
- Prof. Dr. Dr. Häberle, Altertumsspezialist

Erster Tag (Montag)

Das Schrillen des Weckers riss mich aus dem unruhigen Schlaf. Die Augen noch geschlossen, griff ich mit der linken Hand auf den Nachttisch, den Wecker mit der Faust umklammernd und gleichzeitig mit der Handfläche den Stoppknopf einpressend. Auf diese Weise verhinderte ich, wie schon so viele Male vorher, meinen Wecker mit der Hand vom Nachttisch zu wischen und anschließend die Scherben vom Boden aufzusammeln oder aus Versehen drauf zu treten.

Ich drehte mich hin und her, um das unvermeidliche Aufstehen um einige Minuten hinauszuzögern. Es half nichts, Blase und Darm waren voll und ich musste ohnehin hoch. Also schob ich die Bettdecke zur Seite und richtete mich auf. Meine Rückenmuskulatur war verspannt, offenbar war ich nachts wieder einmal in verkrümmter Lage eingeschlafen. Ich war halt keine siebzehn mehr. Ich stand auf und ging zur Toilette, auf dem Weg dahin meine Unterhose abstreifend und mit dem Fuß auf den Haufen mit ungewaschener Wäsche schlenkernd. Nachdem ich mich entleert hatte, kletterte ich in die Dusche und versuchte, das Dröhnen in meinem Kopf mit heißem Wasser zum Schweigen zu bringen. Die letzte Nacht war schlecht gewesen, zu viel Alkohol, zu viel Rauch, zu viel Gerede. Ich drehte das Wasser ab, griff nach dem Handtuch und trocknete mich ab. Das Handtuch roch nicht mehr frisch, um nicht zu sagen, es stank ungewaschen. Es wurde Zeit, dass ich mich wieder mal um meinen Haushalt kümmerte. Mein Haushalt, das bedeutete die Zweizimmerwohnung in dem Altbau in einer süddeutschen Kleinstadt, in der ich mit meiner erwachsenen Tochter hauste. Ich hatte mich hierhin zurückgezogen, nachdem meine Frau uns vor vielen Jahren verlassen hatte, als sie erkannt hatte, dass ich nicht der

Märchenprinz ihrer Träume und noch nicht einmal ein besonders erfolgreicher Alltagsmensch war, der ihr daher nichts zu bieten hatte. Ich hatte sie während meines Studiums kennengelernt, als wir beide beinahe platzend vor Idealismus noch glaubten, das Leben hätte uns einen besonderen Platz auf der Welt eingeräumt. Noch lange ehe wir unsere Abschlüsse hatten, war sie schwanger geworden. Es war weder ein Unfall noch gewollt, es passierte halt, wie so viele Dinge im Leben halt passieren, wenn man sich nicht darum sorgt.

Ich war vom ersten Tag an vernarrt in dieses kleine Mädchen und nur durch das beständige Drängeln meiner Frau überhaupt dazu zu bewegen gewesen, mein Studium zu Ende zu bringen und mir/uns ein Einkommen zu beschaffen. Ich fand nach dem Studium überraschend schnell eine Stelle. Das Salär war zwar nicht üppig, ich hatte jedoch viele Freiräume, die ich mit meiner Tochter ausfüllte. Und was gibt es Schöneres als die reine Freude in einem liebenden Kindergesicht zu lesen, wenn man es mittags vom Kindergarten abholt und dann einen ausgiebigen Spaziergang macht, während dem alle wichtigen und unwichtigen Dinge besprochen werden, die im Laufe des langen Vormittags angefallen waren. Ich denke, meine Frau war nicht nur einmal eifersüchtig auf unser Verhältnis, und dieses Gefühl mag zu ihrem Entschluss beigetragen haben, sich wieder auf das eigene Leben zu konzentrieren, an die Hochschule zurückzukehren, um ihren Abschluss zu erhalten. Soweit ich weiß, arbeitet sie heute im Management eines großen Unternehmens und ist zufrieden. Zumindest gibt sie sich so, wenn wir uns mal treffen, was selten genug geschieht.

Mittlerweile war der Spiegel wieder klar geworden und ich blickte in mein bartstoppeliges fünfundvierzig Jahre alte Gesicht, fragte mich, ob ich mich wohl rasieren sollte. Wofür? Also ließ ich es bleiben. Ich warf noch einen langen Blick auf meinen Bauch, erinnerte mich dabei an den blöden Witz eines Arbeitskollegen: „Warum haben Männer keine Zellulitis? Weil es scheiße aussieht." Der Mann hatte ja keine Ahnung, wie sehr Männer Zellulitis haben konnten und wie scheiße das aussah, und tappte zurück in mein Schlafzimmer, das nasse Handtuch auf den Berg schmutziger Wäsche werfend, als ich daran vorbei ging. Ich suchte mir etwas anzuziehen und ging dann in die Küche, füllte den Wasserkocher und schaltete ihn ein, stellte zwei Teetassen auf die Anrichte und bestückte sie mit Teebeuteln, schwarzen Tee für mich und Kräutertee für Linda, meine Tochter.

Dann ging ich zu ihrer Zimmertür, klopfte und sagte: „Guten Morgen, aufstehen." Wie gewohnt regte sich nichts. Sie benötigte morgens immer ein paar Minuten, um sich zu finden. Ich kramte Toastbrot aus dem Schrank, steckte zwei Scheiben in den Toaster, legte Butter und Konfitüre auf den Esstisch und holte Besteck und Geschirr aus den Schubladen und Schränken. Das Wasser kochte mittlerweile, der Kocher schaltete sich ab, ich goss das heiße Wasser in die beiden Tassen. Von Linda hatte ich noch nichts gehört. Ich seufzte innerlich und ging noch einmal zu ihrer Tür, klopfte noch einmal und sagte, etwas lauter dieses Mal: „Guten Morgen, aufstehen." Wir hatten am vergangenen Abend wieder mal einen Streit gehabt und sie war wohl immer noch sauer.

So sehr während ihrer Kindheit unser Verhältnis von Zuneigung zueinander und Freude aneinander geprägt gewesen war, so mühsam war das Zusammenleben mit ihr seit ihrer Pubertät geworden. Ich vermute, dass dies in erster Linie mit mir zu tun hat. Ein kleines Kind stellt seinen Vater nicht in Frage, er ist einfach der

Größte und Beste für es. Mit der Pubertät, wenn junge Menschen beginnen, eigene Werte zu entwickeln, stellen sie sehr oft diejenigen ihrer Eltern in Frage, und was hatte ich schon anzubieten außer meiner Liebe? Ihre Argumente während unserer Auseinandersetzungen über all die Jahre erinnerten mich zunehmend an die Vorwürfe, die ich seinerzeit von Margit, meiner Frau, zu hören bekommen hatte.

Wir waren am Vorabend auswärts essen gewesen, beim ortsansässigen Griechen, und ich hatte – wieder einmal – nicht rechtzeitig gewusst, wann ich aufhören sollte mit den Ouzos und den Sticheleien. Sie war nun zweiundzwanzig und hatte meines Wissens immer noch keinen Freund und keinen Mann. Auf meine diesbezüglichen Bemerkungen reagierte sie zunehmend ungehaltener und warf mir im Gegenzug meinen mangelnden Ehrgeiz und meine berufliche Erfolglosigkeit vor.

Ich zuckte mit den Schultern, stellte die Teetassen auf den Tisch und setzte mich. Ich sammelte die beiden ausgeworfenen Brotscheiben ein, bestückte den Toaster mit zwei weiteren Scheiben und bestrich die erste mit Butter.

Nachdem ich diese gegessen hatte, stand ich auf und ging noch einmal zu Lindas Schlafzimmer. Normalerweise lasse ich sie in Ruhe, wenn sie nicht kommen will. Sie ist erwachsen und ich lasse ihr ihre Freiräume – solange ich nüchtern bin. Aber an diesem Morgen war eben alles etwas anders. Ich klopfte der Form halber noch einmal an die Tür und öffnete sie. Draußen war in der Zwischenzeit die Sonne aufgegangen, und obwohl Lindas Zimmer gegen Norden liegt, war es doch hell. Hell genug jedenfalls, dass ich erkennen konnte, dass ihr Bett leer war. Das Bettzeug war zerwühlt, sie hatte also darin gelegen, aber nun war sie nicht mehr drin. Das Fenster war geschlossen. „Linda?" Keine Antwort, natürlich. Ich blickte mich um, trat ins Zimmer. „Linda?" Keine Antwort, woher auch. Ihr Zimmer war gewohnt unaufgeräumt, der Schreibtisch beladen mit Büchern und Unterlagen, wahrscheinlich von ihrem Studium. Ich ging aus dem Zimmer auf den Flur. Ihre Jacke fehlte, ihre Stiefel fehlten. Mein Schlüssel steckte im Schloss, war jedoch etwas zurückgezogen. Sie musste nachts die Wohnung verlassen haben.

Ich spürte, wie mein Mund trocken wurde. Es war nicht das erste Mal, dass sie verschwand, ohne sich ausdrücklich zu verabschieden. Sie kam meistens nach einigen Tagen wieder. Ich weiß, dass sie bislang immer zu ihrer Mutter gefahren war. Margit war so fair, mich anzurufen, wenn Linda zu ihr kam. So musste ich mir nicht so viele Sorgen machen.

Allerdings war sie noch nie nachts verschwunden. Ich blickte auf die Uhr. Margit schlief möglicherweise noch. Sie war nicht der Frühaufsteher und konnte sehr ungehalten werden, wenn ich sie zu dieser Zeit anrief.

Ziemlich bedrückt saß ich am Frühstückstisch und kaute auf dem Toast herum, schlürfte meinen Tee und fühlte mich einsam. Ich machte mir im Stillen Vorwürfe, zu Linda so unfreundlich zu sein und mich selber nicht besser im Griff zu haben. Ich schwor mir, keinen Alkohol mehr anzurühren, okay, zumindest nicht so viel. Der Tee schmeckte nicht, der Toast wie Pappe. Hat eigentlich schon mal jemand versucht, Pappe mit Butter und Erdbeerkonfitüre zu essen?

Ich räumte den Tisch ab, stellte das schmutzige Geschirr in die Spüle, überlegte einen Moment, ob ich meine Zähne putzen sollte oder nicht, tat es aber dann doch, noch voll der guten Vorsätze, und verließ endlich die Wohnung, um zu meiner Arbeitsstelle zu fahren, dem Hamsterrad, wie ich es vor vielen Jahren in einem

Anfall von Selbsterkenntnis mal getauft hatte. Ich war Redakteur bei einer Tageszeitung, dem regionalen Käseblatt, das sich mehr um die Nöte und Gerüchte aus der Umgebung kümmerte als um die großen politischen Ereignisse. Das einzige überregionale Thema, das bei uns konsequent bearbeitet wurde, war die alle vier Jahre stattfindende Fußballweltmeisterschaft, bei der Rolf, mein Kollege aus der Sportredaktion, mal nicht nur vom Zweitligafußballverein unserer Kleinstadt berichtete oder von den Erfolgen unseres Kegelvereins, sondern täglich eine mindestens zwei Seiten umfassende Reportage mit den Ereignissen erstellte. Während dieser vier Wochen lief Rolf zur Höchstform auf und ich wunderte mich nach dieser Zeit immer, dass ein Mann mit diesem Talent es bei uns aushielt.

Meine Rubrik war die Politik. Meine Aufgabe bestand hauptsächlich darin, die einkommenden Informationen der verschiedenen Presseagenturen zu sichten und daraus zusammenfassende Beiträge zu erstellen. Für die Berichterstattung über lokale Ereignisse wie die Redeschlachten vor den Stadtrats- und Bürgermeisterwahlen hatten wir einen freien Mitarbeiter namens Jonas, der sich mit Texten zu allen möglichen Themen für alle möglichen Medien ein bescheidenes Leben finanzierte. Er war einige Jahre älter als ich und meistens schlechter Laune, die er an den Mitarbeitern der Redaktion ausließ. Wenn er gut drauf war, konnte man sehr viel Spaß mit ihm haben. Leider war er nur ganz selten gut drauf.

Ich holte mein Fahrrad aus dem kleinen Geräteschuppen, registrierte dabei, dass Lindas Fahrrad da war, und fuhr zur Redaktion. Der Weg ist nicht sonderlich weit, man fährt einmal über den Marktplatz, biegt dann rechts ab, um den Fluss zu überqueren, der unsere Stadt durchfließt und ihr auch den Namen gegeben hat, und radelt eine Weile auf dem Damm neben dem Fluss entlang. Direkt neben dem Bahnhof, der mittlerweile ein Feinschmecker-restaurant beherbergt, liegt ein alter Ziegelbau, die Redaktion mit angelagerter Druckerei. Selbige ist seit Jahren nicht mehr in Betrieb. Mit dem Einzug der elektronischen Datenverarbeitung wurde es billiger, die fertigen Seitenlayoutdaten unserer Zeitung an eine Großdruckerei zu senden und dort die Auflage drucken zu lassen. Die Mitarbeiter der Druckerei wurden über einen Sozialplan entlassen, die alten Maschinen wurden demontiert und die Hallen geschlossen. Vor zwei Jahren zogen zwei junge Geschäftsleute in die leerstehenden Hallen ein. Sie ließen das Innere im Wesentlichen unverändert, bauten lediglich Schreibtische und jede Menge Rechnerhardware auf und begannen, Software zu schreiben. Heute platzt das Unternehmen aus allen Nähten, Tag und Nacht ist Licht in den Räumen, internationale Besucher gehen aus und ein. Ich hatte mal die Idee, ein Interview mit den beiden Gründern zu machen und ihren Erfolg auf diese Weise über unsere Zeitung darzustellen. Ich muss jedoch ehrlich sagen, dass ich bis zum Schluss der zweistündigen Sitzung nicht verstanden hatte, was dieses Unternehmen macht, obwohl sich die beiden wirklich Mühe gaben, mir ihr Produkt zu erklären. So wurde das Interview niemals veröffentlicht und die beiden Männer grüßten mich eine Zeitlang nicht mehr. Ich stellte mein Fahrrad in den Ständer, sah nebenbei, dass Elise schon da war, weil ihr Fahrrad auch im Ständer stand, schloss mein Fahrrad ab und ging ins Gebäude. Mein Büro liegt im ersten Stock in der „Redaktionsgasse", es ist der übliche Kubus, dessen Zentrum in einem Schreibtisch mit Personal-Computer besteht und der ansonsten mit allen möglichen wichtigen Papieren vollgestopft ist. Ein richtiges

Redaktionsbüro ist gleichzeitig das persönliche Archiv des Redakteurs und wir pflegen gerne den Mythos, dass wir über jedes Fitzelchen Papier in unserer Unordnung genau wissen, wo es liegt, was drauf steht und wann es von wem geschrieben worden war. Dieser Mythos ist natürlich nur ein Mythos, aber das muss man den Nichteingeweihten ja nicht unbedingt erzählen. Ein bisschen Bewunderung ist Labsal für unsere empfindsamen Seelen.

An jenem Morgen war ich in Gedanken bei Linda, machte mir Vorwürfe und überlegte, wie ich unser Verhältnis endlich wieder verbessern konnte. Ich musste mich einfach etwas mehr zurückhalten. So in Gedanken versunken, achtete ich nicht auf meine Umgebung und rannte geradezu in Rolf, der überraschenderweise schon im Büro war und eben aus seiner Tür trat, als ich vorbeiging. „Oha, nicht so eilig, das aktuelle Top-Ereignis wird erst in einer Stunde anfangen, Du kannst also ganz gemach sein." – „Oh, entschuldige. Hab Dich gar nicht gemerkt." – „Das habe ich gemerkt. Guten Morgen übrigens. Ich frage Dich mal nicht, wie es Dir geht. Das sieht – und riecht – man nämlich." Er schnüffelte ostentativ und drehte sich weg. „Stinke ich? Ich habe mich gewaschen …" – „Du stinkst nach Knoblauch wie ein ganzer Kreuzzug auf dem Weg aus dem Heiligen Land. Jesus, was hast Du denn gestern gegessen? Der Geruch verstößt ja geradezu gegen die Genfer Konventionen, das grenzt an biologische Kriegsführung, was Du hier betreibst." Ich seufzte innerlich. Rolf hatte heute allem Anschein nach einen seiner lauten Tage. Ich hatte nach fast zwanzig Jahren Zusammenarbeit immer noch nicht herausgefunden, wovon seine Launen beeinflusst wurden. Da sein Büro unmittelbar an meines anschloss, wurde ich aufgrund seiner extrovertierten Art ziemlich massiv in seine Vorgänge einbezogen, ob ich wollte oder nicht, und die aktuelle Reaktion war zwar noch steigerungsfähig, aber für den frühen Morgen schon mal ein ganz guter Anfang.

Von Rolfs lauter Stimme aufgeschreckt, öffnete sich die Tür am Ende der Redaktionsgasse und Elise steckte ihren Kopf heraus. Sie ist wahrscheinlich etwa zehn Jahre jünger als ich, kleidet sich mit dem Schick eines Mädchens vom echten Lande und trägt ihre Haare immer noch in zwei Zöpfen, wie sie sie wahrscheinlich seit der Grundschule trägt.

Manchmal glaube ich, dass ich ein bisschen in sie und ihre unschuldige Art verliebt bin. Dann stelle ich mich zu ihr ins Zimmer und erzähle ihr Geschichten, um sie zu beeindrucken. Sie behandelt mich dann immer mit einer Zurückhaltung, dass ich bald wieder aufgebe und in mein Leben zurückkehre, das aus einer längst aufgegebenen Ehe und einer schwierigen Tochter besteht.

Sie blickte erst mich, dann Rolf, dann wieder mich an und kicherte etwas. Dann zog sie den Kopf wieder zurück und schloss die Tür. Rolf hatte dieses Manöver nicht gesehen, weil er mit dem Rücken zu Elises Tür stand. Er starrte mich kopfschüttelnd an und verschwand wieder in seinem Büro, schoss aber gleich wieder heraus und schimpfte: „Was wollte ich jetzt eigentlich, ehe Du mit Deinem Gasangriff mein Hirn völlig benebeltest? Wollte ich zur Toilette? Was wollte ich? Ach ja …" Mit den Händen fuchtelnd, verschwand er den Flur hinab. Ich ging in mein Büro, schaltete den Computer ein, zog meine Jacke aus und hängte sie über den Stuhl, dann blätterte ich durch den Stapel Papier, den ich gestern Abend noch auf meinen Platz gelegt hatte, blickte aus dem Fenster. Es wurde Herbst. Die große Kastanie vor meinem Fenster hatte große, pralle stachlige Kugeln, welche teilweise aufgeplatzt waren, dass man die innen liegenden mahagonifarbenen Früchte sehen konnte. Ich blickte auf die Uhr. Ich konnte es bereits riskieren, bei Margit anzurufen. Ich wählte ihre Nummer und horchte auf das Rufzeichen des Telefons. Nach dem dritten oder vierten Signal meldete sich eine verschlafene Stimme: „Ja? Hier Schreiner." Sie hatte unseren gemeinsamen Ehenamen nach der Scheidung behalten, was ich rührend und unverständlich fand, und es berührt mich immer noch, wenn sie sich mit diesem Namen am Telefon meldet. Ich sagte: „Hallo Margit, Xaver hier. Entschuldige, dass ich Dich störe, aber Linda ist weg. Ist sie bei Dir?" – „Oh, hallo, Xaver. Nein, Linda ist nicht hier. Wann ist sie denn verschwunden?" Ich bin immer wieder erstaunt, wie schnell Margit aus dem Schlaf vollkommen wach sein kann. Was mich bis zu einer halben Stunde kostet, kriegt sie binnen Sekunden hin, eben noch verschlafen, nun hellwach. Ich sagte: „Ich weiß es nicht. Gestern Abend war sie noch hier und heute Morgen, als ich sie wecken wollte, war sie nicht mehr in ihrem Zimmer." – „Hattet Ihr Streit? Hast Du sie verärgert?" Die richtigen Fragen als erstes, man brauchte gar nicht erst zu versuchen, Margit etwas vorzumachen. „Ich war wohl gestern Abend nicht besonders nett zu ihr ..." Margit seufzte hörbar: „Hast Du getrunken?" – „Nein, ja. Etwas." – „Etwas zu viel wahrscheinlich. Naja, musst Du wissen. Nein, bei mir ist sie nicht. Ich sag Dir jedenfalls Bescheid, sobald ich etwas von ihr höre. Und nun guten Tag." – „Äh, guten Tag, und entschuldige ..." Margit hatte bereits aufgelegt, sie war verärgert. Missmutig legte ich den Hörer auf das Telefon und blickte aus dem Fenster.

Ein kleiner braungefleckter Vogel saß auf einem Zweig der Kastanie und blickte mich an, dabei seinen kleinen Kopf ruckartig immer hin und her bewegend. Ich saß erstarrt da und hielt unwillkürlich den Atem an, wollte den Vogel nicht erschrecken. Was war es? Ein

Sperling, eine Drossel? Nach einer Weile kehrte ich in die Gegenwart zurück und registrierte, dass Rolf und Karla, eine Redakteurin, schon seit geraumer Zeit lautstark im Flur am Diskutieren waren: „... sage Dir, der schiebt sein Schwert wirklich bis zum Heft den Hals hinunter, und das Schwert ist scharf geschliffen, er hat uns gezeigt, wie er ein Stück Pergament so einfach – ritsch – mittendurch geschnitten hat, ehe er es dann den Hals runtersteckte." – „Wo sind die Leute denn jetzt?" – „Sie haben ihre Zelte auf dem Stadtfestplatz aufgebaut, eine richtige Zeltstadt wie aus dem Mittelalter. Die schleppen sich das Wasser mit hölzernen und ledernen Eimern von einem Brunnen, den die Stadt extra für sie aufgebaut und mit Trinkwasser gefüllt hat, und haben ihre Feuerstellen gebaut. Diese Leute steigern sich richtig rein in dieses Mittelalterleben." – „Naja, das machen sie halt für ein paar Tage und dann kehren sie wieder zurück in ihre gut geheizte Stadtwohnung ..." Ich blendete das Gespräch der beiden wieder aus und blickte zu dem Zweig. Nun war der kleine Vogel weggeflogen, und ich fühlte mich gleich noch einsamer.

Ich hatte von diesem Mittelaltermarkt schon öfters gehört und gelesen, der jedes Jahr um die selbe Zeit im Herbst auf dem Festplatz unserer kleinen Stadt abgehalten wurde. Linda war immer hingegangen und hatte mich ein paar Mal zu überreden versucht mitzukommen. Ich fand es jedoch albern, dass sich Leute in unbequeme kratzende Wolltuniken wickeln und sich Schwerter umhängen und dann rumstolzieren, als seien sie weiß Gott wie wichtig, oder wenn sie sich bemüht in längst vergessenem Deutsch unterhielten. Ich hatte mich zufällig während meines Studiums mit der mittelhochdeutschen Sprache auseinandergesetzt auf der Suche nach den Wurzeln unserer heutigen Sprache und mich schauderte jedes

Mal, wenn jemand diese sehr schönen grammatikalischen Feinheiten verhunzte, gewissermaßen die sprachlichen Perlen vor die Säue schmiss. Ich wandte mich wieder meinem Papierstapel zu. Für den heutigen Tag hatte ich etwa zwei Seiten der Zeitung zu füllen. Mal sehen, was an berichtenswerten Neuigkeiten eingetroffen war.

Die Bundeskanzlerin war wieder einmal nach Amerika gereist, um dem US-Präsidenten in den Hintern zu kriechen. Der Journalist der Presseagentur schrieb von „guten Gesprächen" und „einvernehmlichen Ansichten", insbesondere bei der Bewertung der „atomaren Gefahr" aus dem Orient, wo sich einige Kameltreiber alle Mühe gaben, eine Atombombe zu bauen. Ich legte die Pressemeldung beiseite und machte mir eine Notiz auf meinen Schreibblock. Dann blätterte ich weiter. Irgend ein Häuptling einer afrikanischen Bananenrepublik war zu Besuch in der Bundeshauptstadt eingetroffen und von unserem Außenminister empfangen worden. Der Grund des Besuches war wohl wieder das übliche Gebettel um Kredite und sonstige Zuwendungen. Ich überflog die Meldung ein zweites Mal und zerknüllte sie dann, um sie in den Papierkorb zu werfen.

Die nächste Meldung handelte von den Drohungen des nordkoreanischen Diktators, noch vor Jahresende seine Atombombe fertiggestellt zu haben und dann an Amerika, dem imperialistischen Feind, Rache zu nehmen für alle Erniedrigungen, die Nordkorea während der letzten Jahre zu erleiden hatte. Zwei Meldungen über Atomwaffen, das war doch was. Sollte ich mich wieder mal aufraffen zu einem Kommentar? Vielleicht sollte ich darüber mit dem Chefredakteur reden? Ich nahm die beiden Meldungen und ging zu seinem Büro. Der Chefredakteur war ein etwas dicklicher Mann um die Vierzig mit den Ansichten eines

Sechzigjährigen, der mich aber im Wesentlichen in Frieden ließ, so lange ich ihn nicht mit zu vielen Problemen behelligte.

Da unsere Zeitung in erster Linie von einem großzügigen Herausgeber lebt, der sein Geld mit Zulieferteilen für Luxusautomobile verdient und sich die Zeitung hauptsächlich hält, um das Gefühl eines patriarchalischen Gutsherrn der alten Zeit zu pflegen, haben wir in der Redaktion wenig Sorgen und sind nicht auf das Wohlwollen pingeliger Anzeigenkunden angewiesen. Wir müssen nur von Zeit zu Zeit von seinen Wohltaten berichten, wenn er zum Beispiel für das alljährlich stattfindende Jugendfußballturnier eine großzügige Spende leistet, und er ist zufrieden mit uns.

Klaus-Dieter, der Chefredakteur, sprach gerade beschwörend auf seinen Telefonhörer ein, als ich durch die Tür trat. Er hatte wohl wieder mal Stress mit seiner Frau. Vielleicht hatte ich es doch nicht so schlecht erwischt mit Margit, die mich verlassen hatte. Er blickte mich an, als ich ostentativ in der Tür zögerte und so tat, als wüsste ich nicht, ob ich mich einzutreten getrauen sollte, und winkte mir zu, mich auf den Stuhl an seinem Schreibtisch zu setzen. Er hatte nun aufgehört zu reden und lauschte, ab und zu tief Atem holend, um zu einer Erwiderung anzusetzen, und dann doch wieder schweigend und die Luft ablassend. Er blickte mich bewusst komisch an, drehte die Augen nach oben und holte wieder Luft: „Äh, Herta, ich muss nun aufhören, ich habe gleich eine Besprechung ... Wie bitte? – Natürlich, ja, nein, ja. Ich melde mich dann noch einmal ... Ja, ja, gleich. – Bis gleich. Tschüss." Er legte aufatmend den Hörer auf das Telefon und blickte mich an: „Guten Morgen, Xaver. Was gibt es?" Ich hielt ihm die beiden Pressenotizen hin und sagte: „Die atomare Gefahr kommt wieder, dieses Mal von der so genannten Achse des Bösen. Ich habe heute Morgen diese beiden Meldungen erhalten und dachte mir, ob ich darüber nicht mal wieder einen Kommentar schreiben sollte, so in der Art, dass die wahre Macht in der heutigen Zeit nicht mehr bei dem Volk mit den größten Kriegerheeren läge, sondern bei denjenigen, deren Skrupellosigkeit sie nicht davor zurückschrecken ließe, jegliche Waffen zum Erreichen ihrer Ziele einzusetzen, solange diese nur genügend leistungsfähig seien."

Klaus-Dieter sah mich eine Weile schweigend an, man merkte, dass er in Gedanken immer noch bei dem Telefonat mit seiner Frau war. Dann seufzte er und sagte: „Wie stellst Du Dir den Bezug vor zu den beiden Beiträgen? Willst Du diese etwa auf die erste Seite bringen? Ich habe hier eigentlich vorgesehen, anlässlich der Firmenjubiläums von Aumag eine halbe Seite für eine Rückblende zu verwenden." – „Nein, die beiden Beiträge wollte ich auf der vierten Seite bringen, im Kommentar höchstens auf sie verweisen …" – „Ja, das geht, das machen wir mal. Dann setz den Text mal auf und wir gehen ihn anschließend noch mal durch. Karla war sowieso vorhin hier, dass Dr. Windmacher, der heute etwas zur Wirtschaftslage der Region schreiben wollte, erkrankt ist und wir daher den Text nicht bekommen. Das passt mir ganz gut, auch wenn die atomare Bedrohung und das Firmenjubiläum nicht gut zusammen passen. Aber damit unterstreichen wir nur unsere redaktionelle Freiheit."

Wir plauderten noch eine Weile über das Wetter, dann schlenderte ich wieder aus seinem Büro und beschloss, mal bei Elise reinzuschauen.

Ich klopfte und trat ein. Elise, die an ihrem Schreibtisch mit dem Blick zur Tür saß, blickte an ihrem Monitor vorbei, verzog das Gesicht zu einem kaum merklichen Lächeln und sagte: „Du musst nicht anklopfen, wenn Du in mein Büro kommst." – „Das Anklopfen ist bei mir ein pawlow'scher Reflex. Jedes Mal, wenn ich auf eine geschlossene Tür zugehe, dann klopfe ich, ehe ich eintrete." – „Und das machst Du auch, wenn Du zu Hause aufs Klo gehst? Das glaube ich nicht." Ich lächelte und sagte: „Auch, wenn ich zu Hause aufs Klo gehen will, ja." Innerlich machte ich eine Notiz, dieses bei Gelegenheit einmal auszuprobieren, wie es sich anfühlt, zu Hause an die Toilettentür zu klopfen, ehe man eintritt. Sie schüttelte den Kopf und sagte: „Was kann ich für Dich tun?" – „Aus der Achse des Bösen verstärkt sich wieder die Gefahr für einen Atomkrieg." Ich wedelte mit den beiden Zetteln, die ich in der Hand hielt. „Und auf dem Stadtplatz versuchen ein paar Leute, gedanklich vor dieser Gefahr davonzulaufen, indem sie sich in altertümliche Gewänder hüllen und das Fleisch über dem offenen Feuer braten." Elise blickte mich fragend an: „Was ist auf dem Stadtplatz?" – „Na, der Mittelaltermarkt findet wieder statt." – „Ja? Das ist ja toll, dann werde ich heute Abend mal hingehen." – „Sag bloß, Dich interessiert dieses alberne Getue von diesen Leuten. Sich freiwillig in kratzige Wolltuniken hüllen und die alte Sprache verhunzen." Elises Gesicht verzog sich etwas. „Ach nein, so richtig bin ich nicht dran interessiert, aber ich habe da schon mal echte Bienenwachskerzen gekauft, die riechen so gut, wenn man sie an einem kalten Winterabend anzündet." – „Schön romantisch, mit einem Glas Rotwein ..." – „Ach, weißt Du, ein Glas Wintertee tut es auch und die richtige Musik ..." Sie lächelte sinnend. Ich blickte auf meine beiden Pressemeldungen und sagte: „Nun muss ich mir mal was ordentliches aus den Fingern saugen und eine klare Meinung formulieren wegen der atomaren Gefahr, die allenthalben herrscht auf unserem Planeten. Wenn man sich das mal so vorstellt, da sitzen wir hier in unserer schönen fränkischen

Kleinstadt und denken uns nichts Böses und auf der anderen Seite der Welt spielt so ein Spinner mit Atombomben und sprengt uns in die Luft." Elise guckte mich entsetzt an: „Ist ein Atomkrieg ausgebrochen?" – „Nein, noch nicht. Aber diesen beiden Meldungen zufolge steht ein Atomkrieg wieder mal dicht bevor." – „Oh Gott, und was kann man denn dagegen tun?" – „Ich werde als erstes einen Kommentar zu der Situation schreiben. Vielleicht wird dieser Kommentar ja von den richtigen Leuten gelesen und beeinflusst ihre Entscheidungen. Erinnerst Du Dich noch an die Sache damals, als man hier in der Stadt das alte Bahnhofsgebäude abreißen wollte und ich eine böse Glosse schrieb über die Politiker, die eines kurzfristigen Gewinnes willen wertvolles Kulturgut zu opfern bereit sind und wie ZUFÄLLIG ein paar Wochen später bekannt wurde, dass natürlich zu keiner Zeit jemand auch nur den Funken von Interesse daran hatte, das Bahnhofsgebäude zu zerstören. Ich habe damals bestimmt den Bahnhof gerettet." Ich nickte, ganz versunken in die Erinnerung an diese Heldentat. Elise staunte mich an und ich fühlte mich für einen Moment fast gut; naja, so gut, wie man sich eben fühlen kann, wenn der Alkohol der vorigen Nacht im Kopf eine Leere hinterlässt und das Hirn sich alle Mühe gibt, einen möglichst dumpfen Kopfschmerz zu erzeugen. Vielleicht sollte ich mir ein Aspirin genehmigen, ehe mich das Hämmern zwischen den Schläfen von meiner Arbeit vertrieb. Ich wischte mir über die Stirn und sagte: „Äh, hast Du zufällig ein Aspirin oder so was ähnliches, ich glaube, ich kriege wieder mal meine Migräne." Elise zog eine Schublade ihres Schreibtisches auf und kramte darin herum. Endlich holte sie ein Tablettenröhrchen hervor: „Hier habe ich etwas. Das ist ein Kopfschmerzmittel auf rein pflanzlicher Basis, hilft aber genau so gut wie Aspirin. Ist halt viel gesünder."

Sie reichte mir das Röhrchen. Ich griff danach, fasste daneben, während Elise es losließ, und das Röhrchen polterte auf den Schreibtisch. Gleichzeitig griffen wir danach und einen Moment lag meine Hand auf ihrer. Ich spürte, wie sie erstarrte, und zog meine Hand zurück. Sie reichte mir das Tablettenröhrchen mit seltsam versteinertem Blick. Es war nicht mein Tag heute. Ich bedankte mich und ging in meinen Kubus zurück, setzte mich auf den Stuhl, zog die Tastatur meines Rechners heran und öffnete eine leere Textseite. „Atomare Gefahr – die wahre Bedrohung für die Zivilisation" schrieb ich, dann schaltete ich zweimal den virtuellen Zeilenvorschub und lehnte mich zurück. Verdammt, nun hatte ich auch noch den Kommentar am Hals. Was vorher wie eine gute Idee ausgesehen hatte, schien plötzlich ein Mühlstein zu sein. Eigentlich schreibe ich gerne Kommentare, delektiere mich dabei an sprachlichen Subtilitäten und versuche sogar bisweilen, einen möglichst schrägen Blickwinkel einzunehmen. Aber nicht heute, nicht mit diesen nun ausgewachsenen Kopfschmerzen und der offenen Frage, was mit Linda los war.
Ich kramte eine der Kopfschmerztabletten aus dem Röhrchen und steckte sie in den Mund, versuchte sie zu schlucken. Es gelang mir nicht, die Tablette fing an, sich auf der Zunge aufzulösen, bitterer Geschmack kroch über die Geschmacksknospen in meinen Rachen. Wo war meine Mineralwasserflasche? Sie hatte doch vorhin noch irgendwo hier gestanden. Ich griff sie, öffnete den Verschluss und spülte hastig die Tablette hinunter und meinen Mund aus, ehe der bittere Geschmack sich zum Brechreiz ausweitete.

Ich setzte mich wieder vor meinen Rechner, nahm die beiden Pressemitteilungen zur Hand und betrachtete sie. Was war mit Linda los?

Ich legte die Pressemitteilungen auf die Tastatur, stand wieder auf, nahm das Tablettenröhrchen und ging den Flur hinab zu Elises Bürotür. Ich klopfte und trat ein. Der Raum war leer. Ich stellte das Röhrchen auf ihren Schreibtisch und ging wieder aus dem Büro in meinen Kubus. Nebenan lachte Rolf gerade schallend, den Telefonhörer am Ohr.

Ich setzte mich wieder an meinen Schreibtisch und starrte die Überschrift an: „Atomare Gefahr – die wahre Bedrohung für die Zivilisation". Was für ein Quatsch.

„Als vor xx Jahren die erste kontrollierte Atomspaltung gelungen war und die Physiker eine Vorstellung davon bekamen, welche wahnwitzigen Mengen an Energie durch diesen Prozess freigesetzt werden konnten und was sich hinter der genialen Formel Albert Einsteins verbarg, dachte niemand daran, dass just diese Art und Weise, Energie zu erzeugen, mal zu einer Bedrohung für den Fortbestand der gesamten Menschheit werden sollte." Ich lehnte mich zurück. Das war doch schon mal ganz ordentlich. Der Kopf war auch nicht mehr ganz so dicht am Platzen. „Leider werden die größten Segnungen für die Menschheit gleichermaßen zu ihren größten Bedrohungen. Im Fall der Atomenergie könnte dieser Weg, den Menschen mit der notwendigen Energie zu versorgen und seinen immer größer werdenden diesbezüglichen Hunger zu stillen, die Lösung für die globalen Energiesorgen sein. Wären da nicht vereinzelte, wirtschaftlich und politisch eigentlich unwichtige Randstaaten unserer Gesellschaft, die die Atomenergie in ihrer fürchterlichen Form dazu verwenden, ihre kleinen und primitiven Machtgelüste auszuleben und dabei bewusst das Auslöschen zumindest eines großen Teiles der Menschheit ins Kalkül ziehen. Die Atombombe im eigenen Arsenal zu führen, war für die Supermächte der jungen Vergangenheit nicht nur der Garant, eine sehr schlagkräftige Waffe gegen den Feind zu haben, sondern gleichzeitig ein Statussymbol der eigenen waffentechnischen Überlegenheit in einer durch Machtblöcke gekennzeichneten Gesellschaftsstruktur. Ihre Stellung als herausragendes Statussymbol machte die Atombombe aber gleichzeitig zum begehrten Objekt für die großen Schurken dieser Welt, die einen sehr großen Aufwand betreiben, dieses Statussymbol ebenfalls ihr Eigen zu nennen. Es ist natürlich evident, dass der Besitz der Atombombe auch die potenzielle Nutzung selbiger impliziert. Allerdings ist nicht bei allen Besitzern dieser fürchterlichen Waffe die notwendige sittliche Reife und moralische Hemmschwelle vorhanden, sie nur im äußersten Notfall zur Verteidigung einzusetzen. Daher ist die Bedrohung für die Welt als durchaus real anzusetzen, wenn Staaten wie Nordkorea oder der Iran über die Atombombe verfügen." Hier war zwar noch etwas Feinschliff nötig, aber die Botschaft schien schon mal klar zu sein.

Das Telefon klingelte. Ich nahm den Hörer: „Schreiner." – „Hier ist auch Schreiner, hallo Xaver. Hat sich Linda gemeldet?" – „Hallo, Margit. Nein, Linda hat sich hier nicht gemeldet, ich weiß aber nicht, ob sie zuhause ist." – „Hm, ich mache mir ein bisschen Sorgen." Wenn Margit von „ein bisschen Sorgen" sprach, dann war sie wahrscheinlich kurz vor einer Panik, ein Zustand, den ich bei ihr noch nie erlebt hatte. „Margit, ich versuche, bis heute Mittag hier fertig zu sein und werde sie am Nachmittag suchen. Hast Du irgendwelche Ideen?" – „Nein, ich denke aber darüber nach, ich werde Dich später nochmal anrufen. Hast Du Deine alte Funktelefonnummer noch?" – „Ja, ich muss nur den Akku aufladen, ich benutze es normalerweise nicht." – „Okay, bis später." – „Bis später, Margit." Ich legte den

Hörer wieder auf das Telefon zurück und blickte aus dem Fenster.

Ich spürte eine immer stärkere Unruhe wegen Lindas Abwesenheit, Margits Telefonat hatte mich diesbezüglich auch nicht gerade beruhigt. Daher beschloss ich, für eine Weile aus der Redaktion zu verschwinden. Ich rief kurz beim Chefredakteur an und teilte ihm mit, dass ich für ein paar Stunden außer Haus sei. Ich nannte keinen Grund und er fragte mich nicht, ob ich meine Texte rechtzeitig liefern würde. Er kannte mich hinlänglich, um zu wissen, dass er das Material rechtzeitig erhalten würde.

Ich speicherte den Entwurf meines Kommentars ab, zögerte einen Moment und schickte dann eine Kopie der Datei an den Chefredakteur mit dem Hinweis, dass es ein erster Entwurf sei, dass aber der Kommentar inhaltlich in diese Richtung liefe, falls er damit einverstanden sei.

Dann schaltete ich den Rechner ab und ging aus dem Büro. Ich ging kurz zu Elise, nicht ohne vorher anzuklopfen, und informierte sie, dass ich aushäusig sei. Sie konnte auf ihrem Telefon erkennen, wenn ich angerufen wurde, und würde nun die Anrufe entgegennehmen. Auf diese Weise drang nicht unmittelbar nach draußen, wenn wir nicht anwesend waren.

Ich verabschiedete mich von Elise mit einem Winken und eilte nach unten, schloss mein Fahrrad vom Ständer los und fuhr nach Hause. Ich stellte das Fahrrad vor dem Haus ab, schloss es ab, öffnete die Tür und ging ins Haus, stieg die Treppen zu unserer Wohnung nach oben, schloss die Wohnungstür auf (Linda war also nicht da, sonst wäre die Tür nicht abgeschlossen) und trat ein. „Linda?" Keine Antwort. Ich ging durch die Wohnung, versuchte Zeichen zu finden, dass sie während meiner Abwesenheit zumindest einmal hier gewesen war. Ich fand nichts. Ich erinnerte mich, dass ich Margit versprochen hatte, mein Funktelefon wieder zu aktivieren, und suchte es. Das Ladeteil lag auf meinem Schreibtisch, das Telefon fand ich erst nach langem Kramen in einem Koffer in einer Seitentasche. Linda hatte es wohl mal mitgenommen, als sie auf einer Reise war, um mich abends anrufen zu können. Eltern glauben ja sonst immer gleich, ihre Kinder kommen unter die Räder, wenn sie nicht dauernd Lebenszeichen von ihnen erhalten.

Ich steckte das Ladeteil an das Telefon und in die Steckdose und wartete eine Weile. Es dauerte lange, ehe sich die Anzeige des Telefons veränderte und die Eingabe des Passwortes forderte. Ich überlegte einen Moment. Was war es noch mal? Ach ja, das Geburtsdatum Lindas. Ich tippte das Passwort ein und bestätigte die Eingabe. Die Meldung erschien, dass das Passwort falsch sei. Ich überlegte noch einmal. Doch, es war Lindas Geburtsdatum. Ich setzte diese Ziffernkombination immer ein, wenn ich ein Passwort selbst wählen sollte. Dieses Mal akzeptierte das Telefon die Nummern, also hatte ich mich beim ersten Mal lediglich vertippt. Ich suchte mir im Kühlschrank etwas zu Essen, während ich nachdachte, wo ich nun suchen könnte. Wissen Sie, es ist ein komisches Gefühl, wenn man nach über zwanzig Jahren bei seinem Kind feststellt, dass man es nicht gänzlich kennt, dass es Interessen oder Kontakte in seinem Leben hat, die einem nicht vertraut sind. Ich fühlte mich leer und einsam, die Kopfschmerzen machten sich wieder bemerkbar.

Ich blickte auf die Anzeige meines Telefons, das Batteriesymbol war gefüllt, der Akku war also voll. Ich steckte das Ladeteil aus und das Telefon in meine Jackentasche. Dann ging ich aus der Wohnung, schloss die Tür ab, ging die Treppen hinunter und nahm mein Fahrrad. Ich hatte immer noch keine Idee, wo ich Linda suchen sollte, aber zu Hause herumzusitzen war die allerschlimmste von den Alternativen, die ich hatte. Das Gefühl der Hilflosigkeit war mit der Untätigkeit am stärksten. Ich radelte durch die Stadt zum Festplatz, wo der Mittelaltermarkt stattfand. Dort stieg ich vom Fahrrad, blickte mich suchend um, bis ich einen Fahrradständer entdeckte, an dem ich das Fahrrad anschließen konnte. Man klaute mittlerweile sogar in unserer Kleinstadt Fahrräder, wie ich mir hatte erzählen lassen. Diese tauchten zwar meistens irgendwann wieder auf, in dem Fluss, der unserer Stadt ihren Namen gab, aber es war trotzdem unerfreulich und für den Zustand des Rades nicht eben förderlich, ins Wasser geworfen zu werden. Ich schloss also mein Vehikel an den stählernen Ständer und ging durch die Öffnung in der Umzäunung auf den Platz. Was wollte ich hier? Glaubte ich ernsthaft, Linda verstecke sich hier? Achselzuckend blickte ich mich um. Der Festplatz war offenbar in verschiedene Sektoren aufgeteilt, die sogar durch Seile markiert waren. Direkt vom Eingang führte ein breiter, durch die Regenfälle der jungen Vergangenheit nun ziemlich matschiger Weg, den auch die Strohballen nicht mehr retteten, die man hier zuhauf verteilt hatte, quer über den gesamten Platz. Auf der linken Seite war eine Reihe von Holzbuden, in denen „Handwerker" ihre Kunst zeigten und ihre Ware zum Verkauf ausstellten. Da konnte man drei Schmiede sehen, von denen zwei „Waffen", also Schwerter, Dolche, Messer, Spieße und Pfeilspitzen anboten, die sie in geflochtenen Weidenkörben gestapelt hatten. Der dritte bot Haus- und Hofgeräte an, wie Schaufeln und Hacken. Ein Kerzenmacher hatte sein Sortiment an Bienenwachskerzen ausgebreitet und war im

Hintergrund damit beschäftigt, weitere Kerzen herzustellen. Einige Drechsler waren vertreten, die Teller, Schüsseln, Becher ebenso herstellten wie Stiele für Schaufeln oder Besen. Zwei Besenbinder hatten ihre Birkenreiserbündel aufgehäuft. Ein Putzmacher hockte hinter seinen vielen Körbchen, Tiegeln, Fläschchen und sonstigen Behältnissen. Ein Quacksalber bot seine Allheilmedizinen an, die er wahrscheinlich nachts aus dem Fluss schöpfte und in interessant geformte Fläschchen abfüllte. Dann gab es noch Zuckerbäcker, Getränkebuden und Essstände. Hinter der Budenreihe war ein runder Platz abgesteckt, der offenbar so etwas wie ein Turnierplatz sein sollte. Einige Schießscheiben aus geflochtenem Stroh standen in einer Reihe, vor einer Scheibe trainierte ein hagerer Bursche in einer braungefärbten Wolltunika mit einem Holzbogen und Pfeilen mit mehr Enthusiasmus als Können. Von dem Bündel Pfeilen, die er auf die Scheibe abschoss, staken immer nur einige wenige im Stroh und der Rest in der Erde. Er sammelte sie jedoch unverdrossen wieder ein, nachdem er seinen Köcher geleert hatte, und probierte sein Glück aufs Neue.

Am Ende des breiten Weges sah ich einen Schuppen, in dem einige Pferde standen. Drei Burschen waren dabei, sie zu striegeln. Auf der rechten Seite sah ich erst mal nur eine Zeltstadt. Runde hohe Zelte aus kräftigen Textilbahnen oder aus Leder waren in sauberen Reihen angeordnet aufgestellt. Vor den meisten Zelten war eine Feuerstelle mit Steinen aufgebaut, in einigen Feuerstellen schwelte es, Kessel hingen in stählernen Dreifüßen darüber, ein paar Frauen in einfacher, grober Leinen- oder Wollkleidung mit verstrubbelten Haaren schienen mit der Zubereitung von Essen beschäftigt zu sein. Sie ignorierten mich geflissentlich, bisweilen hatte ich sogar den Eindruck, sie nahmen mich gar nicht wahr. Aber wahrscheinlich waren sie es schon gewohnt, wie ein paar seltene Exponate in einem Zoo angestarrt zu werden. Ich sah, dass der breite Weg vor dem Pferdestall nach rechts abbog und dort in eine weitere Budengasse mündete. Vorsichtig, um meine Schuhe nicht zu sehr zu verschmutzen, stakste ich über das in den Schmutz getretene Stroh. Es war wenig los auf dem Festplatz, um nicht zu sagen, ich schien der einzige Besucher zu sein. Alle anderen Menschen schienen hierher zu gehören.

Ich blickte mich wieder um. „Suchen Sie etwas?" Ich drehte mich um. Der Verkäufer des Kräuterstandes starrte mich nicht eben freundlich an. Wenn er meinte, mit dieser Mimik gute Umsätze machen zu können, dann war er sicherlich auf dem Holzweg. Aber vielleicht wollte er gar nichts verkaufen, sondern sich nur wie ein Kräuterhändler des Mittelalters fühlen. „Suchen Sie etwas, kann ich etwas für Sie tun?" Der Ton und der Gesichtsausdruck waren immer noch feindselig. Ich stakste vorsichtig zu ihm hin. „Guten Tag. Ich wollte mich hier mal umsehen. Äh, ich …" – „Sie sollten vielleicht am Nachmittag wieder kommen, so ab sechzehn Uhr, dann ist hier mehr los, dann sind auch die Stände alle offiziell für den Verkauf geöffnet und die Turnierkämpfe finden statt." Ich blickte ihn an. „Gibt es Probleme, Seraphim?" Ein weiterer Mann war unbemerkt herzugetreten. Er trug, es war wirklich wahr, er trug ein Kettenhemd, stählerne Beinschienen über der ledernen Hose, Reitstiefel, und am Gürtel hing in einer Scheide ein Schwert, zumindest konnte man das Heft des Schwertes aus der Scheide ragen sehen. Wie zufällig lag seine rechte Hand auf dem Heft. Man konnte die Haltung durchaus als „bedrohlich" interpretieren. Ich blickte den Mann näher an. Er hatte ein asketisches Gesicht, durchdringende Augen von einem sehr kalten Blau, sehr braune Haut, sein Bart war sorgfältig gestutzt, ebenso sein Haar. Die Nase dominierte das Gesicht, wären da nicht diese Augen, deren Blick einen aufzuspießen schien. Sein Mund war fest zusammengepresst, die Linien von den Nasenflügeln zu den Mundwinkeln trotz Bart deutlich erkennbar. Der Kräuterhändler schüttelte den Kopf: „Nein, Herr Graf, ich habe den Herrn nur beobachtet, er schien sich nicht zurechtzufinden, so sprach ich ihn an." Die Stimme klang plötzlich sehr unterwürfig. Ich hätte beinahe laut gelacht. Spielte sich der Typ in seinem Eisenkaftan etwa als Adliger auf? Das wurde interessant. Vielleicht hätte ich mich doch schon früher mal für diese Welt interessieren sollen. Hier schienen seltsame Dinge abzugehen. Ich trat einen Schritt zurück, tappte dabei in ein Loch zwischen den Strohbündeln und verlor das Gleichgewicht. Ich schwankte etwas und fing mich wieder. „Ich glaube, ich werde dem Rat des Herrn hier folgen." Ich wies auf den Kräuterhändler: „Und am Nachmittag wieder herkommen." Der Kerl mit dem Kettenhemd und dem Schwert sah mich noch einmal nachdenklich finster an und drehte sich dann um. Ich stakste wieder zurück zum Eingang des Festplatzes, schloss dort mein Fahrrad auf und fuhr los. Wohin sollte ich fahren? Wo sollte ich suchen?

Ich konnte ebenso gut wieder in die Redaktion zurückkehren, obwohl mir klar war, dass ich sicherlich meiner Arbeit keine große Aufmerksamkeit schenken würde. Sollte ich die Polizei rufen? Die lachten mich wahrscheinlich aus. Linda war erwachsen, es war ihr Recht, sich ohne zu verabschieden aus der Wohnung zu begeben. In diese Gedanken versunken, radelte ich zur Redaktion, stellte mein Fahrrad wieder ab und ging in mein Büro. Ich schaltete meinen Rechner wieder ein, dann ging ich zu Elises Büro, klopfte an und trat ein.

Sie blickte an ihrem Bildschirm vorbei: „Hallo, bist Du schon wieder da? Es gab keinen Anruf für Dich. Du musst übrigens nicht anklopfen, wenn Du bei mir eintrittst." Letzteres sagte sie mit der Andeutung eines Lächelns auf den Lippen. „Hallo, Danke. Sag mal, hast Du ein Telefonbuch? Ich bräuchte die Nummer der nächsten Polizeidienststelle." Sie drehte sich um, öffnete die Schiebetür des Schrankes und entnahm ihr ein etwas zerlesenes Telefonbuch. „Hier hast Du es. Wieso willst Du die Polizei rufen?" Ich überlegte einen Moment. Was sollte ich ihr erzählen? Dass ich Streit hatte mit Linda? Dass Linda letzte Nacht die Wohnung verlassen hatte, ohne mir Bescheid zu geben, und ich nun deswegen Panik hatte? Das klang wahrscheinlich ziemlich lächerlich. Ich zuckte mit den Schultern und sagte: „Ich war gerade am Festplatz und da ist mir was komisches passiert. Da lief einer mit umgebundenem Schwert rum und hat mich bedroht. Weißt Du, eigentlich bin ich ja nicht so ängstlich, aber wenn da jemand mit so einem scharf geschliffenen Stahlteil rumfuchtelt, dann sollte man das schon mal melden. Ich glaube, ich sollte da mal die Polizei rufen." Elise starrte mich entsetzt an: „Was, so richtig bedroht?" – „Naja, man hätte es schon als Bedrohung auslegen können. Ich ruf jetzt erst mal die Polizei an." Ich nahm das Telefonbuch an mich und wollte den Raum verlassen. „Der Mann hätte Dich verletzen können." Das klang so entsetzt, mir wurde warm ums Herz und mein schlechtes Gewissen meldete sich. Eigentlich hatte mich der Mann gar nicht bedroht, oder doch? Ich sollte erst mal mit der Polizei reden wegen Linda. Zumindest sollte ich Margit anrufen und ihre Meinung zu dem Thema hören. Ich lächelte Elise aufmunternd an, winkte ihr zu und verließ mit dem Telefonbuch unter dem Arm das Büro, ging zu meinem eigenen Kubus, wo mein Rechner mittlerweile auf die Eingabe meines

Passwortes wartete, und setzte mich. Ich gab mein Passwort ein und schlug das Telefonbuch auf. Als erstes suchte ich „Polizei" im lokalen Bereich unserer Stadt, wurde jedoch nicht fündig und blätterte zur Rubrik der Kreisstadt. Dort fand ich die Nummer der Polizeidienststelle, auch die Erweiterung für den „Landkreis". Ich nahm den Hörer ab, wartete auf das Freizeichen und wählte die Nummer. Nach drei Klingelsignalen meldete sich eine Frauenstimme: „Polizeidienststelle, Wachtmeisterin Schönhuber?" – „Hier ist Schreiner. Ich rufe an, weil meine Tochter verschwunden ist. Ich mache mir Sorgen und …" – „Nun mal ganz systematisch. Ihr Name war Schreiner, richtig?" – „Ja, Schreiner, Xaver Schreiner." – „Moment, ich schreibe schon mal mit. Nennen Sie mir Ihr Geburtsdatum." Ich nannte. „Dann Ihre Wohnadresse." Nachdem ich auch diese genannt hatte: „Danke. So, nun erzählen Sie mal. Sie sagen, Ihre Tochter ist verschwunden. Wie heißt Ihre Tochter und wie alt ist sie?" – „Sie heißt Linda, Linda Schreiner, und sie ist jetzt zweiundzwanzig Jahre alt. Sie wohnt bei mir und …" – „Wie lange ist Ihre Tochter denn schon abgängig?" – „Sie hat letzte Nacht die Wohnung verlassen und …" – „Ihre erwachsene Tochter hat letzte Nacht die Wohnung verlassen und Sie wollen jetzt eine Vermisstenanzeige aufgeben." – „Wir hatten Streit und …" – „Nun, Herr Schreiner, ich glaube, wir warten erst mal eine Weile. Ihre Tochter ist volljährig und gerade mal zwölf Stunden abgängig. Melden Sie sich morgen um die gleiche Zeit wieder, wenn Sie bis dahin noch nichts von ihr gehört haben, dann werde ich die Sache aufnehmen und wir können uns mal überlegen, was wir unternehmen können. Herr Schreiner, Ihre Tochter ist zweiundzwanzig Jahre alt, sie hat das Recht auf ein bisschen Freiheit. Auf Wiederhören." Es klickte, die Leitung war getrennt. Ich starrte den Hörer an. Sollte ich noch einmal anrufen? Aber wahrscheinlich hatte die Frau recht. Ich sollte mich einfach erst mal beruhigen. Ich legte den Hörer auf und blickte meinen Bildschirm an. Die Texte mussten fertig werden. Ich seufzte. Dann stand ich auf, nahm das Telefonbuch und ging zu Elises Büro, klopfte an und trat ein. Elise spähte um ihren Bildschirm herum: „Du musst nicht anklopfen ..." – „Ich weiß, es ist ein pawlowscher Reflex. Ich stehe vor einer geschlossenen Tür, meine rechte Hand hebt sich, ballt sich zur Faust, drückt den gebeugten Zeigefinger nach vorne und fängt an, die Tür zu bearbeiten. Ich kann es nicht bremsen, ich müsste wahrscheinlich eine hypnotische Behandlung bei einem Psychotherapeuten über mich ergehen lassen, um diesen Reflex wieder zu eliminieren. Das Risiko einer Hypnose ist mir jedoch viel zu hoch, drum quäle ich Dich mit dem Klopfen. Entschuldige bitte." – „Macht nichts. Hast Du bei der Polizei jemand erreicht?" Ich schüttelte den Kopf: „Nein, ja, also erreicht schon, aber sie wollen nicht aktiv werden." – „Was? Wofür haben wir denn die Polizei? Da wirst Du bedroht und die weigern sich einfach, etwas zu unternehmen." Elise schüttelte den Kopf. Ich seufzte innerlich. Wie sollte ich dieses Missverständnis nun aufklären? Ich seufzte noch einmal ostentativ, zuckte beredt mit den Schultern und verließ den Raum.

Ich ging zu meinem Kubus, setzte mich vor den Rechner und schaltete ihn ein. Während er seine Programme lud und startete, ging ich in Gedanken noch mal die Informationen durch, die ich in der aktuellen Ausgabe veröffentlichen wollte. Als der Rechner arbeitsbereit war, öffnete ich als erstes den Entwurf für den Kommentar und las ihn durch.

Ich sah, dass elektronische Mails im Posteingang auf mich warteten und klickte mein Postfach an. Eine

Nachricht war vom Chefredakteur als Antwort auf den Kommentarentwurf, den ich ihm zugesendet hatte. Ich überflog das Schreiben, las noch mal den Entwurf durch und stand auf. Ich dachte, es ginge schneller, wenn ich mit ihm direkt diskutierte, anstatt noch einige Nachrichten hin und her zu senden. Ich druckte den Entwurf aus und ging die Redaktionsgasse hinunter zu seinem Büro. Die Tür stand offen und ich trat ein. Er saß hinter seinem Schreibtisch und las gerade etwas auf einem Stück Papier, das vor ihm lag. „Na, Xaver, was gibt's", begrüßte er mich. „Ich wollte noch mal kurz wegen des Kommentars mit Dir reden. Du hast da ja ein paar Anmerkungen geschrieben." Er lehnte sich in seinem Stuhl zurück und blickte mich erwartungsvoll an. Wir diskutierten eine Weile über einige Details. Anschließend ging ich wieder zurück zu meinem Kubus. Auf dem Weg dorthin öffnete sich die Tür von Elises Büro, sie steckte den Kopf heraus und rief: „Xaver, Deine Frau, äh, Exfrau ist am Telefon. Soll ich zu Dir rüberstellen?" – „Ja, ich bin sofort bei mir am Schreibtisch. Danke." Hatte Margit etwas über Lindas Verbleib herausgefunden?

Ich eilte die Gasse hinab, stürzte zum Telefon, hob den Hörer ab und meldete mich etwas atemlos. Margit sagte: „Hier Schreiner. Hast Du etwas von Linda gehört?" – „Nein, habe ich nicht. Ehrlich gesagt, hatte ich gerade gehofft, von Dir gute Nachrichten zu bekommen. Ich war vorhin mal zu dem Mittelaltermarkt, weil Linda da auch immer hinging, wenn er früher stattfand." – „Warum sollte sie zu dem Mittelaltermarkt gehen? Hat sie eigentlich einen Freund oder eine Freundin, zu der sie sich vorübergehend zurückziehen könnte?" – „Mir ist nichts bekannt, aber sie redet nicht besonders viel über diesen Teil ihres Lebens." – „Informiere mich bitte sofort, wenn Du etwas Neues hörst." – „Ja, klar. Ich habe übrigens schon die Polizei angerufen und wollte eine Vermisstenmeldung aufgeben. Aber die sind der Meinung, dass Linda erwachsen ist und ein Recht auf Freiheit hat." – „Das stimmt ja, grundsätzlich. Aber es ist halt nicht ihre Art, sich so völlig von uns beiden zu trennen. Bisher war sie halt immer zu mir gekommen, wenn sie es mit Dir nicht mehr ausgehalten hat. Naja, melde Dich, oder ich melde mich, wenn ich etwas Neues habe. Tschüss." – „Ja, tschüss." Ich legte den Hörer in die Mulde und lehnte mich zurück. Margit machte sich Sorgen und zeigte dies. Das war neu und führte sicherlich nicht dazu, dass ich mich wohler fühlte. Ich schüttelte den Kopf. Ich musste erst mal meine Arbeit hier erledigen und mich anschließend um Linda kümmern. Vielleicht hatte die Polizistin Recht und Linda wirklich Anspruch auf ihre Freiheit.

Nach einigen Stunden war ich fertig. Der Kommentar war geschrieben und die anderen Texte für die beiden Seiten passten auch zu meiner Zufriedenheit. Ich schrieb noch eine Mail an den Chef vom Dienst mit den Links zu den Texten auf dem Server, nahm den Chefredakteur in Kopie und schaltete den Rechner ab. Ich lehnte mich im Stuhl zurück und merkte plötzlich, wie müde und hungrig ich war. Die Arbeit hatte mich nun doch für eine Weile so gefangen gehalten, dass ich alles um mich herum ausgeblendet hatte. Was nun? Ich würde nun erst mal nach Hause fahren, etwas essen und nachsehen, ob Linda doch eingetroffen war. Falls nicht, würde ich anschließend noch mal zum Stadtfestplatz fahren.

Als ich zum Fahrradständer ging, sah ich, dass Elise eben ihr Fahrrad aufschloss und aus dem Ständer zog. Sie drehte sich um, lächelte leicht und sagte: „Machst Du auch schon Feierabend?" – „Ja, für heute habe ich alles fertig. Nun fahre ich nach Hause. Ich habe Hunger." – „Hast Du noch Kopfschmerzen?" – „Ja, nein, die sind weg. Dein Mittelchen hat wohl gut geholfen." – „Ja, die sind immer sehr zuverlässig, diese Pillen. Schönen Abend." Mit diesen Worten trat sie in die Pedale und radelte von dannen. Ich schloss mein Fahrrad ebenfalls auf und machte mich auf den Heimweg.

Zuhause angekommen, räumte ich mein Fahrrad in den Schuppen und ging nach oben in die Wohnung. Sie war verschlossen, also war Linda nicht nach Hause gekommen. Wider besseren Wissens blickte ich in alle Räume, ob sie nicht doch da sei. Dann sortierte ich die Schmutzwäsche, trug von überall alles zusammen, was in die Waschmaschine musste, bestückte sie und schaltete sie ein. Anschließend bereitete ich mir ein einfaches Abendessen zu, etwas Brot mit Butter und Aufschnitt, ein paar Gurkenscheiben und dazu ein Glas Wasser. Als ich fertig war, machte ich die Küche sauber, kontrollierte die Waschmaschine, sie war wohl noch eine ganze Weile beschäftigt, und nahm mir dann wieder die Jacke und feste Schuhe. Ich wollte noch mal zum Festplatz fahren. Vielleicht war Linda doch dort aufzufinden. Ich war mir zwar nicht ganz im Klaren, warum ich so versessen auf diesen Mittelaltermarkt war, hatte aber auch keine bessere Idee. Und dem Rat der Polizistin wollte ich nicht folgen, Linda etwas mehr Freiraum zu gönnen. Es passte einfach nicht zu ihr, so einfach zu verschwinden.

Ich radelte wieder durch die Stadt, über die Brücke und den Fluss entlang, bis ich zum Festplatz kam. Dort stellte ich mein Fahrrad am Fahrradständer ab, schloss es an und ging dann durch das Eingangstor auf den Platz. Im Gegensatz zum Vormittag war nun eine ganze Menge Trubel. Der Lärm von lachenden und schwatzenden Menschen wurde verdichtet durch altertümlich klingende Dudelsack- und Klampfenmusik, gelegentlich durchdrungen vom Gekreische einer Frau oder auch mal dem Gewieher eines Pferdes. Auf dem Hauptweg schoben sich die Menschen dicht an dicht voran. Ich war ziemlich erstaunt. Immerhin war Werktag Abend. In der Bevölkerung schien doch eine größere Affinität zu dieser Art von Leben zu sein, als ich mir bislang hatte vorstellen können. Ich kam zu dem Kräuterhändler, der mir am Vormittag schon aufgefallen war. Im Gegensatz zu vorhin gab er sich nun leutselig, schwätzte mit den Leuten, die bei ihm am Stand stehen blieben, pries seine Ware an und war voller Eifer. Mit ihm in der Bude war ein junger Bursche, der ihm ziemlich ähnlich sah; wohl sein Sohn. Der Junge war ähnlich seinem Vater in eine grobe Wollhose gekleidet, trug jedoch nicht wie jener ein Hemd, sondern auf dem nackten Oberkörper eine vorne offene Fellweste. Sein Blick wanderte immer wieder über die Passanten hinweg, gerade als sei er auf der Suche nach jemandem. Ich blieb eine Weile stehen, um die beiden zu beobachten, und ließ mich dann von der Menge weiterschieben. Ich sah auch den „Graf" wieder, der in seinem Kettenhemd herumstolziert war. Er trug sein Kettenhemd und sein Schwert immer noch, hatte jetzt jedoch einen vorne offenen Mantel aus einem teuer aussehenden Stoff, der an den Nähten mit Fell verbrämt war, darüber gezogen. Ich musste zugeben, optisch machte der Mann schon etwas her, und er schien von den Marktteilnehmern mit großem Respekt behandelt zu werden, zumindest von den meisten.

In der Luft lag ein Geruch von gebratenem Fleisch, von frisch gebackenem Brot und von Kuchen, und ich spürte Hunger, obwohl ich mein Abendessen schon eingenommen hatte. Suchend blickte ich mich um, um festzustellen, wo die Duftwolke eben hergekommen war. Vielleicht konnte ich noch eine Kleinigkeit zu mir nehmen. Neben einer der Schmieden, die in ihren

Körben Messer, Schwerter und ähnliche Gerätschaften ausgestellt hatten, entdeckte ich die Fleischbratküche. Neben dem Tresen hing ein roh behauenes Stück Brett, auf dem mit Kreide geschrieben stand, dass es hier „Ein stück Schweyn zu 2 Pfg, mit Brod oder Kol 3 Pfg, mit Brod und Kol 3 ½ Pfg" zu kaufen gab. Dreieinhalb Pfennige, das war billig. Wie wollten die Leute hier zurechtkommen? Ich ging an den vor der Bude aufgestellten Tisch und sagte: „Guten Abend, ich hätte gern ein Stück Schwein mit Brot und Kraut." Der Mann hinter dem Tisch nahm ein großes Blatt auf, es sah ungefähr aus wie Rhabarber, und ging in den Hintergrund der Hütte. Dort prasselte ein Feuer und über dem Feuer drehte sich ein Spieß, auf das ein ganzes Schwein aufgespießt war, beziehungsweise was von dem Schwein noch übrig war. Ein junges Mädchen saß am Feuer und war damit beschäftigt, den Spieß und damit das Schwein langsam zu drehen. Ab und zu nahm sie einen Pinsel, tauchte ihn in einen Krug und trug dann die Flüssigkeit auf die Kruste des Schweines auf. Es zischte und brutzelte, eine Rauch- und Dampfwolke stieg hoch. Dem Mädchen strömte der Schweiß über das Gesicht und sie wischte sich das Gesicht mit ihrem Ärmel ab. Der Mann nahm von einem Teller, der neben dem Feuer lag, ein Stück Fleisch und legte es auf das Blatt. Dann drehte er sich zu einem Holzfass und füllte mit einer zweizinkigen Gabel etwas von dem Kraut, das in dem Fass gelagert war, ebenfalls auf das Blatt. Aus dem Brotkorb, der daneben auf dem Tisch stand, nahm er schließlich ein kleines Brotlaibchen und kam dann wieder zu mir zurück. „Das wären dann dreieinhalb Pfenning", sagte er, mir das Ganze hinhaltend. Ich hatte aus meinem Portemonnaie schon ein Fünfpfennigstück hervorgekramt und hielt es ihm hin: „Stimmt so." Er blickte auf das Geldstück und sagte: „Das ist nicht die rechte Währung. Wenn Ihr noch keine Pfenninge habt, dann müsst Ihr zum Wechsler gehen. Der sitzt da drei Buden weiter." Mit diesen Worten deutete er mit dem Kinn in die Richtung. „Dann könnt Ihr wiederkommen."

Das war ja ulkig. Die machten wohl auf Hardcore-Mittelalter. Ich wandte mich in die Richtung, die er mir gezeigt hatte, weniger, weil ich noch Hunger hatte, als vielmehr, weil mich die Sache anfing zu interessieren. Drei Buden weiter saß ein recht gut gekleideter Mann hinter einem Tisch, vor sich eine altertümliche Apothekerwaage, und zählte einem anderen Besucher, zumindest schloss ich aus seiner neuzeitlichen Kleidung, dass es sich um einen Besucher handelte, ein paar Geldstücke in die Handfläche. Auf dem Tisch lag ein Zwanzigmarkschein. Als der Geldwechsler fertig war, dem anderen die Geldstücke in die Hand zu legen, nahm er den Zwanzigmarkschein und steckte ihn in einen fellbesetzten Beutel, den er an einem Gürtel trug. Ein rascher Blick zeigte mir, dass der Beutel gut gefüllt war mit Geldscheinen.

Ich trat vor den Tisch und sagte zu dem Wechsler: „Guten Abend. Wie ist denn der Kurs in die Währung, die hier gültig ist?" – „Die Währung hier sind Gulden, Mark und Pfenninge mit zwölf Pfenninge zu einer Mark und zwölf Mark zu einem Gulden. Zwanzig Deutsche Mark sind eine hiesige Mark." Ich überschlug in Gedanken kurz, dass dreieinhalb Pfenninge dann etwas zwischen fünf und sechs Deutscher Mark sein mussten. Damit war das Stück Schwein mit Brot und Kraut nicht mehr ganz so billig. „Gut, dann wechsle ich zwanzig Deutsche Mark in zwölf Pfenninge. Könntet Ihr mir das Geld in kleinen Stücken geben, bitte?" Mit diesen Worten zog ich mein Portemonnaie, entnahm ihm einen Zwanzigmarkschein und legte ihn auf den Tisch. Der Geldwechsler sah den Schein kurz an und zog dann unter dem Tisch eine Lade hervor, aus der er aus verschiedenen Fächern ein paar Münzen kramte, die er mir hinhielt. Ich streckte die Hand aus und er zählte hinein: „Zwei, vier, fünf, sechs, sieben, acht, neun, zehn, zehneinhalb, elf, elfeinhalb, zwölf. Ich danke." Mit diesen Worten nahm er den Zwanzigmarkschein und steckte ihn, wie gehabt, in die fellbesetzte Tasche an seinem Gürtel.

Ich legte die Münzen in mein Portemonnaie, behielt nur dreieinhalb Pfenninge in der Hand und ging zurück zu dem Bratfleischstand. Als der Mann dort mich sah, drehte er sich kurz um und nahm das Blatt vom Tisch, das er vorher für mich gefüllt hatte, um es mir hinzuhalten. Das Fleisch war zwischenzeitlich etwas abgekühlt und das vorhin glitzernde Fett war nun erkaltet. Es sah nicht mehr sehr appetitlich aus. Sollte ich nun versuchen, Streit anzufangen, um etwas frisches zu bekommen? Ich zögerte einen Moment, ehe ich ihm die Hand mit den Geldmünzen hinstreckte, die er sich nahm und mir dann im Gegenzug das „Stück Schweyn mit Brod und Kol" gab. Mit dem gefüllten Blatt in der Hand drehte ich mich wieder in die Richtung, in die ich ursprünglich gelaufen war, und reihte mich in die Menge ein. Das Brot war hart in der Kruste, aber überraschend würzig im Teig. Ich zerkaute das erste Stück langsam und ließ den Thymian und Koriander sich langsam auf meiner Zunge entfalten. Dann legte ich das Brot auf das Blatt und zupfte ein Stück von dem nunmehr kalten Schweinefleisch ab, um es in den Mund zu stecken. Auch hier war ich über die Würze überrascht. Das Zeug, das die Mamsell am Grill auf das Fleisch gepinselt hatte, schien es in sich zu haben. Das Fleisch an sich war sehr zart. Dann nahm ich etwas Kraut zwischen Daumen und Zeigefinger und steckte es mir ebenfalls in den Mund. Nach dem Brot und dem Fleisch war dieser Bissen eine schwere Ernüchterung. Das Kraut war total versalzen und schmeckte irgendwie gammelig, soweit man neben dem Salz noch etwas anderes schmecken konnte. Naja, dann ließ ich es eben auf dem Blatt und verzehrte nur das Brot und das Fleisch.

Während ich weiterschlenderte, blickte ich mich schon mal nach einem Abfalleimer um, in dem ich das Blatt mit dem Gammelkraut versenken konnte. Dabei fiel mein Blick auf den Bogenschließplatz, auf dem heute Vormittag der eine so unermüdlich seine Pfeile verstreut hatte. Ich versuchte, quer zum Strom in die Richtung des Zaunes zu gelangen, weil sich hier auch interessantes abzuspielen schien. Es standen nun mehrere Scheiben in geringen Abständen nebeneinander und vor den Scheiben hatten sich ein paar Reihen von Männern gebildet, die alle einen Bogen in der Hand hielten und einen Köcher voller Pfeile umhängen hatten. Die Männer waren unterschiedlich gekleidet, aber allem Anschein nach folgten alle in ihrer Kleiderwahl irgendwelchen mittelalterlichen Moderichtlinien. Insgesamt war das Bild eigentlich ganz malerisch. Die Scheiben sahen aus, als seien sie aus Stroh geflochten und mit konzentrischen Ringen bemalt. Zwischen den Scheiben und den Bogenschützen stand ein Mann, der gerade eine Ansprache hielt, in der er die Regeln des nun folgen sollenden Turniers erklärte und den Teilnehmern am Schluss viel Erfolg wünschte. Dann trat er zur Seite, wo ein Tisch aufgebaut war, auf dem eine kleine Glocke an einem Gestell hing und hinter dem ein anderer Mann saß.

Ich muss sagen, dass mich Bogenschießen grundsätzlich schon seit langer Zeit interessierte. Ich hatte mal von John Steinbeck „Jenseits von Eden" gelesen, das mit James Dean verfilmt worden war, wobei das Buch natürlich eine sehr viel ausführlichere Handlung beinhaltete als der Film. Jedenfalls gibt es in diesem Buch eine Szene, in der die beiden Jungs mit Pfeil und Bogen auf die Jagd gehen und sogar ein Kaninchen erwischen. Die Beschreibung des Schusses war zwar eher beiläufig, aber ich versuchte mir seitdem vorzustellen, wie es funktioniert, mit einem gespannten Bogen einen Pfeil auf ein bestimmtes Ziel zu schleudern und auch noch präzise zu treffen. Ich hatte mittlerweile mein Fleisch und mein Brot verzehrt und guckte gerade etwas unschlüssig herum, als ich einen geflochtenen Weidenkorb sah, in dem offenbar Abfall gesammelt wurde. Ich ging zu ihm hin und warf das Blatt mit dem Sauerkrautrest in den Korb. Dabei holte ich zufällig Luft und erstarrte. Der Korb stank ganz fürchterlich nach Fruchtbarkeit und Erneuerung. Klar, er stand nun wahrscheinlich seit ein paar Tagen hier rum, um Abfälle aufzunehmen, und im Mittelalter gab es keine Müllabfuhr, die derartige Körbe regelmäßig leerte. Ich machte, dass ich ein paar Meter Distanz zwischen den Korb und mich legte, und wandte mich wieder dem nun beginnenden Bogenschießen zu.

Es gab wohl verschiedene Techniken, wie ich nach einer Weile herausfand. Einige standen relativ locker da und zauberten aus einem einzigen flüssigen Bewegungsablauf, während dem sie mit der linken Hand den Bogen hoben, mit der rechten einen Pfeil aus dem Köcher zogen, ihn auf den Bogen und die Sehne legten, um diese dann zu sich heranzuziehen und gleichzeitig den Bogen von sich wegzustemmen, bis er komplett gespannt war und im gleichen Zug die Körperspannung sichtbar immer weiter anstieg, und der Pfeil dann auch schon flog. Ein Zielen war nicht zu erkennen. Überraschenderweise trafen die meisten dieser Schüsse, häufig auch im Bündel, wenn auch nicht immer in der Mitte der Scheibe. Der extreme Gegenentwurf sah so aus, dass der Schütze erst ewig lang rumruckelte, bis er einen perfekten Stand hatte, dann den Pfeil aus dem Köcher zog, ihn sorgfältig in den Bogen einlegte, anschließend den Blick auf das Ziel richtete, um daraufhin den Bogen anzuheben, einen Moment zu verharren, ehe die Sehne bis an das Gesicht herangezogen wurde. Nun stand der Schütze eine scheinbare Ewigkeit in dieser Haltung kompletter Anspannung, ehe er die Sehne mit einer deutlich akzentuierten Bewegung seiner Finger fliegen ließ. Bei diesem Typ der Schützen waren insgesamt die Ergebnisse nicht besser, aber einzelne schafften es, einen Pfeil ziemlich in die Mitte der Scheibe zu platzieren und einen zweiten so auf den ersten zu schießen, dass der erste gespalten wurde. Ich war fasziniert. Vielleicht sollte ich mich doch mal näher mit dem Bogenschießen befassen. Aber jetzt war ich eigentlich hier, um nach Linda zu sehen.

Ich drehte mich von dem durchaus spannenden Schauspiel weg und schlenderte weiter. An einer Ecke des Schießplatzes hatte ein Sänger eine Tafel aufgebaut, die mit Bildern bepflastert war. Mit einem Zeigestock deutete er nacheinander auf die Bilder und erzählte dazu in einer Art Sprechgesang eine Geschichte. Auch hier blieb ich stehen. Der Erzähler war wohl gerade fertig geworden, er lehnte seinen Stock gegen die Tafel und wendete sich zu einem kleinen Tisch, auf dem ein Krug und ein Becher standen. Er goss sich aus dem Krug etwas in den Becher, trank daraus und setzte den Becher dann mit einem wohligen „Aaaahh" wieder ab. Dann wischte er mit dem Handrücken über den Mund, rückte seine Kappe zurecht und ließ seinen Blick über die Menschen schweifen. Vor der Tafel auf der Erde stand eine irdene Schüssel, in der ein paar Münzen lagen. Einige der Zuhörer hatten, nachdem er seinen Vortrag beendet hatte, jeweils eine Münze in die Schüssel geworfen. Ich weiß nicht genau, warum ich stehenblieb und wartete, jedenfalls stand ich da, versuchte aus den Bildern schlau zu werden und warf den einen oder anderen Blick auf den Erzähler. Irgendwann fiel mir auf, dass er sowohl mich als auch die Schüssel auf dem Boden mit seinen Blicken mied.

Mittlerweile standen wieder einige Leute herum und schienen wie ich auf einen erneuten Vortrag von ihm zu warten. Er nahm noch mal einen letzten Schluck aus seinem Becher, streckte betont seine Zunge in den Becher, um den letzten Tropfen zu ergattern, stellte den Becher zurück auf den Tisch und stellte sich vor die Tafel mit den Bildern. Er nahm seinen Stock, wandte sich uns zu und legte los:

Seid gegrüßt, liebe Leut'
und lasst mich Euch heut'
eine Weisheit zum Besten geben.

Ihr werdet es nicht glauben,
Ich hör schon Euer Schnauben,
doch betrifft es jedes Leben.

Es war vor langer langer Zeit,
da hat Gott lang und breit
die Welt erschaffen.

Mit diesen Worten richtete er seinen Stock auf das erste Bild, auf dem – ich glaubte es fast nicht, eine Weltkugel aufgemalt war. Glaubte man damals im Mittelalter nicht, dass die Erde eine Scheibe oder gar ein Tabernakel sei?

Wer kennt sie mitnichten,
die alten Geschichten,
wie sie geschrieben stehn.

Am Anfang war es gleich soweit
und Gott erschuf die Zeit,
durch Tag und Nacht, die voreinander gehn.

Hier deutete er mit dem Stab auf das zweite Bild, auf dem der eine Teil der Erdkugel hell erleuchtet dargestellt war und der andere Teil im Schwarz verborgen.

Als nächstes dann, man glaubt es kaum,
schuf er den weiten Raum,
in dem Himmel und Erde sich befinden.

Nun kam das dritte Bild an die Reihe, in dem rund um die Erde Planeten, Sterne, Sonnen und ganz draußen ein heller Bereich mit Engeln und Lichtgestalten gemalt waren.
Auf diese Weise ging der Sänger durch die gesamte Schöpfungsgeschichte, stark angelehnt an die der Bibel, aber überraschend modern, also abweichend vom terrazentrischen Weltbild das heliozentrische heranziehend.
Ich wollte mich schon weiterbewegen, als mich die nächsten Zeilen aufhorchen ließen:

Und Zeit, meine Damen, meine Herren,
lässt sich nicht versperren.
Sie ist beweglich noch und noch.

Sie geht nach vorne und zurück,
verhilft zu Leid, verhilft zu Glück,
findest Du das rechte Loch.

Er deutete auf ein Bild, auf dem eine Wand angedeutet war, in der sich ein Loch befand, durch das ein Mensch schlüpfte. Wollte er etwa das Einstein'sche Wurmloch erklären oder zumindest das, was ich nach meiner Erinnerung als das Einstein'sche Wurmloch ansah?

Wohl dem, der weiß, wohin er geht,
wenn auf der and'ren Seite der Wind wild weht
und man dort nicht mehr leben kann.

Mit diesen Worten zeigte er auf das letzte Bild, das eine apokalyptische Endzeitszene zeigte, wenn man wusste, was gemeint war.

Die Leute klatschten und einige legten Münzen in die irdene Schüssel. Ich suchte einen halben Pfenning und ließ ihn ebenfalls in die Schüssel fallen. Der Sänger verneigte sich bei jeder Münze und murmelte ein „Sei's gedankt".
Obwohl ich mir einredete, dass das alles nur Humbug und Märchen seien, die er da erzählte, beschäftigte mich die Geschichte doch mehr, als ich mir eingestehen wollte.
Langsam schlenderte ich weiter die Hauptgasse hinab, ließ mich treiben, blickte in die einzelnen Buden, ohne eigentlich zu wissen, was ich hier wollte. Ach ja, ich war auf der Suche nach Linda. Aber hier fand ich sie sicherlich nicht. Ich orientierte mich und beschloss, mich auf den Heimweg zu machen.
Ich war eben dabei, mein Fahrrad aufzuschließen und aus dem Ständer zu nehmen, als mein Funktelefon klingelte. Ich holte es aus der Tasche und sah, dass Margit anrief. Ich meldete mich und sie fragte: „Und, hast Du etwas gehört von Linda?" – „Nein, habe ich nicht. Ich war gerade mal auf dem Mittelaltermarkt, aber nun fahre ich nach Hause." – „Meinst Du, wir sollten noch mal die Polizei anrufen?" – „Lass uns bis morgen warten. Ich mache das dann schon." – „Ja? Danke. Dann gute Nacht." – „Ja, gute Nacht, Margit."

Sie schien sich wirklich Sorgen zu machen. Diese Erkenntnis rührte mich.

Zweiter Tag (Dienstag)

Am nächsten Morgen, nach einer Nacht sehr schlechten Schlafes, fuhr ich entsprechend gerädert in die Redaktion. Normalerweise ist ein schöner Tagesanfang mit frischer Luft, Vogelgezwitscher und Geruch nach Natur nicht an mir verschwendet, aber an diesem Morgen hatte ich für derartiges keinen Sinn übrig. Ich schloss mein Fahrrad an und ging in die Redaktion. Heute war noch niemand da. Vom gestrigen Tag lag noch einiges an Post auf meinem Tisch, die ich erst mal durchsah. Dann schaltete ich meinen Rechner ein, und während dieser hochfuhr, ging ich in die kleine Küche, um die Kaffeemaschine zu bestücken und für mich Teewasser zu erhitzen. Mit der vollen Tasse in der Hand schlenderte ich wieder zurück in meinen Kubus und öffnete mein E-Mail-Programm. Es waren einige digitale Pressemeldungen von diversen Agenturen eingegangen, die ich kurz sichtete und dann entweder löschte oder in einen speziellen Ordner für weitere Bearbeitung legte.

Anschließend startete ich die Suchmaschine und gab den Namen unseres Städtchens sowie den Begriff „Mittelaltermarkt" und die aktuelle Jahreszahl ein. Die ersten Suchergebnisse beschäftigten sich mit der Bürgerwebsite unserer Verwaltung und diversen Veranstaltungshinweisen auf diesen Termin. Mir war gar nicht bewusst gewesen, welchen Stellenwert dieser Mittelaltermarkt in unserer Stadt genoss. Dann kamen einige Informationen von Veranstaltern, die auf diesem Markt einen Stand oder ein Ereignis organisiert hatten.

Ich begann zu lesen und fand teilweise ganz interessante Informationen zu dem einen oder anderen Budenbesitzer. Da gab es Leute, die einen ganz normalen Beruf (wie ich) hatten und sich einfach ein paar Tage im Jahre „verkleideten", um einem Hobby nachzugehen. Andere reisten europaweit von Veranstaltung zu Veranstaltung und lebten von den Erzeugnissen, die sie während eines Marktes verkauften. Einer von ihnen, ein Waffenschmied, der hauptsächlich Schwerter und Hellebarden herstellte, hatte eine mobile Schmiede, die er jedes Mal auf- und abbaute. Diese Schmiede hatte er sich nach Unterlagen in Geschichtsbüchern konstruiert. Er vermied jede Arbeitserleichterung, zum Beispiel durch ein elektrisches Gebläse. Alleine die Beschaffung geeigneten Leders für den Blasebalg schien mit hohem Aufwand verbunden zu sein. Auch die Beschaffung des Halbzeugs, der Eisenstangen und -platten, aus denen er seine Gerätschaften herstellte, war nicht trivial, weil moderne Stähle nach ganz anderen Gesichtspunkten rezeptiert werden als das Eisen damals im Mittelalter. Mich verwunderten zwei Aspekte bei diesem Mann: Das eine war, dass er für die Reisen von Markt zu Markt durchaus auf moderne Hilfsmittel zurückgriff (es gab Fotos von seinem Gespann, bestehend aus einem Truck und einem umgebauten Tieflader, und der durchaus als luxuriös zu bezeichnenden Wohnung, in der er hauste) und dass er das Internet als Plattform für Werbung und Online-Handel seiner Produkte nutzte. So ein Schwert war auch nicht gerade billig. Wenn es mit den entsprechenden Verzierungen ausgestattet war, zum Beispiel das Wellenmuster, das durch spezielle Schmiedetechniken entsteht, dann konnte man dafür schon mal einen Monatslohn spendieren, und man durfte kein Kleinverdiener sein. Andererseits, wenn er die Waren wirklich nach alten Regeln herstellte, dann ging auch eine ganze Menge Stunden drauf, ehe so ein Schwert fertig war.

Eine weitere Seite, die ich aufmerksam las, war die eines Geldwechslers. Er ließ sich des langen und breiten über die Kaufkraft alter Währungen aus und wie schwierig es damals gewesen war, nachvollziehbare Wechselkurse zu definieren. Im Prinzip war das Geldwechselgeschäft schon immer um Haaresbreite neben der Halsabschneiderei angesiedelt gewesen. Mir fiel eine Erzählung Rolfs ein, der mal eine Weltreise gemacht hatte, für die er mehrere Jahresurlaube aufgespart hatte, und die Methoden, derer sich die diversen Geldwechsler bedient hatten, um sich zu bereichern, bis hin zu Geldscheinen, die schon lange keine Gültigkeit mehr hatten beziehungsweise nur in einer Stadt ausgegeben werden konnten. Was einem natürlich niemand erzählte beim Umtausch. Ich dachte an die Pfenninge in meinem Portemonnaie. Angeblich waren sie als Universalwährung für eine ganze Reihe von Mittelaltermärkten „gemünzt" worden.

Von dem Geschichtenerzähler fand ich keine Erwähnung im Netz.

Elise kam in meinen Kubus, begrüßte mich und legte einen Stapel Papier auf meinen Schreibtisch. War es schon so spät? Ich musste über meinen Recherchen die Zeit vergessen haben. Die Post kam gegen acht Uhr in die Redaktion, dann sortierte Elise die Post vor und legte den Rest Klaus-Dieter vor, der dann die Verteilerhäufchen bildete, die Elise wiederum verteilte. Sie lächelte mich mit ihrem leichten Verziehen des Gesichtes an und verschwand wieder. Ich wollte mich eben umdrehen, um ihr ein paar Worte hinterherzurufen, als das Telefon klingelte. Auf der Anzeige sah ich Klaus-Dieters Nummer und hob den Hörer ab: „Schreiner." – „Hallo Xaver, guten Morgen. Gut geschlafen?" – „Ja, danke, wie geht es Dir?" – „Alles in Ordnung. Sag mal, hast Du heute Vormittag Zeit? Ich habe gehört, dass im Rathauskeller ein Hohlraum gefunden wurde, der ein Verlies gewesen sein soll oder so ähnlich. Kannst Du mal eben rüberfahren zum Rathaus und versuchen, dazu ein paar Informationen zu erhalten für unsere Rubrik „Aktuelles"?" – „Ja, klar. Hast Du schon einen Termin mit jemandem vereinbart?" – „Nein, da müsstest Du Dich vielleicht erst mal drum kümmern. Versuch auch gleich, ein Interview mit dem Bürgermeister zu bekommen. Mit Foto, das mag er." – „Ja, mach ich. Ich melde mich wieder, sobald ich zurück bin." – „Gut, bis dann." Wir trennten die Verbindung. Ich öffnete im Internet die Seite unserer Kommunalverwaltung, selektierte dort die Ansprechpartner und wählte dann die Nummer des Bauamtes. Ich war mir zwar nicht sicher, ob dies der richtige Ansprechpartner war – wahrscheinlich nicht, aber es war mal ein Anfang. Nach ein paar Ruftönen klickte es und der Herr meldete sich: „Städtisches Bauamt, guten Morgen." – „Hier ist Schreiner von der örtlichen Zeitung. Ich habe gehört, dass in Ihrem Keller alte Verliese entdeckt wurden, und würde darüber gerne berichten. Kann ich kurzfristig vorbeikommen, um mit ein paar Leuten zu reden." – „Das ging aber schnell. Wir haben das alles erst gestern Nachmittag entdeckt. Ich weiß nicht, da sollten Sie mal mit dem Bürgermeister sprechen." – „Können Sie mich zu ihm durchstellen." – „Oh Gott, wie funktioniert das denn bei unserem Telefon?" – „Also bei uns muss man die „R"-Taste drücken ..." – „Jaja, ich weiß. Moment bitte." Es klickte, dann hörte ich als Pausenmusik sphärische Klänge. Wollten die einen einlullen, um leichter irgendwelche miesen Regularien durchzubekommen? Es klickte wieder und das Rufzeichen ertönte, dann eine weibliche Stimme: „Vorzimmer des Bürgermeisters." – „Hier ist Schreiner von der örtlichen Zeitung. Wir haben erfahren, dass in Ihrem Keller Verliese gefunden wurden und ich würde gerne darüber berichten. Kann ich mal den Bürgermeister sprechen oder am besten einen Termin bei ihm bekommen?" – „Moment." Es klickte wieder zur Einlullmusik, dann klickte es wieder nach kurzer Zeit und der Vorzimmerdrache war dran: „Sie können in einer halben Stunde mit dem Bürgermeister sprechen." – „Das ging aber schnell. Danke und Auf Wiederhören." – „Auf Wiederhören." Mit dem Fahrrad konnte ich innerhalb von zehn Minuten am Rathaus sein, also war noch Zeit, die Post zu sichten. Ich blätterte den Stapel durch, sortierte aus, überflog die ersten Seiten der Tageszeitungen, die wir in die Redaktion bekamen. In einer der Zeitungen fand ich einen Kommentar zur „Atomaren Bedrohung", den ich las. Er klang so ähnlich wie meiner. Witzig. Ich stand auf und legte die Seite auf den Kopierer. Die Tageszeitungen gingen einmal durch die ganze Redaktion und es war verpönt, sich Teile rauszureißen, ehe die Zeitung komplett rumgelaufen war. Die Kopie legte ich auf den dritten Stapel von links. Als ich die Post sortiert hatte, stand ich auf und brachte die Zeitungen in Rolfs Kubus. Rolf war nicht da. Drum war es heute Morgen so still gewesen.

Dann schaltete ich meinen Rechner ab, nahm meine Jacke und ging zu Elises Büro. Dort klopfte ich an und trat ein. Sie blickte an ihrem Rechner vorbei, aber ehe sie etwas sagen konnte, sagte ich: „Ich bin mal auf eine Weile beim Bürgermeister. Bis später." – „Bis später." Sie winkte einmal und ich ging, um mein Fahrrad zu holen.

Am Rathaus angekommen, schloss ich mein Fahrrad am Ständer an und ging hinein. Ich klopfte an der Tür des Vorzimmers zum Bürgermeisterbüro und trat auf das „Herein" hinein. Frau Sandlein saß hinter ihrem Schreibtisch und lächelte mich an: „Guten Morgen, Xaver, er wartet schon auf Dich." Das ist der Vorteil einer Kleinstadt oder eines Dorfes, dass jeder jeden kennt und man formloser miteinander umgeht. Ich trat durch die Tür ins Büro des Bürgermeisters, der zwar so tat, als sei er beschäftigt, aber tatsächlich auf mich gewartet hatte, so wie er mir entgegentrat: „Guten Morgen, Xaver. Das ist schön, dass Du es gleich einrichten konntest." Ich schüttelte seine Hand und antwortete: „Guten Morgen, Peter. Das klang einfach zu interessant, was ich da gehört habe. Sind das echte Verliese?" – „Wir wissen es noch nicht. Ich habe den Meinrad vom Bauamt schon mal gebeten, in den alten Plänen nachzusehen, was da verzeichnet ist. Er wird wohl auch gleich mit dazukommen. Der alte Teil vom Rathaus war ja früher, so um Mitte des neunzehnten Jahrhunderts, als Gemeindeschule gebaut worden. Das ist der Flügel dort drüben. Und der Gebäudeteil, in dem wir hier sind, wurde nach dem Krieg angebaut, als man die Schule zum Rathaus umnutzte. Die Gemeindeschule war damals schon unterkellert worden und auch der neue Teil ist unterkellert. Wenn man die ganz alten Pläne in der Chronik anschaut, dann sieht man, dass hier beim Rathaus früher die Stadtmauer entlang verlief, und man vermutet, zumindest steht es so in der Chronik, dass hier im Bereich das Rathauses ein Eckturm der Stadtmauer gestanden haben muss. Man konnte es aber nie überprüfen, weil zu der Zeit, als die Chronik geschrieben worden war, die Schule schon stand. Es war damals der Schulmeister gewesen, der den alten Teil der Chronik verfasst hatte." In diesem Moment klopfte es an die Tür und Meinrad, der Sachbearbeiter vom Bauamt, trat ein. Er hielt ein paar Papierrollen und einen Ordner in der Hand, grüßte mich mit einem Nicken und legte die Unterlagen auf den Tisch: „Das ist, glaube ich, alles, was wir vom Ostflügel an Unterlagen haben. Es sind nur die Grundrisse, vom Keller gibt es gleich nur Skizzen." Mit diesen Worten zog er einen eingerollten Papierbogen vorsichtig auseinander und beschwerte die Ecken mit dem

Ordner auf der einen Seite und mit seinem Funktelefon auf der anderen Seite. Das Papier war stark gedunkelt und die Linien nur sehr undeutlich zu erkennen. Peter, der Bürgermeister, meinte: „Vielleicht sollten wir diese alten Dokumente in die Hauptstadt ins Archiv bringen und für uns nur Arbeitskopien behalten. Das Papier wird ja nicht besser mit den undefinierten Konditionen, unter denen wir es bei uns lagern. Aber nun lass uns mal sehen. Hier ist Norden, das ist die gemeinsame Wand zum neuen Keller mit dem großen Durchbruch, der damals gemacht worden ist. Hier geht die alte Treppe runter in den Keller." Er wandte sich an mich: „Wir können gleich runtergehen, dann kannst Du alles anschauen und fotografieren, wenn Du willst. Die Treppe hat man damals gesperrt, weil sie im schlechten Zustand war, und vom neuen Keller aus den Zugang zum alten Keller gelegt. Der alte Keller ist noch ein gemauertes Gewölbe, Du wirst das gleich sehen. Und hier haben sie in den letzten Tagen gearbeitet. Die Ursache für die Arbeiten war, dass diese Mauer feucht geworden ist und die Feuchte den Boden angegriffen hat. Der Boden in diesen und diesen Räumen ist gestampfter Lehm, aber in diesem Raum mit der Feuchte besteht der Boden aus gebrannten Tonziegeln. Die sind durch die Feuchte ziemlich bröckelig geworden und wir wollten sie austauschen. Und beim Rausnehmen der Ziegel ist plötzlich einer nach unten weggebrochen und hat beim Aufprall weiter unten ein hohles Geräusch verursacht. Dann haben wir noch ein paar weitere Ziegel entfernt – also die Bauarbeiter, aber ich war zu dem Zeitpunkt schon mit da unten – und mit einer Lampe reingeleuchtet. Da ist ein großer Raum unter dem Keller der alten Schule." Er schaute mich triumphierend an. Ich schaltete in meinen beeindruckten Gesichtsausdruck und nickte: „Das klingt total spannend. Könntet Ihr mir von diesem Plan einen Scan anfertigen lassen? Ich würde bei der Berichterstattung gerne so ein Bild mit einem Pfeil einbauen, wo das Loch im Boden entstanden ist." – „Ja, klar, das sollte kein Problem sein." Mit diesen Worten blickte er seinen Mitarbeiter an, der wortlos nickte. Dann winkte der Bürgermeister mir zu, ihm zu folgen. Wir traten auf den Flur und gingen zur Treppe, um in den Keller zu gelangen. Hier konnte ich es auch riechen. Genau so wie damals, als ich in Berlin das Reichstagsgebäude besichtigt hatte: Dieser spezielle fade Geruch von Beamtenschweiß. Wir durchquerten den offenbar neu gebauten Keller und gelangten an einen gemauerten Rundbogen, hinter dem die Decke als Gewölbedecke ausgeführt war. Aha, nun waren wir im alten Gebäudeteil angelangt. Da wir im neuen Keller ein paar Mal um Ecken gebogen war, hatte ich die Orientierung ziemlich verloren. Ich versuchte mich zu erinnern, in welchem Raum der Boden eingebrochen war, bezogen auf den Durchgang. Ehe ich es schaffte, das Bild in meinem Kopf aufzubauen, waren wir da: Der Boden bestand tatsächlich aus gebrannten Ziegeln, während die Böden in den beiden Räumen vorher ebenmäßig und glatt gewesen waren: Gestampfter und oftmals geölter Lehmboden.

In der Mitte des Raumes war ein Loch im Boden, ungefähr einen Meter im Geviert. Zwei Männer in Arbeitskleidung standen herum und rauchten. Als sie den Bürgermeister sahen, drückten sie hastig ihre Zigaretten – an den Schwielen ihrer Hände aus, ungelogen. Der Bürgermeister blickte sie missbilligend an und wandte sich dann an mich: „Hier wären wir." Er wandte sich an die Bauarbeiter: „Bis wann können wir mit Licht rechnen?" Einer der beiden meinte: „Der Kalle ist bereits unterwegs und holt ein paar Akkustrahler. Eigentlich müsste er jeden Augenblick wieder da sein." – „Und was ist mit einer Leiter?" – „Wir wollten erst mal sehen, wie weit es da runter geht. Wir wissen ja gar nicht, wie lange die Leiter sein muss." – „Ja, der Eiffelturm wird hier wohl nicht begraben sein. Vielleicht könnte man es ja mit einer Teleskopleiter versuchen, eine andere bekommt man hier in diesem Raum ohnehin nicht unter." – „Die Teleskopleiter haben wir immer auf dem Wagen. Ich glaube, ich gehe mal mit nach oben und warte auf den Kalle. Dann können wir auch gleich die Leiter mit runterbringen." Der zweite Mann nickte bei diesen Worten und sagte nur: „Ich komme mit." Die beiden verschwanden. Ich blickte den Bürgermeister an und fragte: „Darf ich schon mal ein paar Bilder machen? Ich habe eine Kamera mit Blitz dabei." Der Bürgermeister nickte und sagte: „Klar. Das können wir auch für eine größere Berichterstattung gebrauchen, eventuell für die nächste Version unserer Stadtchronik."

Ich nahm meine Kamera aus der Tasche, kontrollierte die Einstellungen und machte ein paar Aufnahmen des Raumes und vor allem des Loches im Boden. Der Bürgermeister war ebenfalls verschwunden, ich hörte ihn in einem der anderen Räume rumoren. Nach ein paar Minuten hörte ich die Stimmen der beiden Handwerker und ihre Schritte. Der Bürgermeister tauchte wieder in der Tür auf, die beiden Handwerker folgten ihm. Jeder hielt eine tragbare Lampe in der Hand und gemeinsam steuerten sie eine Leiter durch die Tür. Sie legten die Leiter ab, schalteten ihre Lampen ein und beugten sich über das Loch im Boden, die Strahler in die Tiefe richtend. Ich räusperte mich und sagte: „Ich finde das hier wirklich spannend, aber es macht mich ein bisschen nervös, wenn Ihr so dicht an dem Rand von dem Loch steht. Wer weiß, was da noch alles runterbrechen kann." Der Bürgermeister und die beiden Handwerker blickten mich an, Überraschung im Gesicht. Ich zeigte auf den Boden und ergänzte: „Naja, das ist immerhin gemauertes Gewölbe und die Schlusssteine sind rausgebrochen. Da ist der Rest des Gewölbes meistens sehr unstabil, habe ich gehört." Der Bürgermeister nickte und sagte: „Du hast Recht, Xaver. Wir sollten den Boden erst mal sichern und können dann weitersehen." Er wandte sich an die beiden Handwerker und sagte: „Besorgt ein paar Gerüstbohlen, die wir auf den Boden rund um das Loch hier legen. Dann sehen wir weiter. Wie lange wird das wohl dauern, die Bohlen zu besorgen?" Der eine Handwerker blickte den anderen an und meinte dann: „In einer halben Stunde sollten wir soweit sein. Wir geben Euch Bescheid." Der Bürgermeister wandte sich an mich und sagte: „Was hältst Du davon, wenn wir uns die Chronik eben ansehen, ob da eine Erwähnung zu finden ist über irgendwelche alten Strukturen. Ich habe die Chronik oben im Büro stehen." Ich nickte und steckte meine Kamera wieder ein. Wir gingen durch den Keller zur Treppe, von dort nach oben und dann in sein Büro. Dort angekommen, blickte er mich an und fragte: „Was willst Du trinken? Kaffee? Tee? Bier?" – „Ein Mineralwasser wäre mir recht, am Besten ohne Kohlensäure." Er drückte auf einen Knopf auf seinem Telefon und sagte: „Bringst Du uns bitte zwei Mineralwasser ohne Kohlensäure? Danke." Ohne eine Antwort abzuwarten, ließ er den Knopf wieder los und wandte sich an das Bücherregal, das hinter seinem Schreibtisch an der Wand stand. Er griff sich ein Buch, das ich am Einband als den ersten Teil der Chronik unserer kleinen Stadt erkannte, legte es auf den Schreibtisch und öffnete es. Er blätterte eine Weile, las verschiedentlich ein paar Textstellen, blätterte wieder. Die Tür öffnete sich und seine Sekretärin betrat den Raum, ein Tablett in der Hand, auf dem zwei Flaschen und zwei Gläser standen. Sie stellte die Flaschen und Gläser auf den Besuchertisch und wandte sich dann an den Bürgermeister: „Hat man schon was gefunden?" Er blickte sie kurz an und meinte dann: „Wie unser Xaver vollkommen richtig bemerkt hat, müssen wir erst mal den Boden im Keller sichern, ehe wir weiterforschen, weil das alles altes Gewölbe ist und die Gefahr besteht, dass noch weitere Steine abbrechen. Wir warten gerade auf Gerüstbohlen und sehen dann weiter." Sie lächelte und sagte: „Ich finde das total spannend. Endlich ist mal was los in dieser Stadt." Der Bürgermeister lachte und erwiderte: „Also mir ist es immer ganz recht, wenn nicht zu viel los ist. Ich bin nicht so scharf auf Abenteuer." Die Sekretärin nickte noch einmal und ging wieder. Ich nahm eine Flasche, öffnete sie und goss mir etwas Wasser in eines der Gläser. Dann goss ich den Rest in das andere Glas und reichte es dem Bürgermeister. Er dankte, trank einen Schluck und sagte dann: „Also so wirklich ist nichts erwähnt. Es heißt, dass sich der Stadtkern um das alte Speicherhaus, das am Marktplatz steht, gebildet hat. Die Straße und die Häuser, die vom Marktplatz bis hierher führen, wurden im achtzehnten Jahrhundert gebaut. Auf der anderen Straßenseite die Bauernhöfe wurden im siebzehnten Jahrhundert gebaut." Mit diesen Worten deutete er aus einem der Fenster. Dann blätterte er in der Chronik und sagte: „In diesem Bild kann man erkennen, dass hier mal eine Stadtmauer entlanglief, aber von Gebäuden oder ähnlichem ist hier keine Erwähnung."

Ich nickte und sagte: „Als Heinrich Schliemann in Troja anfing zu buddeln, tauchten aus der Tiefe insgesamt sieben Städte auf, die eine auf der anderen aufgebaut worden war. Vielleicht haben wir hier ein neues Troja und Du bist der Entdecker." Der Bürgermeister lachte, aber ich sah ihm an, dass ihm der Gedanke gefiel, dass er der Bürgermeister sein sollte, der eine alte Stadt unter unserem kleinen fränkischen Städtchen entdeckt hatte.

In diesem Moment öffnete die Sekretärin die Tür, steckte den Kopf herein und sagte: „Die Herren vom Bauhof lassen ausrichten, dass die Gerüstbohlen nun bereit liegen." Um ehrlich zu sein, mir gefiel der Gedanke, der Chronist zu sein, der über die Entdeckung einer alten Stadt unter meiner Heimat berichten durfte.

Der Bürgermeister stellte sein Glas auf den Tisch und sagte: „Dann lass uns noch mal in den Keller gehen. Ich bin gespannt, was wir da nun finden werden." Wir verließen das Büro und stiegen die Treppen hinab und gingen durch die diversen Räume zu dem besagten Raum, in dem die Bauarbeiter bereits auf dem Boden Gerüstplanken ausgelegt und verankert hatten. Die Leiter lag, an eine Wand gelehnt, griffbereit in der Nähe. Die beiden hatten ihre Strahler bereits eingeschaltet und lugten durch das Loch im Boden. Als wir hinzutraten, meinte einer: „So richtig sehen kann ich nichts da unten." Er reichte seinen Strahler dem Bürgermeister, der sich nun seinerseits über das Loch beugte und an dem Strahler vorbei nach unten blickte. Der zweite Bauarbeiter sah mich an und hielt mir den Strahler hin. Ich nahm ihn und blickte in das Loch hinab. Nach einer Weile hatten sich meine Augen eingestellt und ich sah etwas. Ich versuchte, den Lichtstrahl darauf festzuhalten und sagte: „Da liegen doch die Brocken von dem Gewölbe. Das sieht mir nach einer Höhe von etwa drei Metern aus, oder?" Der Bürgermeister zögerte einen Moment, dann sagte er: „Ja, stimmt, nun sehe ich es auch. Das mit den drei Metern ist schon mal eine ganz gute Schätzung, glaube ich." Er richtete sich auf und sagte: „Kann man die Leiter im ausgezogenen Zustand festmachen, dass sie nicht von selbst noch länger wird?" „Wir haben ein paar

Seile und Gurte im Wagen, ich hole sie mal eben." Mit diesen Worten verschwand der eine der beiden Bauarbeiter, um nach kurzer Zeit mit ein paar Zurrgurten und zwei fingerdicken Seilen zurückzukehren. Die beiden Arbeiter zogen die Leiter erst auseinander, so dass sie ungefähr eine Länge von dreieinhalb Metern hatte, dann schlangen sie um die beiden Holm an der Stelle, an der die Teilholme nebeneinander lagen, jeweils einen Zurrgurt und zogen ihn fest, um die Leiter am weiteren Auseinandergleiten zu hindern. Abschließend band der eine ein Seilende um die unterste Sprosse und hielt das Seil dann fest. Der andere nahm die Leiter, richtete sie halb auf und führte das untere Ende in das Loch, ließ die Leiter vorsichtig hinabgleiten, während der zweite mit dem Seil sicherte, das er langsam durch seine Hände laufen ließ. Ich stellte mich wieder an den Rand des Loches und leuchtete mit dem Strahler hinab. Nun, da das Auge sich an der Leiter orientieren konnte, war es einfacher, weitere Details zu erkennen. Als die Leiter noch etwa einen Meter aus dem Boden ragte, setzte sie mit einem deutlichen Geräusch auf. Wir blickten uns an. Wer sollte nun als erster einsteigen? Mein Herz klopfte. Ein aufregender Moment, der aufregendste in meinem Leben, abgesehen von der Geburt Lindas.

Da niemand etwas sagte, meinte ich: „Wenn keiner was dagegen hat, dann werde ich wohl mal runterklettern." Ich blickte den einen Bauarbeiter, der das Seil in den Händen hielt, an und sagte: „Halt gut fest." „Stopp," sagte da der Bürgermeister. „Was ist, wenn da unten Gase sind?" – „Stimmt, das hatte ich nicht bedacht. Vielleicht sollte ich eine Kerze mitnehmen? Habt Ihr welche im Rathaus?" – „Frau Sandlein hat bestimmt welche in der Schublade. Ich gehe mal eben welche holen." Mit diesen Worten verschwand der Bürgermeister. Der eine Bauarbeiter meinte: „Ich hätte ein Feuerzeug." – „Ach nein, lass mal, das mit der Kerze passt schon." Wir warteten, scheinbar eine Ewigkeit, bis der Bürgermeister wieder zurückkam, in der einen Hand eine Kerze schwenkend. Der eine Bauarbeiter zog sein Feuerzeug aus der Tasche und zündete sie an. Plötzlich sagte der andere: „Warte mal, wir haben bei der Feuerwehr so einen Rettungsknoten. Damit kann ich Dich mit dem zweiten Seil sichern." – „Weißt Du, wie man ihn anlegt, den Rettungsknoten?" – „ich glaube schon, warte mal, dreh Dich mal zu mir her." Er nahm sein Seil, trat ganz dicht an mich heran, so dass ich seinen Körpergeruch deutlich wahrnehmen konnte, legte es mir um den Nacken, führte die beiden Enden dann unter meinen Achseln auf den Rücken, dort kreuzte er sie und kam wieder nach vorne. Dann schlang er einen Knoten, öffnete ihn kopfschüttelnd wieder und schlang ihn neu. „So, das müsste passen," meinte er zufrieden. „Nun ist alles bereit, bist Du es auch?" Er blickte mich fragend an. Ich atmete noch einmal tief durch, schob mir den Bügel meines Strahlers über den linken Arm, nahm die Kerze in die Rechte und setzte den rechten Fuß auf die Sprosse der Leiter, die gerade noch über dem Boden war. Dann atmete ich noch einmal tief durch und stieg mit dem zweiten Fuß auf die Leiter. Gott, war ich aufgeregt.

Langsam stieg ich die nächste Sprosse hinab. So musste sich ein Höhlenforscher fühlen, der das erste Mal eine bislang unentdeckte Höhle befuhr. „Noch mal Stopp," kam der Bürgermeister. „Wir müssen ein Foto machen. Hast Du Deine Kamera irgendwo?" – „Ja, warte, in meiner Tasche." Ich reichte die Kerze dem Bauarbeiter, der mich sicherte, und zog die Kamera aus der Tasche, schaltete sie ein und reichte sie dem Bürgermeister. Er trat ein paar Schritte zurück und sagte: „Nun, alle freundlich lääächeln." Mit diesen

Worten drückte er ab. Ein greller Blitz, ein Geräusch, der Moment war verewigt und ich sah erst mal nichts mehr. Er reichte mir die Kamera zurück, ich schaltete sie ab und steckte sie ein. Dann nahm ich meine Kerze wieder und holte tief Luft. Nun aber los. Vorsichtig kletterte ich Sprosse um Sprosse hinab, immer wieder mit dem Strahler um mich leuchtend und darauf bedacht, die Kerze möglichst ruhig zu halten. Ein trockener, aber leicht muffiger Geruch lag in der Luft, die Kerze brannte stetig, flackerte lediglich, wenn ich sie bewegte. Ich war mittlerweile ganz in dem unteren Raum, nur noch zwei oder drei Sprossen unter mir, als ich es das erste Mal sah. Ich blieb stehen, sammelte mich einen Moment und stieg dann ganz hinab. „Wie geht es Dir da unten?" Die Stimme des Bürgermeisters, durch den Hall etwas verzerrt. „Mir geht es gut," rief ich zurück. Ich stand nun auf dem Boden vor der Leiter, atmete langsam ein und aus, der Geruch blieb: trocken und muffig. Ich leuchtete einmal langsam im Kreis und konzentrierte mich dann auf die Ecke. Da lag etwas gelblich-braunes. Waren das etwa Knochen?

Ich bückte mich langsam, dabei die Kerze auch immer tiefer haltend, bis sie auf dem Boden stand. Sie brannte ruhig, die Flamme flackerte nur leicht wegen der Bewegung. Dann richtete ich mich wieder auf und ging zu dem Haufen in der Ecke, dabei mit dem Strahler den Boden vor mir ausleuchtend, weil dort die Brocken lagen, die von der Decke über mir herabgestürzt waren.

Das in der Ecke waren tatsächlich Knochen, wie es aussah, ein komplettes Skelett, das aber nicht ausgestreckt auf dem Boden lag, sondern als Haufen. Mich gruselte etwas, aber ich war doch neugierig genug, genauer hinzusehen. Offenbar war die Person, deren Überreste hier in der Ecke lagen, kauernd in eben jener Ecke gesessen, als sie starb. Einige der langen Knochen, wahrscheinlich von den Armen oder Beinen, waren gebrochen. Um einen der langen Knochen lag eine rostige Eisenschelle, die an einer Kette befestigt war, welche wiederum an einem Ring in der Wand endete. War hier ein Gefangener verhungert? Warum waren die Knochen gebrochen?

„Was ist los da unten? Geht es Dir gut?" Wieder die Stimme des Bürgermeisters. Ich blickte nach oben und rief zurück: „Ich habe hier ein Skelett gefunden. Ich mache mal ein paar Fotos und komme dann wieder nach oben." Wie eben angekündigt, holte ich die Kamera aus der Tasche und fotografierte den Knochenhaufen ein paar Mal, erst aus der Totalen, dann machte ich noch einige Detailaufnahmen, unter anderem von den gebrochenen Knochenstücken und von der Kette mit der Schelle.

Dann ging ich noch einmal an der Wand entlang und leuchtete sie etwas genauer ab. An einer Stelle fand ich in der Struktur der roh behauenen Steine eine Regelmäßigkeit, die sich, nachdem ich zwei Schritte zurückgetreten war, als möglicherweise zugemauerte Tür entpuppte. Ich stellte den Strahler auf den Boden, nahm noch mal die Kamera zur Hand und fotografierte diese Stelle.

Als ich den Strahler auf den Boden stellte, registrierte ich den Staubbelag, der sich dort gesammelt hatte. Am Fuß der Leiter waren die Brocken von der herabgestürzten Decke gelegen, da war der Staub wahrscheinlich aufgewirbelt worden und hatte sich dann anderweitig wieder niedergelegt, aber hier, ein Stück von der Leiter entfernt, war die Staubschicht fast zwei Zentimeter dick. Beim Abschreiten des Raumes stellte ich fest, dass er relativ groß war und nahezu quadratisch mit einer Seitenlänge von etwa fünf Metern, also zu groß für ein Verlies, soweit ich davon etwas verstand.

Ich sammelte die Kerze wieder ein, steckte den Bügel des Strahlers über meinen linken Arm und kletterte die Leiter hoch. Gespannt blickten mir die drei Männer entgegen. Einer der Bauarbeiter nahm mir die Kerze und den Strahler ab, löschte die Kerze und legte dann beides auf den Boden. „Nun sag schon, was ist alles da unten," drängte mich der Bürgermeister. Ich holte erst mal tief Luft und stellte plötzlich fest, dass ich fürchterlich staubig sein musste. „Also, da liegt ein Skelett unten, ich habe eine ganze Menge Fotos gemacht, und an einer Wand habe ich etwas gefunden, das aussieht wie eine zugemauerte Tür. Auch diese habe ich fotografiert. Ich zeige Dir die Bilder gleich, wenn ich Anschluss an einen Rechner habe." Der Bürgermeister überlegte einen Augenblick, wandte sich dann an die beiden Bauarbeiter und sagte: „Erstens, alles, was Ihr beide eben gehört habt, bleibt absolut unter Verschluss. Kein Wort da draußen. Verstanden?" Die beiden nickten. „Zweitens, Ihr holt mal eben die Leiter hoch und deckt dann das Loch mit den Bohlen zu, die hier noch rumliegen." Die beiden nickten wieder. Der Bürgermeister wedelte mit den Händen und sagte: „Macht das jetzt gleich." Die beiden zogen die Leiter hoch, schoben sie wieder zusammen und lehnten sie an die Wand. Dann nahmen sie ein paar der Bohlen, die auf dem Boden lagen, und rückten sie über das Loch. „Gut, nun könnt Ihr erst mal Eure Sachen mitnehmen; die Arbeiten hier sind vorerst unterbrochen. Und – Kein Ton da draußen. Ist das klar?" – „Jaja, keine Sorge, wir halten schon unseren Mund," entgegnete einer der beiden. Dann nahmen sie die Leiter hoch sowie die Seile, Gurte und Strahler, und verließen den Raum. Der Bürgermeister blickte mich kurz an und nickte in Richtung Tür. „Gut, dann wollen wir beide auch gehen. Ich schließe hier nur eben ab." Wir traten aus dem Raum, er zog die Tür zu und schloss sie ab. „Ich glaube, ich lasse hier noch ein anderes Schloss einsetzen, so dass nicht aus Versehen jemand diesen Raum betreten kann," sagte er. Dann gingen wir durch die diversen Kellerräume wieder zurück und nach oben in sein Büro.

Dort angekommen, öffnete er die Mineralwasserflasche und schenkte etwas davon in das Glas, das ich vorhin benutzt hatte und sagte: „Du siehst sehr staubig aus. Ich glaube, Du brauchst erst mal was zu Trinken. Bitte." – „Danke." Ich nahm das Glas und leerte es in einem Zug. „Vorhin in dem Raum hatte ich nicht den Eindruck, dass er staubig sei, aber nun merke ich doch den Unterschied in der Qualität der Luft. Kann ich mal an den Deinen Rechner ran und meine Kamera einstecken? Dann kann ich Dir die Bilder zeigen." Er deutete mit einer einladenden Handbewegung auf seinen Stuhl und ich setzte mich, um die Kamera an den Rechner anzuschließen. Dann klickte ich auf das auf dem Bildschirm auftauchende Ordnersymbol und anschließend auf die erste Bilddatei. Ein Bild öffnete sich, das den Kellerraum zeigte mit dem Loch im Boden. Ich wählte die nächsten Bilder in schneller Folge, bis ich zu der ersten Abbildung kam, die das untere Gelass zeigte. Bei dem ersten Foto des Skeletts verhielt ich und erklärte dem Bürgermeister, der hinter mir stand und die Bilder betrachtete: „Es sieht so aus, als hätte die Person zum Zeitpunkt des Todes in der Ecke gekauert. Man kann hier erkennen," mit diesen Worten richtete ich den Mauspfeil auf die entsprechende Stelle im Bild, „dass die Person an der Wand festgekettet war. Interessant ist noch, dass einige der langen Knochen, also Arm- oder Beinknochen, gebrochen waren, zum Beispiel hier oder hier." Ich deutete auf die jeweiligen Stellen mit dem Mauspfeil. „Das kann möglicherweise auf Folterungen zurückzuführen sein," ergänzte ich noch.

Dann blätterte ich weiter in den Bildern, die jeweiligen Inhalte kurz erklärend. Bei dem Wanddurchbruch verhielt ich wieder und sagte: „Hier kannst Du erkennen, dass eine gewisse Regelmäßigkeit an den Kanten sichtbar ist, und ich vermute, dass man hier eine Tür zugemauert hat." Ich fuhr die Umrisse der Tür mit dem Mauspfeil ab. Dann drehte ich mich um, stand auf und setzte mich auf den Besucherstuhl. Ich blickte ihn an und sagte: „Weißt Du, das ist ziemlich groß, was wir da gefunden haben. Zum Einen wäre interessant zu wissen, wie alt dieses Skelett bereits ist, zum Andern natürlich, warum unter Eurem Kellerraum ein alter Raum auftaucht, der offenbar keinen Zugang durch die Decke hat, sondern möglicherweise durch die Wand. Die Decke des unteren Raumes ist ein gemauertes Gewölbe, das bedeutet, dass die Decke als Decke gebaut worden war." Der Bürgermeister nickte nachdenklich und sagte nach einer Weile: „Ich glaube, wir sollten das alles erst mal unter Verschluss halten. Es tut mir nun Leid für Dich, dass Du keine Story hast, aber ich bin trotzdem froh, dass Du dabei warst. Ich werde den Raum mit einem anderen Schloss verschließen lassen, so dass nur ich Zugang habe. Dann muss ich mich mal mit Fachleuten für Altertumsforschung in Verbindung setzen. Vielleicht gibt es an der Uni in der Kreisstadt einen entsprechenden Lehrstuhl. Ich halte Dich jedenfalls auf dem Laufenden." – „Ja, ich glaube, das ist das vernünftigste. Ich schreibe schon mal etwas zusammen und archiviere die Bilder und warte ab. Hoffentlich halten die beiden Bauarbeiter ihren Mund." Der Bürgermeister zog den Verbindungsstecker zwischen der Kamera und dem Rechner und reichte mir die Kamera über den Schreibtisch: „Danke auf jeden Fall noch mal fürs Kommen. Ich halte Dich über alle Aktivitäten auf dem Laufenden." – „Danke fürs

Informieren. Tschüss." Ich steckte die Kamera ein und ging.

In der Redaktion angekommen, schaltete ich meinen Rechner ein, verband dann die Kamera mit dem Rechner und sicherte erst einmal die Bilder auf dem Server. Anschließend ging ich zum Büro des Chefredakteurs, um ihm Bescheid zu geben, dass ich wieder im Haus war, und kurzen Bericht zu erstatten. Ich erzählte ihm, was ich gesehen hatte, und welche Entscheidungen der Bürgermeister getroffen hatte. Er dachte eine Weile nach und meinte dann: „Nun hängt natürlich alles daran, dass die beiden die Klappe halten. Ansonsten stehen wir ziemlich blöd da. Da haben wir mal eine echte Story und dann bringen wir sie nicht. Das gefällt mir nicht. Ich rede noch mal mit dem Bürgermeister. Ich sag Dir dann Bescheid, aber schreibe schon mal alles auf, was es zu dem Thema gibt." Ich nickte und verließ sein Büro. Auf dem Weg zu meinem Kubus beschloss ich, Elise zu begrüßen und klopfte an ihre Tür, um sie dann zu öffnen. Sie lugte hinter ihrem Bildschirm hervor, lächelte leicht und sagte: „Du musst nicht anklopfen, wenn Du bei mir eintrittst." – „Ich weiß und ich arbeite an meinem Pawlow'schen Reflex. Aber das ist gar nicht so einfach, so etwas wieder loszuwerden, wenn sich das erst mal richtig festgebrannt hat in den archaischen Teilen des Gehirns. Gibt es etwas Neues?" – „Ich hatte eigentlich gehofft, dass Du etwas Neues mitbringst aus dem Rathaus. Ich bin schon ganz gespannt." – „Ja, es gibt da Neuigkeiten, aber die sind Top Secret. Also nichts weitererzählen. Es gibt da tatsächlich unter dem Rathauskeller mindestens einen weiteren Raum. Der ist uralt und ich habe sogar ein Skelett in dem Raum gefunden." – „Waaas, Du hast ein Skelett gefunden?" Elises Augen waren riesengroß geworden und wenn ich mich nicht täuschte, richteten sich gerade ihre Haare auf. „Ja, da war ein Skelett, und das war sogar noch an die Wand gefesselt, mit Ketten, und einige Knochen waren übel zerbrochen, gerade so, als sei die Person gefoltert worden. Und dann habe ich noch eine zugemauerte Tür entdeckt. Was wäre, wenn wir ein neues Troja entdeckt hätten?" – „Was, ein Troja?" – „Ja, weißt Du, jeder dachte doch, dass die Geschichte von Homer über die Trojanischen Kriege nichts weiter sei als ein Märchen, bis Heinrich Schliemann an der Stelle anfing zu graben und sieben übereinander liegende Städte nacheinander aus dem Dreck klaubte, bis er zu dem Troja kam, auf das die Beschreibungen passten, die Homer in seine Ilias reingepackt hatte." – „Ach ja, da habe ich mal was im Fernsehen gesehen. Eine alte Stadt unter unserer, das ist doch total spannend." Sie lächelte mich an, und mir wurde warm ums Herz. Beflügelt drehte ich mich um und ging zurück in meinen Kubus. Dort setzte ich mich an meinen Rechner und öffnete ein leeres Textdokument, überlegte einen Moment und fing dann an zu schreiben, um die Ereignisse des Vormittages festzuhalten.

Nach etwa einer Stunde war ich soweit fertig und lehnte mich zurück. Ich las den Text noch mal, korrigierte hier und da ein Wort oder einen Satz und speicherte das Dokument dann bei den Bildern.

Dann überlegte ich. Ich hatte etwa zwei Seiten in der Zeitung zu füllen. Ich nahm mir noch mal den Kommentar zur Atomaren Bedrohung, den ich heute Morgen gefunden hatte. Dann blätterte ich die diversen Agenturmeldungen durch auf der Suche nach etwas Brauchbarem, sortierte zwei Meldungen heraus, die ich etwas umarbeiten würde. Die eine behandelte den beginnenden Wahlkampf auf der anderen Seite des Großen Teichs, die andere drehte sich um die ungünstigen Witterungsverhältnisse der letzten Wochen und den damit verbundenen zu erwartenden Ertragsverlusten der hiesigen Landwirtschaft. Dann kämmte ich noch mal meinen E-Mail-Eingang durch. Ich war in diversen Pressestellenverteilern registriert und erhielt jeden Tag haufenweise Pressemeldungen von allen möglichen Institutionen des öffentlichen Lebens und der Wirtschaft. Da kam Klaus-Dieter in meinen Kubus. Er tippte mir auf die Schulter und sagte: „Xaver, ich habe gerade mit dem Bürgermeister gesprochen. Er ist damit einverstanden, dass wir über den Fund in seinem Keller berichten. Wir setzen auf die erste Seite den Bericht mit großer Schlagzeile und auf die vierte Seite halbseitig das Interview. Das kannst Du einfach so schreiben und dann dem Bürgermeister zur Freigabe schicken. Seine Mail-Adresse hast Du ja." – „Dann bin ich schon fast fertig für heute. Textmäßig habe ich schon alles vorbereitet und muss nur noch einen Teil als Interview strukturieren. Ansonsten habe ich hier noch drei Meldungen, die ich gerne veröffentlichen würde." Ich zeigte ihm die Texte, die er überflog und zustimmend nickte: „Das ist in Ordnung. Kannst Du noch eine halbe Seite für Rolf übernehmen? Ihm geht es nicht gut und er arbeitet von zuhause aus, allerdings mit eingeschränkten Mitteln." – „Ja, klar, da habe ich hier noch etwas gefunden, und was hältst Du davon, wenn ich noch einen kurzen Bericht zum Mittelaltermarkt zusammenschreibe?" – „Was, Du interessierst Dich plötzlich für den Markt, oder woher hast Du die Informationen?" – „Ach, ich war gestern Abend dort und war überrascht, was da so alles los ist, und wenn man dann mal anfängt, ein bisschen zu recherchieren, dann kommt so einiges zutage. Passt auch zu dem Thema mit dem Fund im Rathaus." – „Ja, gut, dann mach. Schick mir die Texte zu, wenn sie fertig sind. Ich spreche schon mal mit dem Chef vom

Dienst, dass er das alles einplant." Er klopfte mir noch mal auf die Schulter und verließ mich wieder.

Binnen zwei Stunden hatte ich alles vorbereitet. Für das Interview mit dem Bürgermeister verwendete ich ein Archivfoto, das ich in die Textdatei einfügte, ehe ich das Dokument an die Adresse des Bürgermeisters schickte mit der Bitte, mir bis zu einer bestimmten Zeit die Freigabe zu erteilen. Die Antwort kam überraschend schnell und beinhaltete die Information, dass der Bürgermeister bereits mit einem Professor für altdeutsche Geschichte und Archäologie Kontakt aufgenommen hatte und dieser sich den Fund innerhalb der nächsten Tage ansehen wollte. Das Alter des Skeletts sollte auch bestimmt werden. Es gab hierzu ein Verfahren, das sich Radiokarbonmethode nannte. Ich fügte diese Information noch an meinen Bericht für die erste Seite und sandte die Texte an den Chefredakteur. Dann schaltete ich meinen Rechner ab, streckte mich und stand auf. Ich ging kurz zu Klaus-Dieters Büro, um mich zu verabschieden, klopfte bei Elise an, wünschte ihr schönen Feierabend und machte mich auf den Heimweg.

Das Betreten der Wohnung war schmerzhaft. Linda war nicht da und ich hatte das Gefühl, dass ein großes Loch die Stelle belegte, die sonst von Linda ausgefüllt wurde. Vielleicht sollte ich mich endlich abnabeln, Zeit wäre es. Linda war erwachsen und die Polizistin hatte vermutlich Recht. Es tat nur so verdammt weh.

Naja. Ich überlegte, was ich zu Abend essen sollte, und beschloss dann, zum Mittelaltermarkt zu fahren und mir dort noch mal Schweinefleisch auf Brot zu kaufen. Ich hatte noch einige Pfenninge im Portemonnaie und musste sie ohnehin wieder loswerden.

Ich zog mir feste Schuhe an und eine Jacke, verließ die Wohnung, holte mein Fahrrad aus dem Schuppen und pedalte zum Stadtplatz. Dort schloss ich mein Fahrrad an den Ständer an und ging wieder auf den Platz. Heute waren etwas weniger Besucher unterwegs als gestern, so dass das Vorankommen leichter war. Ich steuerte als erstes den Stand an, an dem ich etwas zu Essen kaufen konnte, und ließ mir eine Portion Fleisch auf Brot geben. Auf das Sauerkraut konnte ich verzichten, da hatte ich noch von gestern den üblen Geschmack im Mund. Dann schlenderte ich den Gang hinab, blickte nach links und rechts. Heute fand kein Bogenturnier statt. Auf dem Platz standen sich in Kettenhemden gekleidete Männer gegenüber und fochten Schwertkämpfe aus. Soweit ich es beurteilen konnte, waren die Schwerter echt und die Männer gingen ernsthaft aufeinander los. Am Rand des Feldes stand eine Hütte, in der drei Liegen standen, an denen Männer andere Männer zu verarzten schienen.

Ich ging weiter und kam an die Ecke, an der gestern der Sänger gestanden hatte. Der Sänger war nicht da, aber seine Tafel stand am Platz. Ich ging zu der Tafel und blickte die Bilder an, erinnerte mich an die Verse, die er dazu gesungen hatte. Sollte das wirklich bedeuten, dass er Zeitenwanderungen beschrieben hatte?

"Kann ich Ihnen helfen?" Ich zuckte zusammen und drehte mich um. Vor mir stand der Sänger von gestern Abend, gekleidet in sein Kostüm oder was es auch immer darstellen sollte. „Ich wollte mir nur noch mal die Bilder ansehen, die Sie gestern beschrieben hatten. Ich fand ihren Vortrag sehr interessant und ..." – „... und wollen ihn nun verstehen? Nun, da gibt es nicht viel zu verstehen." – „Was Sie da gestern vorgetragen haben, klang in sich logisch und schlüssig, aber wenn man es rational betrachtet, dann ist es völlig verrückt. Das verstehe ich nicht." Der Mann blickte mich lange an, dann sagte er: „Kommen Sie mal mit, ich möchte Ihnen etwas erklären und zeigen." Ohne sich weiter um mich zu kümmern, drehte er sich um und ging den Gang weiter hinab. Ich zögerte einen Moment und folgte ihm dann. Ich holte ihn ein und sagte: „Ich wollte Sie im Vorweg noch etwas fragen: Warum finde ich von vielen anderen Ausstellern hier mehr oder weniger umfangreiche Präsenzen im Internet, aber ausgerechnet von Ihnen nicht?" – „Die Antwort ist Teil dessen, was ich Ihnen zeigen und erklären möchte. Kommen Sie einfach mit." Wir staksten eine Weile durch den mit Stroh bedeckten schlammigen Weg entlang, bis ich den „Herrn Graf" von gestern in seinem Eisenkaftan sah. Mein Begleiter sah in ebenfalls, blieb stehen und sagte mit unterdrückter Stimme: „Sehen Sie diesen Mann? Nun raten Sie mal, in welchem Jahr er lebt." – „Sie meinen, lebte?" – „Nein, lebt." – „Naja, Heute ist der ...", ich nannte das Datum. Er schüttelte den Kopf und sagte: „Nein, im Jahr 942. Wir können ihn hier sehen, weil er gleichzeitig hier ist, aber er sieht hauptsächlich den Raum in der Zeit von damals, und er ist der Graf, dem damals das Jagdschloss hier gehörte, um die sich später die Stadt gründete." – „Ich dachte, das Jagdschloss gehörte dem Bischof von ..., zumindest steht es so in der Chronik." – „Dem Bischof gehörte ein anderes Schloss, die Besitzung des Grafen war viel früher da, wurde aber gemäß geschichtlichen Überlieferungen nicht mehr genutzt, weil der Graf wohl keine eigenen Nachkommen und der neue Regent an diesem Jagdschloss kein Interesse hatte oder so ähnlich. Die Aufzeichnungen sind an dieser Stelle sehr dürftig." – „Angenommen, ich glaube Ihnen jetzt mal, dass der Mann da, der sich für einen Grafen hält und hier vor uns sichtbar ist, tatsächlich im Jahr 942 lebt. Warum sehen wir ihn dann?"

In diesem Moment wurden wir von ein paar angetrunkenen Männern angerempelt, die von hinten angekommen waren und deren Gegröle ich schon während der letzten Minuten wahrgenommen hatte, ohne ihm Beachtung zu schenken. Sie waren alle in Kettenhemden gekleidet und trugen Schwerter an der Seite. Einer der Rempler blieb stehen, blinzelte uns an und rief dann: „Wen muss ich da sehen? Mensch, Ludfried, bist Du es wirklich?" Er umarmte den Geschichtenerzähler, dessen Gesichtsausdruck ein Zwischending zwischen Amüsement und erschrockener Überraschung war. Jedenfalls umarmte er den betrunkenen Mann ebenfalls und sagte: „Hallo Karlowig, dass Du heute da bist." – „Ja, ich war eben beim Turnier und habe ein paar Möchtegerne in den Boden gestampft. Aber es klebt kein Blut an meinem Schwert." Und mit einem listigen Grinsen fügte er hinzu: „Ich hab's nämlich abgewischt." Dazu lachte er schallend. Seine Saufkumpane brachen ebenfalls in grölendes Gelächter aus. Karlowig stützte sich mit einem Arm auf der Schulter des Geschichtenerzählers ab und blinzelte zu mir herüber: „Wer ist das denn? Den habe ich ja noch nie gesehen?" – „Das ist nur ein Bekannter, den ich hier kennen gelernt habe." Ich streckte die Hand aus und sagte: „Hallo, ich bin Xaver." – „Xaver? Was ist das denn für ein Name?" Der Betrunkene wieherte wieder los, begleitet von seinen Kumpanen.

Der Geschichtenerzähler schob Karlowig etwas von sich und sagte: „Mensch, Du kannst doch nicht so unhöflich sein. Du weißt doch, dass der Markt hier Leute von nah und fern anzieht. Er lacht ja auch nicht über Deinen Namen." Und mit einem Lächeln fügte er hinzu: „Obwohl ich mir vorstellen kann, dass es Leute gibt, die Deinen Namen lustig finden."

Der Betrunkene hörte so plötzlich auf zu lachen, als hätte man einen Stecker rausgezogen, und glotzte mich brütend an. Dann sagte er mit dumpfer Stimme: „Findest Du meinen Namen lustig?" Und mit plötzlicher

Wut schreiend: „Findest Du ihn etwa lustig?" Ehe ich reagieren konnte wegen dieser unerwarteten Wendung, fiel der Geschichtenerzähler ihm in den Arm und sagte: „Karlowig, niemand findet Deinen Namen lustig. Ich habe nur gesagt, dass ich mir vorstellen kann, dass ihn manche lustig finden." Karlowig grinste plötzlich, schwenkte seinen Kopf etwas hin und her und sagte: „Das war eben überzeugend, oder? Gib zu, Du hast Dir gerade in die Hosen geschissen." Er drehte sich zu seinen Kumpanen um und rief: „Lass uns weiterziehen!" Und zu Ludfried gewandt, sagte er: „Wir treffen uns später sicher noch. Ich muss Dir was erzählen, das glaubst Du nicht." Die Gruppe torkelte weiter und ich ließ meinen Atem erleichtert ab.

Der Geschichtenerzähler wandte sich wieder mir zu, nachdem er den Männern eine Weile kopfschüttelnd nachgesehen hatte, und sagte: „Irgendwann stürzt er sich noch ins Unglück mit seinem Gepöbel. Der Graf mag so etwas gar nicht. Aber wo waren wir stehengeblieben? Ach ja, warum wir den Grafen sehen können, obwohl er zu einer ganz anderen Zeit lebt. Man kann Zeiten überspringen, wenn man sich in Gedanken exakt einen Moment in einem Raum vorstellen kann. Dies erfordert eine gewisse intellektuelle Kraft, weil in der Vorstellung nichts falsch sein darf, sonst passt der Schlüssel nicht. Der Graf kann es und es gibt noch einige hier auf dem Platz, die das können." Ich versuchte, das zu verdauen, was er eben gesagt hatte, und fragte dann: „Und aus welcher Zeit stammst Du?" Ludfried lachte und sagte: „Ich komme nicht aus einer Zeit, ich bin nur der Geschichtenerzähler." – „Aber Du weißt offenbar um die Zusammenhänge." – „Ja, ich weiß um die Zusammenhänge, aber das bedeutet noch lange nicht, dass ich sie auch beherrsche." – „Aber woher kennt der Graf einen Ort, der hunderte von Jahren später existiert, um sich dorthin zu begeben?" Der Geschichtenerzähler lachte und sagte: „Da musst Du ihn schon selber fragen. Das verrät aber niemand, der ein bisschen Grips im Kopf hat, weil man ihm durch Verändern des Ortes den Weg durch die Zeit leicht abschneiden kann."

Wir schlenderten langsam den Weg zwischen den Buden entlang und ich verdaute das, was mir Ludfried erzählt hatte. Als wir an einem Unterstand für Pferde ankamen, blieb Ludfried stehen und deutete auf die Pferde: „Pferde können natürlich nicht durch die Zeit wandern, aber sie spüren genau, ob jemand von hier oder von dort ist, und sie lassen sich von einem Zeitenwanderer nur sehr ungern reiten. Ich kenne bislang nur einen, der es geschafft hat, sich die Zuneigung eines hiesigen Pferdes zu erwerben, und das ist der Graf." Mir fiel auf, dass er von dem Grafen immer mit einer Klang von Hochachtung in der Stimme sprach, was ich ihm sagte. Der Geschichtenerzähler nickte und sagte: „Es stimmt, ich kenne keinen Menschen, dem ich so viel Respekt entgegenbringe, wie dem Grafen. Und das hat nichts damit zu tun, dass er adligen Geschlechts ist. Der Graf ist ein außergewöhnlicher Mensch, und ich bin immer froh, wenn ich ihn auf einem dieser Mittelaltermärkte sehe, weil er für Ordnung sorgt, unter anderem auch meinen Freund Karlowig zur Räson bringt, wenn dieser mal wieder zu viel Met getrunken hat und Fremde anpöbelt." Ich musste an den ersten Auftritt des Grafen denken, den ich hier erlebt hatte, und betrachtete ihn unter einem etwas veränderten Blickwinkel.

„Das bedeutet, der Graf ist nicht nur hier auf dem Mittelaltermarkt, hier in diesem fränkischen Städtchen, sondern auch anderswo. Wie schafft er es denn, sich dort über die Zeitgrenzen hinweg zu bewegen. Er kann ja dann keinen Ort imaginieren, der örtlich gebunden ist." Der Geschichtenerzähler verbeugte sich leicht und nahm mit einer ironischen Miene seinen Hut ab: „Hut ab, das hast Du aber schnell begriffen. Du stellst die richtigen Fragen, aber ob Du Antworten bekommst, ist immer noch fraglich." – „Naja, ich habe ja erst gerade angefangen, mich mit dem Thema zu beschäftigen. Aber nun zu einer anderen Frage, die Du mir noch nicht beantwortet hast und deren Antwort ich noch nicht sehen kann bei dem, was Du mir zeigst. Warum hast Du keinen Internetauftritt?" – „Du suchst an der falschen Stelle, Xaver. Und nun muss ich weiter. Sieht man sich noch mal?" Ich war etwas irritiert von dem plötzlichen Stimmungswechsel Ludfrieds, aber er war schon am Weggehen und so blieb mir nichts, als die Hand zu heben zu einer Grußgeste. Ich blickte ihm eine Weile nach und wandte mich dann um. Es war mittlerweile spät geworden und ich wollte nach Hause. Dass ich schlafen konnte, war zu bezweifeln, zumal ich der alles zugrunde liegenden Frage, was nämlich mit Linda geschehen war, kein bisschen näher gekommen war.

Auf dem Weg zum Ausgang sah ich Elise. Sie hatte einen geflochtenen Henkelkorb an ihrem rechten Unterarm hängen und spazierte den Weg entlang, dabei unaufhörlich links und rechts blickend. Ich wartete, bis sie herangekommen war, dann trat ich ihr in den Weg. Im letzten Moment stoppte sie ab, ehe sie mich über den Haufen rannte, und sagte: „Oh, Entschuldigung, ich habe Sie … Ach, Du bist das, Xaver, hallo. Was machst Du denn hier? Du klangst bisher so, als würden Dich diese Mittelaltermärkte nicht sonderlich interessieren." – „Ich habe meine Meinung geändert, glaube ich. Das hier ist alles hochinteressant." Mit einem Blick in ihren Korb fügte ich hinzu: „Und Du? Bist Du am Kerzenkaufen?" – „Nein, eigentlich nicht. Ich wollte nur mal schauen." –

„Wenn Du nach Schwertern suchst …" Elise lachte und sagte: „Dann würde ich den Schmied bitten, sie zu Pflugscharen umzuschmieden, sobald ich sie gefunden habe." Nun war es an mir, zu lachen. „Eine lobenswerte Einstellung, aber damit kannst Du die Welt nicht retten, weil es zu viele Schmiede gibt, die Schwerter respektive Bomben schmieden." – „Ja, das stimmt schon, aber man muss zumindest seinen kleinen Anteil dazu beitragen, dass Frieden herrscht in der Welt." – „Insbesondere, wo doch gerade wieder ein paar böse Buben anfangen, mit den Streichhölzern am Benzinkanister rumzufuchteln, wie Nena so schön singt in ihren Neunundneunzig Luftballons." – „Ich finde dieses Lied super. Die ganze Frau ist super." – „Du, und Nena? Ich hätte Dich gerade etwas anders eingeschätzt." Elise blickte gespielt kokett und sagte: „Nun bin ich aber gespannt: Wie hättest Du mich denn eingeschätzt?" – „Naja, so mehr ländlich bodenständig. Nena steht ja so eher für die moderne, selbstbestimmte Frau." – „Also Xaver, ich bin entsetzt, das von Dir zu hören. Ist zwischen bodenständig und selbstbestimmt etwa eine Kluft?" – „Nein, natürlich nicht. Vielleicht sollte ich mich erst einmal mit Nena als Mensch und als Sängerin beschäftigen, ehe ich Dich mit ihr vergleiche." Es herrschte ein Moment des Schweigens. So hatte ich Elise noch nicht kennen gelernt. In der Redaktion war sie die stille, betuliche und jungmädchenhaft gekleidete Assistentin, die kaum ein Wort mehr sagte, als notwendig war. Aber gerade war sie richtig aus sich herausgegangen. Ich wollte mich gerade verabschieden, als sie sagte: „Willst Du schon nach Hause gehen oder führst Du mich noch mal über den Markt? Du scheinst ja schon zu wissen, wo was zu finden ist." – „Oh, gerne. Woran bist Du denn interessiert?" – „Ach, ich weiß nicht. Was kannst Du mir denn empfehlen?" – „Ich habe, um ehrlich zu sein, noch nicht so viel gefunden, weil ich mich meistens mit der Suche nach Linda beschäftigte." Wir waren gemeinsam in Schritt gefallen und gingen nun den von mir so sattsam bekannten Hauptweg hinab. Elise sagte: „Was ist mit Linda?" – „Sie fehlt seit zwei Tagen, hat die Wohnung nachts verlassen, und wir, das heißt meine Exfrau und ich, wissen beide nicht, was mit ihr los ist. Normalerweise meldet sie sich immer bei einem von uns beiden. Und sie hatte immer eine Begeisterung für diesen Markt, die ich bisher nicht teilte, und so suchte ich sie unter anderem hier. Irgendetwas in mir sagt mir, dass der Mittelaltermarkt etwas mit ihr zu tun hat." – „Oh je, das klingt aber schlimm. Hast Du die Polizei schon angerufen?" – „Ja, das war ja das Missverständnis vorgestern, als ich von Dir das Telefonbuch haben wollte und Dir erzählte, dass man mich hier mit dem Schwert bedroht hatte, und ich eigentlich die Polizei anrufen wollte … Ach egal. Ich habe jedenfalls die Polizei angerufen und die waren erst mal der Meinung, dass Linda erwachsen sei und das Recht habe, hinzugehen, wo sie will. Vereinfacht ausgedrückt." – „Das ist aber keine freundliche Antwort, wenn Du Dich um Dein Kind sorgst. Und was machst Du jetzt?" – „Ich versuche, nicht zu sehr in Panik zu geraten und suche nach ihr. Und darum bin ich hier, wie ich vorhin schon sagte." – „Das finde ich nett, dass ich Dich jetzt hier getroffen habe." Ich blickte sie überrascht an. Aber heute Abend fand ich sie in vieler Hinsicht überraschend. Als ich auf der rechten Wegseite einen Süßwarenstand sah, der verschiedene Kuchen und Zuckergebäckstücke auf der Auslage liegen hatte, fragte ich Elise: „Darf ich Dich zu einem Stück zuckrigen Gebäcks einladen? Oder zwei?" Sie lachte etwas und sagte: „Aber gerne. Das sieht ja lecker aus dort." Wir steuerten auf den Stand zu und betrachteten die diversen Teller, Schüsseln und

Körbchen mit ihren Inhalten. In der Luft hing der schwere Duft von Honig und Gewürzen. Der Standinhaber, der sich mit seinem Nachbarn unterhalten hatte, kam eilfertig und sich die Hände reibend herbei, als er unser ansichtig wurde, und fragte: „Guten Abend. Womit kann ich Ihnen behilflich sein?" Ich hob die Hand und sagte: „Guten Abend. Einen Moment bitte, wir wollen erst einmal schauen." Elise ergänzte: „Ja, das sieht ja alles so lecker aus. Also ich hätte gerne von diesen Teilchen drei Stück." Mit diesen Worten deutete sie auf ein flaches Brett, auf dem eine Art flacher Kuchen in kleine quadratische Teile zerschnitten war. Der Kuchen glänzte von Fett und Honig. „Und davon hätte ich auch gern zwei oder drei Stück." Diese Worte galten einer Schüssel, in der glasierte Fruchtstücke lagen. Der Händler hatte ein großes Blatt genommen – ja richtig, das grüne Blatt einer Pflanze – und legte mit einer hölzernen Zange die von Elise gewünschten Teilchen darauf. Während sie weiter über die Auslage blickte und ich in meiner Tasche nach den Münzen kramte, blickte er mich an und frage: „Und der Herr? Was darf denn bei Ihnen gefällig sein?" Ich blickte auf Elise und sagte: „Ich nasche bei der Dame mit, wenn diese nichts dagegen hat." Elise kicherte und meinte: „Die Dame hat da gar nichts dagegen." Zu dem Verkäufer gewandt sagte sie: „Wenn der Herr mitnascht, dann hätte ich noch ganz gerne von diesen und diesen und diesen", mit diesen Worten deutete sie auf verschiedene Teller, „jeweils vier Stück. Passt das alles auf das Blatt?" – „Das machen wir schon passend", meinte der Standbesitzer und arrangierte die Teilchen etwas um. Dann sagte er: „Das macht insgesamt dann sechs Pfenninge." Ich zählte die Münzen ab und reichte sie ihm. Im Gegenzug hielt er mir das Blatt hin. Ich zog es vorsichtig herüber auf meine offene Hand und sagte:

„Vielen Dank und einen schönen Abend noch." Auch Elise verabschiedete sich, dann hakte sie sich bei mir unter und langte sich eines der süßen Teile von dem Blatt.

Eigentlich war es ein schönes Gefühl, wie sie sich bei mir unterhakte, und schon eine ganze Weile her, seit ich so etwas gespürt hatte. Wir schlenderten durch die Gasse zwischen den Ständen, vorbei an der Bilderwand des Geschichtenerzählers und bogen nach rechts ab. Dort waren die Ställe für die Pferde untergebracht und einige größere Baracken, in denen die Leute schlafen konnten, die nicht in den Zelten lebten. Mittlerweile war es relativ still geworden. Ich blieb stehen und blickte in den dunklen Himmel hinauf, der gesprenkelt war mit Sternen. Am Horizont im Osten leuchtete es hell; der Mond war gerade über die Kuppen der Mittelgebirgserhebungen Frankens geklettert und stand frei. Wie war das noch mit zunehmendem und abnehmendem Mond? Ach ja, der abnehmende hatte seine Fransen auf der rechten Seite. „Schau mal, Elise, der Mond, er nimmt zu, das heißt, dass wir in ein paar Tagen Vollmond haben." – „Ja, und die vielen Sterne, wie schön. Und die Luft ist so toll." – „Ja, und wir beide sollten uns langsam hier vom Acker machen, sonst kriegen wir morgen Früh die Augen nicht auf." – „Du bist ja ein richtiger Romantiker." Mit diesen Worten stieß mich Elise spielerisch an. Wir machten kehrt und gingen zurück zum Eingang, wo ich mein Fahrrad abgestellt hatte. Elise war mit ihrem Auto gekommen, und da fiel mir wieder ein, dass sie irgendwo auswärts wohnte. Ich schloss mein Fahrrad auf und schob es neben mir her, als ich sie zu ihrem Auto begleitete. Dort blieben wir noch einmal stehen und blickten uns an. Endlich sagte ich: „Nun hast Du gar nichts eingekauft. Du wolltest doch sicherlich ein paar Kerzen oder Kräuter besorgen auf dem Markt." –

„Ach, das ist nicht so schlimm." Und mit einem Kichern: „Kerzen habe ich schon genügend, und die Kräuter gibt es anderswo auch. Aber es war schön." – „Ja, ein schöner Abend. Ich wünsche Dir eine gute Heimfahrt, bis morgen Früh im Büro." – „Gute Nacht, Xaver." – „Gute Nacht, Elise." Das wars.

Auf dem Nachhauseweg fragte ich mich noch ein paar Mal, ob ich etwas falsch gemacht hatte. Aber, entweder man kann nichts falsch machen oder man macht alles falsch, ein zwischendrin gibt es nicht in diesem komischen Spiel. Ich seufzte, während ich durch die stillen Straßen pedalte. Zuhause angekommen, stellte ich mein Fahrrad in den Schuppen und betrat die stille, leere Wohnung. Traurig entkleidete ich mich und ging zu Bett.

Dritter Tag (Mittwoch)

Am nächsten Morgen erwachte ich erstaunlich erfrischt, obwohl die Nacht eigentlich für meine normalen Verhältnisse zu kurz gewesen war. Ich war aber sofort eingeschlafen und einen Moment vor dem Schrillen des Weckers wach geworden, so dass der morgendliche Adrenalinschub ausgeblieben war. Auf dem Weg ins Bad stellte ich fest, dass meine Wohnung immer noch unordentlich war, aber das schob ich dann auf meine Sorgen um Linda. Ich duschte, kleidete mich an und frühstückte wie gewöhnlich. Vielleicht sollte ich mich schon mal dran gewöhnen, dass ich nunmehr allein lebte. Ich verließ die Wohnung und fuhr zur Redaktion.

Beim Betreten des Gebäudes versuchte ich mich an meine letzttägigen Aktionen zu erinnern. Hatte ich ein offenes Thema auf dem Tisch? Ach ja, ich wollte einen kurzen Bericht über den Mittelaltermarkt anfertigen. Mal sehen, wie viel Text ich erstellen musste, eventuell packte ich noch ein paar Zusatzinformationen zu den Schaustellern hinzu. Aber, waren das wirklich Schausteller oder waren es sonstige Gewerbetreibende.

Als ich meinen Kubus betrat, sah ich, dass ein paar Bogen bedrucktes Papier auf meiner Tastatur lagen. Ich zog die Jacke aus und griff mir das oberste Blatt, um es zu lesen, während ich die Jacke an den Haken hing. Es war ein Ausdruck des Interviews mit dem Bürgermeister mit ein paar Korrekturen Klaus-Dieters. Auf der letzten Seite hatte Klaus-Dieter geschrieben, dass er in Absprache mit dem Bürgermeister diese Änderungen haben wollte, bzw. der Bürgermeister wollte sie haben, und weil ich nicht im Büro war, hatte er sie übernommen. Die Änderungen waren nichts, was mir missfiel, so änderte ich anschließend die

Textdatei und legte sie zu den fertigen Dateien auf dem Server.

Dann ging ich, um Elise einen guten Morgen zu wünschen. Ich öffnete die Tür, trat ein, schloss die Tür und sagte: „Hallo, guten Morgen, Elise." Elise blickte mit ihrem leichten Lächeln an ihrem Monitor vorbei und sagte: „Guten Morgen, Xaver. Du hast nicht geklopft." – „Oh, entschuldige bitte, es wird nicht mehr wieder vorkommen." – „Nein, nein, es ist doch schön, dass Du Deinen Pawlow'schen Reflex endlich unterdrücken konntest." – „Ja, da hast Du wohl Recht. Wie bist Du denn gestern nach Hause gekommen?" – „Gut. Es ist ja nicht so, dass wir hier besonders bedrohliche Verhältnisse haben." Auf diese Weise ging es noch eine Weile weiter, ehe ich sagte: „Ich glaube, ich werde heute mal über den Mittelaltermarkt einen kleinen Bericht verfassen. Eigentlich ist das ja alles ganz interessant, was dort stattfindet." Elise schmunzelte und sagte sinnend: „Und so ward aus dem Saulus ein Paulus geboren. Solange Du nicht selber anfängst, Dich mit anderen mit Schwertern zu prügeln." Mir wurde warm ums Herz. Sie sorgte sich um mich. Verlegen verabschiedete ich mich und schlenderte zu meinem Kubus zurück, um mich an den Rechner zu setzen und mit dem Bericht loszulegen.

Ich machte mir auf meinem elektronischen Notizblock ein paar Notizen zum Inhalt des Berichts, während ich innerlich den Kopf schüttelte über dieses Werkzeug. Reichten ein Textprogramm und eine Tabellenkalkulation nicht aus? Musste man ein weiteres Programm haben, um sich Notizen zu machen? Mir fiel der Katalog für Gebrauchs-gegenstände ein, den ich regelmäßig erhielt, seit ich leichtsinnigerweise bei dem Warenhaus ein Accessoire als Geburtstagsgeschenk für Linda gekauft hatte, und in dem ich nun jedes Mal beim Durchblättern auf den

„Sonntagshut" stieß, den man, dem Namen nach zu urteilen, nur an Sonntagen tragen durfte. Solcherart meine Gedanken spazieren lassend, fiel mir noch etwas ein. Ich rief Heiner, unseren Chef vom Dienst und Layouter an, um nach der ungefähren Größe des Textes zu fragen, um anschließend Sylvia, die Chefin der Anzeigenabteilung, zu kontaktieren mit dem Hinweis auf den Bericht. Vielleicht konnte ich ihr damit etwas Gutes tun.

Dann sortierte ich mich innerlich und fing an zu schreiben.

Nach einer halben Stunde hatte ich etwas vorliegen, mit dem ich halbwegs zufrieden war. Ich stand auf, streckte mich und ging zu Elises Büro, blieb vor der geschlossenen Tür stehen und überlegte, ob ich anklopfen sollte. Ich hatte eben die Hand erhoben, als sie sich öffnete und Klaus-Dieter aus der Tür trat. Schnell führte ich die Handbewegung weiter und kratzte mich an der Nase. Er blickte mich einigermaßen überrascht an, sagte: „Oh hallo, Xaver, guten Morgen," und verschwand in Richtung seines Büros. Ich trat durch die offene Tür ein, verschloss sie und lächelte Elise zu, die um ihren Monitor herumlugte: „Sag mal, wolltest Du eben anklopfen? Ich habe gesehen, wie Du Deine Hand erhoben hattest." – „Ja, das tut mir Leid, so ganz klappt es noch nicht." – „Aber Du wolltest sicherlich nicht zu mir kommen, um Dir das Anklopfen abzugewöhnen, oder?" – „Äh, nein. Ich wollte Dich fragen, was Dich dazu bewegt, den Mittelaltermarkt immer wieder zu besuchen." – „Ist das nun eine private Frage?" – „Teils, teils. Ich schreibe gerade einen Bericht über den Markt und nun will ich ein bisschen Hintergrundforschung betreiben zur Motivation des typischen Besuchers bzw. natürlich der typischen Besucherin, derartige Veranstaltungen zu besuchen." Elise kicherte und sagte: „Und mich hältst Du nun für die typische Besucherin. Tja, warum gehe ich zu diesem Markt?" Sie lehnte sich in ihrem Stuhl zurück und blickte aus dem Fenster. Dann blickte sie wieder mich an und meinte: „Also, ich mag gerne echte Bienenwachskerzen, weil die so gut duften, und auf dem Markt kann ich sie bekommen. Dann mag ich gerne Tees, zum Beispiel den Brombeer-Kräuter-Tee, den der eine dort anbietet, Kräuter-Udolf heißt er, glaube ich. Dann trifft man dort sehr nette Menschen." Bei diesen Worten lachte sie schelmisch und mich durchzuckte ein Pieks von Eifersucht. „Nicht, dass es dort seeehr viele sehr nette Menschen gibt, aber einen habe ich dort schon mal getroffen." Ihr Lachen wurde silbrig, und ich fühlte mich gerührt. Ich nickte verständig und fragte: „Schaust Du Dir die Kämpfe und Wettbewerbe auch an, wenn Du dort bist, oder hörst den Moritatensängern zu?" Elise schüttelte den Kopf und sagte: „Nein, von den Kämpfen verstehe ich nichts und die Moritatensänger verstehe ich nicht, die sprechen so ein komisches Deutsch." – „Ja, da hast Du allerdings Recht. Das Deutsch, das die verwenden, ist eine Beleidigung unserer Sprachwurzeln, gewissermaßen werden da die sprachlichen Perlen vor die Säue geworfen." Ich runzelte die Stirn: „Oder habe ich gerade ein falsches Bild herangezogen? Egal, ich habe in meiner Abschlussarbeit über die mittelhochdeutsche Sprache geschrieben und ich glaube, ich kann die Fehler erkennen, die da gemacht werden." Dann stutzte ich: „Du sag mal, hast Du eine neue Frisur?" Tatsächlich hatte sie ihre Zöpfe aufgelöst und ließ ihren Locken freien Raum. „Das sieht ja richtig toll aus, wie ein Heiligenschein um Deinen Kopf." – „Findest Du? Ich habe normalerweise immer Zöpfe, weil diese elenden Locken sonst derart verkletten." – „Ja doch, das sieht wirklich toll aus." Elise strahlte und nestelte an ihrem Haar, das wirklich wie ein

Heiligenschein um ihren Kopf lag. Ich kratzte mich an der Stirn und sagte: „ Aber noch mal zurück zu Deiner Motivation: Fällt Dir sonst noch was ein, warum Du da hingehst?" – „Nein, im Moment nicht." – „Tja, dann werde ich wieder mal weiterarbeiten und die Kundenbefragung auswerten." Elise kicherte wieder und ich verließ ihr Büro, nicht ohne an die Tür zu klopfen, ehe ich sie öffnete. Während ich die Tür schloss, hörte ich noch ihr silbriges Gelächter. Ein schöner Tag, wäre da nicht Lindas Verschwinden gewesen.

Zurück in meinem Kubus, ergänzte ich den Text über den Mittelaltermarkt um einen Absatz über die Motivation der Besucher und Besucherinnen. Dann las ich ihn noch einmal durch, korrigierte ihn hier und da um eine Kleinigkeit und legte ihn dann auf den Server. Ich sandte eine Mail an Klaus-Dieter und an Heiner, dass der Text fertig sei, und wandte mich der nächsten Aufgabe zu. Die Sache mit der atomaren Bedrohung ließ mich nicht los. Ich besuchte die Webseiten einiger Presseagenturen, las mich durch eine ganze Reihe von Beiträgen in anderen Zeitungen, auch internationalen, und machte mir Notizen. So verging der Vormittag. Über Mittag schloss ich die Tür zu meinem Kubus und lehnte mich in meinem Stuhl zurück, schloss die Augen und versuchte, in einen Power-Nap zu kommen. Vergeblich. In dem Moment, in dem ich meine Gedanken nicht mehr auf ein anderes Thema fokussierte, kehrte Linda wieder zurück. Ich musste etwas unternehmen, aber was? In diesem Moment klopfte es leise an meine Tür. Ich schreckte hoch und sagte: „Ja, herein." Die Tür öffnete sich und Elise stand da. Sie sagte: „Entschuldige die Störung, aber hättest Du heute Abend noch mal Zeit und Lust, mit mir zum Mittelaltermarkt zu gehen? Ich wollte doch noch ein paar Kerzen kaufen." Bei diesen Worten lächelte sie wieder. Ich überlegte kurz und sagte: „Ja, gerne. Wo treffen wir uns?" – „Wo Du willst. Vor dem Eingang zum Stadtplatz?" – „Am Fahrradständer, so gegen sechs Uhr, abends natürlich." – „Ja, gut. Ich freue mich schon." Wie sagte ich? Man macht entweder alles richtig oder alles falsch, ein zwischendrin gibt es nicht bei diesem Spiel.

Ich lehnte mich wieder zurück und überlegte, begann ganz am Anfang: Was wusste ich von Linda? Hatte sie eine Freundin, einen Freund? Da waren zwar immer wieder Namen, die während eines Gesprächs fielen, oder auch mal ein Gesicht, das bei uns in der Wohnung auftauchte. Sie studierte Physik in der nahen Kreisstadt und soweit ich das verfolgte, war sie erfolgreich in ihrem Studium, aber genaueres wusste ich nicht. Schamgefühl überkam mich, weil ich mich nicht mehr interessiert gezeigt hatte, und da half auch nicht, mir nun einreden zu wollen, dass ich ihr Freiräume gelassen hätte. Ich spürte Tränen, aber soweit wollte ich es nicht kommen lassen. Ich richtete mich in meinem Stuhl auf, wischte mir mit dem Unterarm über die Augen und wandte mich wieder meinem Rechner zu. Für die nächste Ausgabe – und nach der Deadline ist vor der Deadline – hatte ich einen etwas größeren Umfang an Seiten zu belegen und ich musste mir schon mal ein Konzept machen, welche Themen, welche Beiträge, welche Beitragsumfänge. Morgen Früh war Redaktionssitzung und da erwartete Klaus-Dieter von jedem Redaktionsmitglied einen Plan. Den Nachmittag verbrachte ich mit Lesen, Recherchieren, Notizen machen usw. Ich kann mich ziemlich gut konzentrieren, wenn es sein muss, und so verging der Nachmittag fast ohne Gedanken an meine abgängige Tochter. Gegen fünf Uhr schaltete ich meinen Rechner ab, blickte noch mal auf meine Notizen und nahm die Jacke vom Haken. Ich schaltete das Licht in meinem

Kubus aus und verließ die Redaktion. Im Fahrradständer stand nur noch mein Fahrrad, es waren also schon alle nach Hause gefahren. Während ich über die Brücke und den Marktplatz zu meiner Wohnung radelte, dachte ich wieder an den vor mir liegenden Abend und leise Freude begann, in mir aufzukeimen.

Die Wohnung zu betreten, war immer noch mit einem Schock verbunden, weil in diesem Moment die Situation mit Linda wieder komplett gegenwärtig war. Ich entledigte mich meiner Kleider, warf sie auf den Haufen schmutziger Wäsche, bückte mich dann und sortierte diese. Dann nahm ich die erste Ladung und stopfte sie in die Waschmaschine, fügte Waschmittel hinzu und startete den Waschgang. Anschließend stieg ich unter die Dusche. Nach der Dusche rasierte ich mich und zog mir frische Kleidung an. Als ich vor meiner Sammlung an Hemden stand und einen Moment überlegte, welches Hemd nun dem Anlass am ehesten gerecht würde, brach ich in selbstironisches Gelächter aus. Ich hatte schon seit einer Ewigkeit nicht mehr drauf geachtet, wie ich gekleidet war, und Elise kannte mich als „lässig angezogen". Am Ende erkannte sie mich gar nicht mehr, wenn ich plötzlich so schick in Schale war. Ich nahm also eines meiner Alltagshemden, schlüpfte rein und zog die Hose an. Dann fiel mir noch ein, mein Handy einzustecken. Ich überprüfte den Inhalt meines Portemonnaie und verließ die Wohnung. Es war noch Zeit, ich musste mich nicht eilen, um rechtzeitig zu meinem Rendezvous (Ich hatte ein Rendezvous!) zu kommen.

Als ich am Stadtplatz ankam, stand Elise schon am Fahrradständer. Sie hatte sich ein Sommerkleid angezogen und trug ihre Haare offen. Eine dünne Silberkette mit einem kleinen Lapislazuli zierte ihren schlanken Hals. Als sie mich sah, fing sie an zu strahlen, als hätte jemand plötzlich ein Licht eingeschaltet. Es mag nun ziemlich gefühllos klingen, dass ich angesichts meiner verschwundenen Tochter an andere Dinge denken konnte, vor allem offenbar gerade dabei war, mich ernsthaft zu verlieben, aber es geschah, und warum sollte ich mich dagegen wehren? Wir begrüßten einander, ich schloss mein Fahrrad an den Ständer, Elise hakte sich bei mir ein und wir betraten den Festplatz. Die trockenen Tage hatten dem Weg gutgetan. Das Stroh, das man ausgebracht hatte, war zwar schmutzig, aber abgetrocknet, und abgesehen von etwas Staub würde ich heute saubere Schuhe behalten.

Ich fragte sie: „Hast Du schon etwas gegessen?" – „Nein, ich hatte noch keine Zeit. Ich musste mich doch hübsch machen für Dich." – „Du bist immer schön, das wäre nicht notwendig gewesen, für mich zu leiden, aber es freut mich." Sie lächelte mich von der Seite an. Wir waren mittlerweile auf der Höhe des Standes angekommen, wo ich schon mal ein Stück vom Schwein mit Brot und Kraut gekauft hatte. Ich wandte mich an Elise und fragte: „Willst Du ein Stück Fleisch mit Brot haben? Von dem Kraut rate ich Dir ab." – „Oh ja, gerne." Ich kramte meine Mittelaltermünzen hervor und zählte sie. Es reichte noch für zwei Portionen, und ich bestellte für uns beide jeweils Fleisch und Brot. Wir nahmen das bestellte in Empfang, ich reichte dem Standwirt die Münzen hin, die er kurz anblickte und dann in eine Holzkiste warf. Er wünschte uns einen guten Hunger und wir schlenderten weiter. An Seraphims Kräuterstand blieb Elise stehen und guckte sich um. Seraphim war anscheinend gerade nicht anwesend, aber der junge Bursche, den ich beim ersten Mal gesehen hatte, saß im Hintergrund auf einem Stuhl vor einem Tisch und zupfte getrocknete Blätter von einem Zweig. Er zerrieb die Blätter zwischen den Fingern und gab sie dann in ein Glas. Als wir an seinem Stand stehen blieben, blickte er kurz hoch, konzentrierte sich aber dann wieder auf seine Tätigkeit.

Da sich Elise durch die Vielfalt der Etiketten auf den Gläsern, Flaschen, Schachteln und Phiolen las, bei denen außer dem Inhalt vereinzelt Anwendungszwecke beschrieben waren, fing ich auch an, die Etiketten genauer zu betrachten. Da gab es neben den bekannten Küchengewürzen und -kräutern auch allerlei exotisches zu finden. Neben Thymian und Salbei fand ich Namen wie Stechapfel, Schierling, Eisenhut, Tollkirsche. Ich bin nun kein Botaniker, aber das klang alles recht giftig, was da in dem Regal stand, zumal unter den Namen Hinweise standen wie „Stellt den Kontakt zu den Ahnen her" oder hier „Gibt tiefen Schlaf"; interessant war auch das hier: „lässt die Schönheit erblühen". Elise schien in der Zwischenzeit ihre Entscheidungen getroffen zu haben. Sie blickte den Jungen an und sagte: „Ich hätte ganz gern ein paar von den Kräutern." Er blickte hoch und lächelte kurz, dann sagte er: „Ja, einen Moment." Er legte den Zweig beiseite, den er gerade abgezupft hatte, rieb sich die Hände an einem weißen Leinentuch ab und stand auf. „Was darf es denn sein?" Elise zeigte auf ein paar der Töpfe und nannte die lateinischen Namen, ohne dabei ins Stottern zu geraten. Der Junge nahm die entsprechende Anzahl kleiner Leinensäckchen aus einem Regal und fing an, mit einem kupfernen Schäufelchen aus den einzelnen Töpfen die Kräuter in die Säckchen zu füllen. Dann band er sie mit einem Faden zu, klebte ein kleines Etikett mit den jeweiligen Namen auf die Säckchen und reichte sie schließlich Elise, die sie in ihrem Korb verstaute. Sie gab ihm ein paar Pfenninge und wir verabschiedeten uns. „Denkst Du, der verkauft hier wirklich Stechapfel und

Tollkirsche und ich weiß nicht, was ich noch alles an Giften gesehen hatte," fragte ich Elise erstaunt. Sie zuckte mit den Schultern: „Die Dosis macht das Gift. Eine Bekannte hat sich mal etwas von dem Stechapfel geben lassen, weil man damit angeblich Kontakt zu den Ahnen aufnehmen kann, und sie wollte noch mal mit ihrer Großmutter reden. Aber es hat nicht funktioniert. Sie war zwar fürchterlich high und hinterher ging es ihr auch fürchterlich schlecht, aber die Großmutter war nicht zu sprechen. Vielleicht hätte sie die Dosis noch weiter erhöhen müssen. Ich passe jedenfalls immer ganz genau auf, dass er die Kräuter aus den richtigen Töpfen nimmt und mir nicht aus Versehen etwas unterjubelt, das ich gar nicht haben will. Ich stehe nicht so sehr auf das Berauschen." Sie blickte mich von der Seite an: „Und Du?" Nun war es an mir, mit den Schultern zu zucken. „Eigentlich stehe ich auch nicht auf das Berauschende, und vor allem nicht auf den Kater hinterher. Aber da sind halt diese Gewohnheiten ..." Plötzlich wurde mir der letzte Abend mit Linda wieder gegenwärtig und ich schämte mich. Leise sagte ich: „Ich habe mir vorgenommen, nichts mehr zu trinken, weil das letzte Mal beim Griechen zu dem Streit mit Linda führte, und seitdem ist sie weg." Ich spürte, wie mir die Tränen kommen wollten, und presste vorsichtig die Zähne aufeinander, um das Schluchzen zu unterdrücken. Elise schien den Stimmungswechsel zu merken. Sie blieb stehen und umarmte mich, flüsterte: „Es ist gut, beruhige Dich." Eine Weile standen wir da, umarmten uns, sie streichelte mir den Rücken, und ich spürte, wie ich wieder ruhiger wurde. „Danke." Ich löste mich von ihr. „Wollen wir noch weiterschauen? Du hast noch keine Kerzen." Das letzte kam mit einem Lächeln, und Elise lächelte zurück. Sie hakte sich wieder bei mir ein und wir schlenderten weiter, blieben an einer Hütte stehen, um etwas Beerensaft zu kaufen, blickten eine Weile dem Schmied bei der Arbeit zu. „Es ist faszinierend, wie das Eisen weich und biegsam wird in der Flamme," meinte Elise nachdenklich. „Nur, müssen es immer Waffen sein, die daraus werden?" – „Wahrscheinlich. Es ist dem Menschen gegeben, auf seinen Bruder loszugehen. Sogar im Alten Testament wird es schon erwähnt, in der Geschichte um Kain und Abel. Erstaunlich ist, dass die Menschheit sich immer noch in Summe vermehrt, bei der Wut, die wir aufeinander haben müssen." – „Aber wir beide haben keine Wut aufeinander, und das zählt doch nur." Elise drängte sich an mich und ich legte meinen Arm um sie. Wir waren auf der Höhe des Turnierplatzes angekommen und ich blieb stehen. Auf beiden Querseiten des rechteckförmigen Platzes hatten sich einige in Stahl gekleidete Männer gesammelt, die auf ebenfalls mit Stahl geschützten Pferden saßen und lange Lanzen auf den Boden gestützt hatten.

„So sieht man sich wieder," hörte ich eine Stimme an meiner Seite. Ich blickte mich um und sah Ludfried, den Geschichtenerzähler. „Die werte Frau Gemahlin, seien Sie gegrüßt," verbeugte er sich Richtung Elise. „Grüß Gott, und nein, leider nicht," entgegnete Elise. Ich streckte ihm die Hand hin, die er ergriff und schüttelte. Mit einer Handbewegung umfasste Ludfried das Geschehen vor uns und sagte: „Der Graf lässt heute ein Turnier zu Pferd ausrichten, und einige wackere Recken konnten wir finden. Die Lanzen sind übrigens stumpf, es soll ja kein Turnier auf Leben und Tod sein." Er erläuterte einige Einzelheiten zu den Ausstattungen. Dass die Pferde extra für diese Turniere gezüchtet wurden, überraschte mich, aber als er uns drauf hingewiesen hatte, konnte ich die Größe und den wuchtigen Bau auch erkennen. Diese Mittelalterfreizeitgestaltung schien sich in größerem

Umfang abzuspielen, als ich bisher gedacht hatte. Wobei ich, abgesehen von den einzelnen Besuchen Lindas des lokalen Marktes bisher überhaupt keine Berührung zu diesem Bereich in unserer Gesellschaft hatte.

Ich wandte mich Ludfried zu: „Welche Motivation steckt hinter dieser doch recht groß sein zu scheinenden Bewegung? Sehnen sich die Leute wieder zurück zu den alten Zeiten?" Ludfried kicherte und entgegnete: „Ich denke, große Bewegung ist etwas zu bombastisch ausgedrückt. Es sind immer nur einzelne kleine Flecken auf der Landkarte, in denen diese Veranstaltungen stattfinden. Zufällig gehört der Markt hier in dieser Stadt zu einem der größten und umfangreichsten Deutschlands. Das mag unter anderem mit der Initiative unseres Grafen zusammenhängen, der ein starkes Interesse zu haben scheint, das Leben der alten Tage in die Neuzeit zu projizieren." – „Und damit sein Herrschaftsgebiet um eine Dimension zu erweitern," meldete sich Elise überraschend zu Wort. Ludfried blickte sie eine Weile sinnend an und runzelte dann fragend die Stirn: „Wie meinst Du das?" – Naja, neben der räumlichen Ausdehnung seines Herrschaftsbereichs geht er nun auch noch in die zeitliche Dimension und beherrscht auf diese Weise mehr oder weniger gleichzeitig mehrere Generationen über mehrere Jahrhunderte verteilt." – „Das könnte durchaus der Fall sein." Ich sagte: „Genügend Jünger scheint er in jedem Fall zu haben, und nach dem, was ich kürzlich hier miterlebte, hat er die Leute ganz gut im Griff." Ludfried sagte nichts weiter dazu, lachte aber verhalten.

Wir beobachteten noch eine Weile die Kampfspiele, und trotz der stumpfen Lanzenenden gab es doch regelmäßig Einsätze der Rettungsmannschaften zu beobachten, wenn jemand vom Pferd gestoßen worden war und sich nicht mehr bewegte. Irgendwann hatten wir genug von dem barbarischen Schauspiel und schlenderten weiter. Als wir eine Holzbaracke erreichten, deren neuzeitliche Beschilderung sie als Toilette auswies, nahm ich mein schon länger anstehendes Bedürfnis bewusst wahr und löste mich von Elise: „Ich glaube, ich werde hier mal das Kulturzentrum frequentieren, wenn es nicht nur ein Donnerbalken ist." Sie nickte und sagte: „Ich glaube, ich gehe auch mal kurz." Sie winkte mit den Fingern: „Bis gleich." Ich lächelte sie an und verzog mich durch die Tür, die durch die Abbildung eines eisengewandeten Ritters gekennzeichnet war, wiewohl ich keinen Eisenkaftan trug. Die Innenausstattung sah spartanisch, aber sauber aus, und ich begab mich in eine der kleinen Kabinen für große Geschäftstätigkeiten, löste meine Hose und setzte mich.

Nach kurzer Zeit hörte ich zwei männliche Stimmen, die in die Herrenabteilung der Toilette kamen. „… habe Deinen Schwarm während der letzten Tage gar nicht gesehen. Ist irgendwas los?" – „Linda? Das Miststück hat mich total lächerlich gemacht vor allen Leuten. Aber der habe ich es gegeben." – „Was hast Du ihr gegeben?" Ein hässliches Lachen und als Antwort: „Die macht sich über niemanden mehr lächerlich. Die wird als Hexe angeklagt, dafür habe ich gesorgt." – „Als Hexe angeklagt. Junge, die Zeiten sind vorbei, dass man Hexen verbrannt hat." Wieder das hässliche Lachen: „Stimmt, die Zeiten sind HEUTE vorbei." – „Du spinnst ja." Damit war das Gespräch erst mal beendet. Ich hörte das Plätschern von Urin in den Pissbecken, das Rauschen der Spülungen und dann die sich entfernenden Schritte. Linda? Meine Tochter? Wessen Stimme war das? Ich hatte sie kürzlich erst gehört, aber bei wem und wo? Plötzlich hatte ich es fürchterlich eilig, wischte mich ab, zog mich an, betätigte die Spülung und ging aus der Kabine. Aber ehe ich die Toilettenbaracke verließ, wusch ich mir die Hände. Als ich nach draußen kam, stand Elise schon wartend da. Sie sah mich an und sagte erschrocken: „Was ist Dir denn passiert? Die siehst aus, als hättest Du den bösen Geist persönlich getroffen." – „Ich habe gerade zufällig ein Gespräch mitgehört, bei dem es aller Wahrscheinlichkeit nach um Linda ging. Es gibt ja nicht so viele Lindas und dass zwei davon gleichzeitig verschwinden, ist doch relativ unwahrscheinlich." – „Welches Gespräch?" – „Als ich gerade auf dem Pott saß, kamen zwei Männer in die Herrentoilette und unterhielten sich über eine Frau namens Linda. Sie ließ den einen der beiden wohl abblitzen und dafür hatte er dafür gesorgt, dass sie als Hexe angeklagt würde. So war letztlich der Inhalt." – „Was für ein Blödsinn, es gibt keine Hexenverbrennungen mehr." – „Genau, das sagte die zweite Stimme auch, und die andere Stimme meinte dann: Heute nicht mehr." – „Soll das heißen ..." – „... dass Linda irgendwie in die Vergangenheit gewechselt ist? Möglich, aber wie? Es scheint ja zu funktionieren, wenn man diesem Geschichtenerzähler – ich glaube, er heißt Ludfried – glauben darf." – „Suchen wir ihn doch einfach und reden wir noch mal mit ihm." – „Während ich hier draußen auf Dich wartete, kamen übrigens zwei junge Männer aus der Herrentoilette. Der eine von den Beiden war der Junge, der bei dem Kräuterhändler ist, bei dem wir vorhin eingekauft hatten." – „Ach ja?" Dann fiel mir noch etwas ein: „Übrigens, der hat sich die Hände nach dem Pinkeln nicht gewaschen. Und nun grabbelt er mit seinen Schmutzpfoten wieder in Kräutern rum." Elise verzog angeekelt das Gesicht: „Wirklich?" – „Wenn ich es Dir sage. Ich hörte die Klospülung rauschen, aber nicht das Waschbecken." – „Das ist ja eklig." Sie zögerte einen Moment, dann nahm sie die Leinensäckchen aus dem Korb und blickte sich um. Ich fragte sie: „Was machst Du denn jetzt?" – „Ich werfe sie weg. Denkst Du denn, ich möchte diese schmierigen Finger in meinem Essen haben?" – „Nein, natürlich nicht. Obwohl es schade ist um die Kräuter." – „Nein, das ist überhaupt nicht schade. Das ist eklig." Mit diesen Worten schritt sie entschlossen zu einem Abfallkorb, der neben der Eingangstür der Toilette stand, und ließ die Säckchen mit den Kräutern mit spitzen Fingern reinfallen. Dann lächelte sie mich an und hakte sich ein. „Komm, lass uns Deinen Ludfried suchen und hören, ob er eine Idee hat." Wir suchten eine ganze Weile, ehe wir den Geschichtenerzähler fanden; er stand an seiner Tafel und deklamierte gerade eine zotige Geschichte über eine verschlungene beziehungsreiche Adelsfamilie, für die er viel Gejohle und Gelächter erntete, das er mit saftigem Grinsen entgegennahm. Wir stellten uns zu der Zuhörerschar und lauschten den derben Sprüchen, die uns nach kurzer Zeit zum Lachen reizten. Ich fragte mich, wie viel von den Details, die er kenntnisreich zum Besten gab, Phantasie waren und wie viel Wahrheit. Als er unser ansichtig wurde, winkte er uns kurz zu, ehe er in seinem Vortrag fortfuhr. Einige Leute drehten sich neugierig zu uns um, wandten sich aber gleich wieder Ludfried zu, nachdem wir offenbar keine prominenten Gesichter waren.

Nachdem er seine letzten Eindeutigkeiten losgeworden war, jubelten und stampften die Zuschauer. Lächelnd nahm er seinen Hut und ging durch die Menge. Soweit ich es beurteilen konnte, wurde er gut entlohnt für seine Darbietung. Wir wollten ihm auch einige Pfenninge in den Hut werfen, er ging aber an uns vorbei, ohne uns den Hut hinzuhalten. Als er fertig war mit dem Einsammeln, kippte er das Geld in ein Säckchen und setzte seinen Hut wieder auf. Die Menge begann sich zu verlaufen, und er schlenderte zu uns herüber. „Seid gegrüßt," sagte er lächelnd, und mit einem Blick auf Elise: „Eigentlich sind derlei Geschichten nicht für die Ohren einer Dame bestimmt, aber ich war gerade so in Schwung ..." Elise winkte großzügig ab und erwiderte: „Hat sich was mit Dame. Ich bin mit ein paar Brüdern großgeworden, ich kann schon was vertragen. Und es kommt auch immer darauf an, wer was sagt und wie wer was sagt." Ludfried wandte sich mir zu und sagte: „Du siehst ernst aus. Was ist los?" – „Ich überlege, ob ich Dich mit der ganzen Geschichte behelligen soll. Es geht um meine Tochter." Ich stockte, überlegte, was ich diesem letztendlich fremden Mann anvertrauen wollte. Er wartete derweil, den Blick auf mich gerichtet. Ich holte noch mal Atem und sagte: „Also, es handelt sich um meine Tochter. Sie ist seit einigen Tagen verschwunden und ich habe Grund zu der Annahme, dass der Mittelaltermarkt hier etwas mit ihrem Verschwinden zu tun hat. Es gibt bislang keine konkreten Hinweise, es ist nur so ein Gefühl von mir. Wir hatten schon mal miteinander über die Bewegung durch die Zeiten gesprochen und ich hatte auch einen Vortrag von Dir zu diesem Thema gehört. Wie sicher bist Du Dir, dass diese Zeitenwanderungen funktionieren?" – „So sicher ein Geschichtenerzähler halt sein kann über die Wahrheit." Das war wieder mal eine Antwort, die alles heißen konnte. Ich überlegte und sagte dann: „Weißt Du, was man machen muss, um diese Zeitenwanderung durchzuführen?" – „Wie ich gehört habe, muss man sich an einem Ort auf diesen Ort in seiner gesamten Exaktheit zu dem Zeitpunkt, an den man gelangen will, konzentrieren. Sobald ein noch so winziges Detail nicht passt, funktioniert der Wechsel nicht. Dieses noch so winzige Detail kann natürlich auch während der Abwesenheit von einem bestimmten

Zeitzustand durch einen nicht wohlmeinenden Zeitgenossen herbeigeführt werden. Von daher ist es nicht besonders schlau, sich für die Wanderung einen Ort auszusuchen, den jemand verändern kann, während man abwesend ist." Er überlegte eine Weile, schien mit sich zu kämpfen. Dann fügte er hinzu: „Es gibt natürlich Substanzen, die diesen Akt vereinfachen, sich in eine andere Zeit zu bewegen. Aber da weiß ich nicht genug über die Art und vor allem die Bedingungen der Verwendung, um Euch wirklich etwas vernünftiges erzählen zu können." Ich dachte noch mal an das Gespräch, das ich vorhin in der Toilette zufällig belauscht hatte. Die Worte des einen hatten durch den letzten Hinweis Ludfrieds eine doppelte Bedeutung erhalten. Er blickte mich derweil abwartend an. Ich lächelte ihm zu und sagte: „Danke, Ludfried, für die Informationen. Warum eigentlich wolltest Du von uns keinen Lohn haben für Deinen doch sehr unterhaltsamen Vortrag." Er winkte ab: „Ach, das muss nicht sein, dass ich mich von Freunden bezahlen lasse. Gute Nacht noch, Ihr beiden." Damit ließ er uns stehen. Ich war überrascht. Mit einer derartigen Antwort hatte ich nun gar nicht gerechnet.

Jedenfalls konnte ich annehmen, dass der junge Mann, den wir in der Kräuterbude gesehen hatten, etwas mit Lindas Verschwinden zu tun hatte. Ob er nun derjenige war, der dafür gesorgt hatte, dass sie als Hexe angeklagt werden sollte, oder derjenige, dem es erzählt worden war, war noch nicht ganz sicher. Ich versuchte noch einmal, mich an die Stimme zu erinnern, an die desjenigen, der es dem andern erzählt hatte, und ob sie der des jungen Kräuterhändlers geähnelt hatte. Vor allem, wie sollte ich nun den Kontakt herstellen? Ich merkte Elises prüfenden Blick und beschloss, ihr meine Gedanken mitzuteilen: „Nachdem Du die beiden jungen Männer aus der Toilette hast treten sehen und

ich sonst niemanden drinnen gehört habe außer den beiden, gehe ich davon aus, dass der Junge aus dem Kräuterladen etwas mit Lindas Verschwinden zu tun hat. Ich bin mir im Moment aber nicht sicher, ob er erzählt bekam, dass sie als Hexe angeklagt werden soll, oder ob er es erzählt hat. Die Stimmen der beiden waren nicht so sehr unterschiedlich. Und dass derjenige, der dafür gesorgt hat, es wohl geschafft hat, sie in eine andere Zeit zu bewegen. Das Problem ist jetzt eher, in welche Zeit?" Elise blickte mich an und meinte: „Bist Du davon überzeugt, dass das mit der Zeitenwanderung funktioniert?" – „Überzeugt? Hier finden eine ganze Menge Dinge statt, die meinen Glauben daran schon sehr weit in Richtung Überzeugung drängen." Ich zuckte mit den Schultern und sagte: „Alles beginnt damit, dass Linda überhaupt nicht der Typ ist, einfach abzuhauen. Wenn sie sich früher zu sehr über mich geärgert hat, dann fuhr sie zu ihrer Mutter, und in jedem Fall meldete sie sich oder ihre Mutter so bald wie möglich, so dass ich Bescheid wusste, auch wenn Linda dann schon mal ein paar Tage oder Wochen bei Margit – das ist meine Ex-Frau – blieb. Das ist das Eine. Das Andere ist, dass sie eine gewisse Affinität für diesen Mittelaltermarkt hatte, schon immer, seit sie klein war. Früher gingen wir gemeinsam hierher, später ging sie alleine, auch mehrfach, wenn der Markt mal etwas länger dauerte."
– „Ich vertraue Dir und wenn Du der Meinung bist, es ist etwas dran an der Zeitenwanderung, dann glaube ich Dir. Aber mir fällt es immer noch schwer, mir vorzustellen, wie das funktionieren soll. Ich werde auch mit Ludfried nicht warm. Da ist noch etwas anderes dahinter, als er uns erzählt. Der Mann ist sehr vielschichtig, und nicht mit jeder seiner Schichten möchte ich etwas zu tun haben. Aber das ist nur weibliche Intuition." – „Es stimmt, an dem Mann sind

100

ein paar Dinge rätselhaft. Lass uns nach Hause gehen, aber vorher können wir vielleicht noch mal bei dem Kräuterhändler Halt machen und versuchen, den jungen Mann in ein Gespräch zu verwickeln. Vielleicht kann ich seine Stimme doch noch zuordnen." – „Das ist eine gute Idee." Solcherart mit einem Plan ausgestattet, fassten wir uns an den Händen wie selbstverständlich und gingen den Weg zurück zum Ausgang, wo wir auf den Verkaufsstand des Kräuterhändlers stießen. Wir steuerten ihn an und sahen zu unserer Enttäuschung, dass der Junge nicht anwesend war. Seraphim, der alte Mann, der offenbar der Kräuterhändler war, saß im Hintergrund der Bude auf einem Stuhl und las in einem Büchlein, das er auf den Tisch gelegt hatte. Wir traten an den Tresen und ich räusperte mich. Seraphim blickte auf und als er uns sah, legte er ein gepresstes Blatt eines Baumes – ich vermute, es war eine Linde – auf die Seite, die er gerade am Lesen war, und klappte das Buch zu. Dann erhob er sich und kam in den Vordergrund, wo er auf der anderen Seite des Tresens stehenblieb und uns abwartend ansah. Ich sagte: „Guten Abend. Sie beschäftigen hier doch einen Praktikanten oder so ähnlich." – „Oder so ähnlich." – „Ja, und diesen jungen Mann wollten wir gerne mal sprechen." Seraphim blickte mich eine Weile sinnend an und sagte dann, als hätte er eben einen schweren Entschluss gefasst: „Der junge Mann ist mein Sohn und er ist für heute nicht mehr da. Er ist schon nach Hause gegangen. Sind Sie von der Polizei. Hat er wieder was ausgefressen?" – „Nein, wir sind nicht von der Polizei. Wir wollten ihn einfach mal sprechen." – „Er dürfte morgen Nachmittag oder spätestens am Abend wieder hier sein. Soweit ich weiß, ist er am Vormittag zu seinen Vorlesungen an der Universität. Hat es so lange Zeit?" Man hörte bei Seraphim direkt die Erleichterung in seiner Stimme, als er hörte, dass wir nicht von der Polizei seien, aber seine Frage, ob er wieder was ausgefressen hätte, verursachte bei mir ein ziemlich mulmiges Gefühl. Ich versicherte Seraphim, dass es so lange Zeit hätte, obwohl mir lieber gewesen wäre, wenn wir die Sache gleich hinter uns bringen hätten können. Dann wünschten wir ihm eine gute Nacht und machten uns auf den Heimweg. Als wir am Fahrradständer angelangt waren, umarmte mich Elise, drückte mir einen Kuss auf die Wange und sagte leise: „Vielen Dank für den schönen Abend. Wir sehen uns morgen Früh. Gute Nacht, Xaver." Ich drückte sie an mich und sagte: „Ja, gute Nacht, Elise, schlaf gut." Wir lösten uns voneinander und ich machte mich daran, mein Fahrrad vom Ständer zu lösen. Auf dem Nachhauseweg fühlte ich mich wie zwei Personen. Auf der einen Seite war ich froh und glücklich, auf der anderen Seite lastete die Sorge um Linda immer schwerer auf mir und ich hatte das Gefühl, dass mir die Zeit durch die Finger rinne und ich zu spät komme.

Als ich zuhause angekommen war, räumte ich die Waschmaschine ein und startete sie, dann schaltete ich meinen Rechner ein und versuchte, ein paar Informationen zu „Seraphim, dem Kräuterhändler" zu finden. Das Netz war tatsächlich ergiebig, ich fand sogar mehr als erwartet. Seraphim, der mit bürgerlichem Namen Peter Jonatschek hieß und eigentlich Apotheker war, seine Apotheke hatte sogar eine eigene Homepage mit Online-Handel und eine sehr umfangreichen Infothek über die medizinischen Funktionen pflanzlicher Wirkstoffe, hatte sich wohl auf Naturheilkunde spezialisiert und offerierte entsprechende Medikamente, unter anderem im Rahmen homöopathischer Mittel. Ich ging davon aus, dass die Hintergrundinformationen, die er auf seiner Homepage anbot, von ihm zusammengetragen waren, und ich gewann einen gewissen Respekt vor diesem Mann. Interessant fand ich seine „Giftküche", mit der er einen eigenen Bereich der Infothek überschrieben hatte und in der er die heilenden beziehungsweise lebensunterstützenden und gleichzeitig gefährlichen Funktionen pflanzlicher Gifte beschrieb. Ich las mich fest und stieß nach einer Weile auf die Sumachkresse, so genannt, weil sie der Brunnenkresse ähnlich sah, aber in ihren Blütenstempeln eine große Menge eines Halluzinogens sammelte, mit dessen Hilfe man bei jeweils entsprechender Dosierung erst die Hemmschwellen eines Menschen senkte, dann die willentliche Selbststeuerung reduzierte und dadurch die Empfänglichkeit für hypnoseähnliche Suggestionen steigerte, bis hin zur absoluten Willenlosigkeit. Die Körperfunktionen wurden durch dieses Halluzinogen offenbar nur sekundär beeinflusst.

Weitere Recherchen zu seiner Familie, die Seraphim in seiner Onlinepräsentation ebenfalls ausführlich darstellte, ergaben, dass er einen Sohn hatte, der Mertin hieß und derzeit an der Universität der nahen Kreisstadt Physik studierte, so wie Linda. Kannten sich die beiden etwa?

Einer Eingebung folgend, gab ich in die Suchmaschine den Namen „Mertin Jonatschek" ein und stieß auf einige, mit dem Studium zusammen hängende Einträge. Er war wohl politisch sehr rührig, aktiv im Studentenparlament, Mitorganisator von studentischen Veranstaltungen bis hin zu Demonstrationen im Zusammenhang mit Naturschutzthemen. Bei einer dieser Demonstrationen war die ganze Sache wohl eskaliert und eine Reihe von Aggressoren von der Polizei in Gewahrsam genommen worden. Weiterhin fand ich auf mehr privaten Seiten einige Hinweise auf Mertin in Zusammenhang mit Gelagen, er schien wohl auch gerne zu feiern, und den einen oder anderen subtilen Hinweis auf bewusstseinsverändernde Substanzen, wie ich es vorsichtig ausdrücken würde. Auf einem der Bilder sah ich sogar Linda, was mich überraschte, weil ich Linda nicht als Partymaus kannte. Das Foto war etwa drei Jahre alt und ich versuchte mich zu erinnern, ob sie mir damals etwas erzählt hatte. Aber vor etwa drei Jahren begann ihrerseits ein Rückzug aus dem öffentlichen Leben, wenn ich mich recht erinnerte. War damals etwas vorgefallen, was sie mir nicht erzählen wollte? War das auch der Grund, warum sie so heftig reagiert hatte, als ich bei unserem letzten Besuch beim Griechen so herumstichelte? Ich spürte Scham in mir aufsteigen; hier hatte ich als Vater versagt.

Ich beschloss, am nächsten Morgen Margit anzurufen und sie zu fragen, ob sie etwas wüsste.

Ich schaltete den Rechner ab und leerte die Waschmaschine, die in der Zwischenzeit auch fertig geworden war. Während ich die Wäsche auf den Wäscheständer hängte, kamen mir immer wieder die Tränen bei der Erinnerung an den Abend beim Griechen. Ich fühlte mich sehr schlecht. Ich putzte schließlich noch meine Zähne und ging zu Bett, wo ich erschöpft einschlief und am nächsten Morgen vom Wecker aus dem Schlaf und schweren Träumen gerissen wurde.

Vierter Tag (Donnerstag)

Über Nacht hatte das Wetter umgeschlagen und es regnete. Ich wurde ordentlich nass, als ich morgens zur Redaktion radelte. Für diesen Fall hatte ich in meinem Schrank in der Redaktion immer einen Satz Reservekleidung liegen, so dass ich mich umziehen konnte. Mit ein bisschen Glück war die nasse Kleidung bis zum Abend wieder genügend trocken für den Nachhauseweg.

Nachdem ich mich umgezogen hatte, ging ich zu Elise, überlegte vor dem Eintreten in ihr Büro kurz, ob ich anklopfen sollte, aber das war nun wohl nicht mehr notwendig. Ich öffnete die Tür und sie blickte mich mit ihrem leisen Lächeln an ihrem Monitor vorbei an. „Guten Morgen, Elise. Bist Du gut nach Hause gekommen?" – „Guten Morgen, Xaver. Ja, alles war in Ordnung, ich habe wunderbar geschlafen." Sie stutzte und sagte dann: „Du siehst aber nach einer schweren Nacht aus. Geht es Dir gut?" – „Einerseits geht es mir sehr gut, aber die Sache mit Linda belastet mich immer mehr. Ich habe gestern Abend noch eine Weile im Internet recherchiert in Bezug auf Seraphim, Du weißt schon, der Kräuterhändler. Wusstest Du, dass er eine Apotheke in der Kreisstadt hat?" – „Nein, das wusste ich nicht. Ich gehe halt immer zu ihm, um mich mit Küchenkräutern einzudecken." – „Ja, das ist wohl nur eins seiner Hobbies. Er hat sich auf Naturheilkunde spezialisiert und breitet sein Wissen im Internet auf seiner Homepage sehr umfassend aus. Aber viel interessanter finde ich seinen Sohn Mertin, der wohl mit Linda im gleichen Fachbereich studiert. Ich habe Linda sogar auf einem der privaten Bilder Mertins bezüglich einer Feier gesehen. Und Linda hat vor einigen Jahren angefangen, sich aus dem gesellschaftlichen Leben zurückzuziehen. Wenn ich mich nicht irre, dann ging

105

das wohl nach dieser Feier los, von der ich im Übrigen nichts weiß oder mich an nichts erinnere. Ich werde wohl später mal mit Margit telefonieren. Vielleicht hat Linda mit ihr über dieses Thema gesprochen." Elise blickte mich sinnend an und meinte dann: „Wir sollten heute Abend noch mal zum Markt gehen und versuchen, mit Mertin zu sprechen. Falls er derjenige war, der gestern auf der Toilette Linda erwähnt hat, dann ist da irgendetwas faul." – „Ich überlege, ob wir die Polizei einschalten sollten. Mittlerweile ist ja auch schon mehr Zeit vergangen und wir haben immer noch kein Lebenszeichen von Linda." – „Du hast kein Lebenszeichen von Linda, aber Margit ..." – „... wäre nicht so unfair, mich in Bezug auf Linda zappeln zu lassen. Da bin ich mir sicher." – „Okay, wenn das so ist. Telefoniere erst mal mit Margit und rufe dann die Polizei an. Ich glaube, das ist schon richtig, und heute Abend nehmen wir uns mal Mertin vor." Elise lächelte mich wieder an. Ich nickte und ging, Klaus-Dieter zu begrüßen.

Nach dem Austausch von ein paar Worten über das Wetter und unser Befinden sagte er: „Hast Du das eigentlich mitbekommen mit der atomaren Gefahr, über die Du vor einigen Tagen Dein Editorial verfasst hattest?" – „Nein, wieso?" – „Das Thema taucht nun an verschiedenen Stellen auf. Vielleicht könntest Du Dich dieses Themas mal annehmen. Möglicherweise hattest Du an der Stelle einen guten Riecher." Überrascht grinste ich. Ich hatte einen guten Riecher als Journalist? Das war doch mal eine Neuigkeit.

Ich schlenderte zurück zu meinem Kubus und schaltete den Rechner ein. Während er seine Programme lud und einrichtete, blätterte ich den Poststapel durch. Es waren tatsächlich ein paar Pressemeldungen zu Aktivitäten im Bereich atomarer Hochrüstung zu finden, die ich auf einen Haufen legte. Zwei weitere Meldungen beschäftigten sich mit der immer noch andauernden Amerikareise unserer Kanzlerin. Ich überflog die Meldungen und bildete einen weiteren Stapel. Ansonsten war nichts dabei, was mich fachlich betraf oder persönlich interessierte. Ganz unten fand ich die aktuelle Ausgabe unserer Zeitung und ich blätterte sie durch, las den einen oder anderen Beitrag an und ging durch meine Texte noch einmal durch. Ich bin im Wesentlichen stolz auf meine Arbeit und ich freue mich, wenn ich die Ergebnisse meiner Mühen sehe. Das Interview mit dem Bürgermeister fand ich sehr gelungen, wenngleich ihn das Foto nicht gut darstellte. Anschließend ging ich meine Mails durch. Auch hier fand ich einige Hinweise auf die atomaren Aktivitäten. Ich speicherte die Mails in einem speziellen Ordner, den ich mir vorher anlegte. Drei Mails beinhalteten Berichte über Unruhen in Zentralafrika. Das war zwar weit weg, aber könnte zumindest eine kleine Meldung im politischen Teil wert sein. Ich speicherte die Mails in einem weiteren Ordner, den ich anlegte.

Als ich das nächste Mal auf die Uhr blickte, war die Frühstückspause lange vorbei und ich nahm den Telefonhörer zur Hand, um Margit anzurufen. Sie war an ihrem Arbeitsplatz und schien Zeit zu haben, jedenfalls klang sie nicht gehetzt, als sie sich meldete. Ich antwortete: „Hier ist auch Schreiner, guten Morgen, Margit. Hast Du in der Zwischenzeit etwas von Linda gehört?" – „Nein, habe ich nicht, sonst hätte ich Dich informiert. Aber ich wollte Dich heute genau mit der selben Frage anrufen. Also hast Du auch nichts Neues?" – „So würde ich das nicht sagen. Ich war gestern wieder zum Mittelaltermarkt und hörte zufällig, als ich dort die Toilette benutzte, ein paar junge Männer über Linda sprechen. Weiterhin zufällig bekam ich raus, dass einer der jungen Männer höchstwahrscheinlich mit Linda gemeinsam studiert und nochmal zufällig fand ich ein Foto im Internet, das vor ungefähr drei Jahren aufgenommen worden war und Linda auf einer Party zeigte, die dieser junge Mann organisiert hatte. Ich bin die ganze Nacht schon am Grübeln, weil ich der Meinung bin, dass sich Linda seit vor ungefähr drei Jahren aus dem sozialen Leben ziemlich zurückgezogen hat. Hast Du auch so eine Wahrnehmung und falls ja, hat sie Dir etwas zu dieser Party erzählt?" Margit schwieg eine Weile, dann sagte sie: „Du hast Recht, Linda geht nicht mehr weg. Ich habe es immer auf ihr Studium und den damit zusammen hängenden Belastungen geschoben, aber wenn nun auf der Party etwas vorgefallen ist … Nein, sie hat mir nie etwas erzählt, ich habe mir aber auch bisher nie besondere Gedanken gemacht, wie gesagt, ich dachte immer, ihr Studium würde sie so beanspruchen." – „Ich frage mich nun, ob ich mit diesen neuen Erkenntnissen noch mal mit der Polizei reden sollte. Immerhin ist sie nun seit drei Tagen verschwunden." – „Ich glaube nicht, dass es schadet. Versuche es doch einfach mal." – „Gut, ich halte Dich auf dem Laufenden." – „Okay, und danke, Xaver, dass Du Dich kümmerst. Tschau." – „Tschau, Margit." Ich legte den Hörer auf und blätterte in der Nummernliste der letzten Tage, um die Polizeidienststelle anzurufen. Wieder meldete sich Wachtmeisterin Schönhuber. Ich stellte mich kurz vor und sagte dann, dass ich eine Vermisstenanzeige wegen meiner Tochter aufgeben wollte. Sie erinnerte sich und war sofort bereit, alle Daten aufzunehmen und weiterzuleiten. Meinen stillen Vorwurf, dass wir drei Tage verloren hatten, spürte sie entweder nicht oder sie ignorierte ihn. Vielleicht gibt es bei der Polizei ja auch irgendwelche Vorschriften, wann was als Problem einzustufen sei und wie lange Eltern noch als hysterisch angesehen werden dürfen. Nachdem alle Formalitäten erledigt waren, klärte mich

Frau Wachtmeisterin Schönhuber noch über die nächsten Schritte von Seiten der Polizei auf und fragte mich schließlich, ob ich noch etwas ergänzen wolle. Ich hatte während des Telefonates immer wieder gehadert, ob ich die Sache mit dem belauschten Gespräch in der Toilette erwähnen solle oder nicht. Als sie mich nun fragte, antwortete ich: „Ja, da gibt es noch etwas, was mich sehr beunruhigt." Und dann erzählte ich ihr alles, beginnend von dem Gespräch in der Toilette über die Bemerkung des Vaters Mertins bis hin zu meinen Recherchen in der vergangenen Nacht. Als ich geendet hatte, war es einen Moment still in der Leitung, dann sagte die Wachtmeisterin: „Herr Schreiner, das ist eine ganze Menge, was sie da erzählt haben. Ich lasse davon erst mal ein Protokoll anfertigen und würde Sie nur bitten, kurzfristig aufs Revier zu kommen und das Protokoll zu unterschreiben. Dann können wir auch in Richtung des jungen Mannes aktiv werden und ihn zu einem Gespräch einladen." Sie nannte noch die Adresse des Reviers und fügte an: „Ich werde mich nun nicht entschuldigen für meine Ablehnung vor drei Tagen, Ihre Vermisstenanzeige anzunehmen, weil es bei uns auch Verhaltensregeln gibt, und diese eben eine Vermisstenanzeige zu einem so frühen Zeitpunkt bei Erwachsenen nicht vorsehen, aber ich spüre und verstehe Ihre Frustration, weil Sie sich da bislang allein gelassen fühlten, und das tut mir persönlich Leid. Ich werde zusehen, was ich machen kann. Kommen Sie bitte nur so bald wie möglich, um das Protokoll zu unterschreiben. Sonst noch was?" – „Nein, ich glaube, das wars erst mal. Ich mache mich gleich auf den Weg. Auf Wiederhören." – „Auf Wiederhören, Herr Schreiner." Ich legte den Hörer in die Mulde am Telefon und lehnte mich zurück, um über das Telefonat noch mal nachzudenken. Am meisten verwunderte mich die halbwegs Entschuldigung der Polizistin, aber das veränderte die Situation nicht. Ich erhob mich und ging zu Klaus-Dieter. Er saß gerade über einen Text gebeugt und blickte auf, als ich eintrat: „Was kann ich für Dich tun?" – „Ich weiß nicht, ob Du es schon mitbekommen hast. Linda ist seit ein paar Tagen verschwunden. Ich habe gerade eine Vermisstenmeldung bei der Polizei aufgegeben und wurde gebeten, auf das Revier zu kommen, um das Protokoll zu unterschreiben. Ich wollte mich gleich auf den Weg machen. Können wir die Redaktionssitzung etwas verschieben, bis ich wieder da bin?" – „Ja, ich denke, das ist kein Problem. Rolf kommt ohnehin nicht dazu, er ist unterwegs, um ein Turnier in irgendeiner neuen Modesportart zu begleiten, dessen Name mir entfallen ist. Er fand den Sport interessant genug, darüber bei uns zu berichten, und ich lasse ihn, weil wir derzeit hinsichtlich Sportveranstaltungen nicht viel zu bieten haben. Und Jonas, Karla, Heiner und Elise sind auch später noch da. Viel Erfolg." – „Danke und bis später." Auf dem Weg machte ich noch kurz bei Elise halt, um sie ebenfalls zu informieren. Sie meinte: „Wollen wir dann trotzdem heute Abend noch mal auf den Festplatz gehen, um uns die Stimme des Jungen anzuhören?" – „Ich glaube, das ist nicht verkehrt. Ich gehe dann mal los. Bis gleich." – „Tschüss, Xaver." Sie winkte mir lächelnd nach.

Als ich Elises Büro verließ, kam Klaus-Dieter auf mich zugeeilt und sagte: „Du kannst den Redaktionswagen nehmen, dann ist der Gang in die Kreisstadt schneller." Und mit einem „Bis gleich" drückte er mir die Autoschlüssel unseres Fahrzeugs in die Hand, mit dem wir kurze Touren für die Redaktionsarbeit machten.

Bei der Polizeidienststelle fand ich einen Parkplatz direkt vor der Eingangstür. Ich blickte mich mehrfach um, weil ich gar nicht glauben wollte, dass dieser

Parkplatz nicht für Behinderte, Frauen mit Kind oder gar Einsatzfahrzeuge reserviert war. Es gab keinen diesbezüglichen Hinweis, so stellte ich das Auto dort ab.

Ich betrat die Dienststelle und fragte an der Eingangswache nach der Wachtmeisterin, ich sei dort angemeldet. Der Wachhabende telefonierte kurz und sagte dann, auf einen Stuhl weisend: „Setzen Sie sich bitte dort hin, Sie werden gleich abgeholt." Ich hatte kaum Platz genommen auf dem Stuhl, als ich Schritte hörte und eine große, schwere Frau in Uniform den Eingangsbereich betrat. Sie steuerte direkt auf mich zu, hielt mir die Hand hin und sagte: „Xaver Schreiner? Ich bin Wachtmeisterin Schönhuber. Gut, dass Sie so schnell kommen konnten. Kommen Sie bitte mit." Sie kehrte um und ging den Gang zurück, aus dem sie gerade gekommen war. Ich folgte ihr und wir betraten einen kleinen Raum mit einem Tisch und ein paar Stühlen als einzigem Interieur. Sie deutete auf einen Stuhl und setzte sich gegenüber auf einen anderen. Als ich mich gesetzt hatte, schob sie mir ein paar Blätter Papier hin mit den Worten: „Hier ist das Protokoll, das ich anhand Ihres Telefonanrufes angefertigt habe. Lesen Sie es bitte genau durch." Dann lehnte sie sich zurück und blickte mich erwartungsvoll an. Langsam las ich das Protokoll, beginnend bei meinen und Lindas Personalien bis hin zu meiner telefonischen Aussage. An manchen Stellen war die Rechtschreibung fehlerhaft und das eine oder andere Komma fehlte oder war an anderer Stelle zu viel, so dass ich überlegte, Frau Schönhuber auf diese Fehler hinzuweisen. Immerhin bin ich Redakteur und korrekte Sprachverwendung ist mein täglich Brot.

Inhaltlich war der Text in Ordnung, was ich Frau Schönhuber mit exakt diesen Worten mitteilte. Sie sagte daraufhin: „Inhaltlich in Ordnung, heißt das, es ist etwas in Unordnung?" – „Naja, es gibt da ein paar Rechtschreibfehler und ich würde einige Kommata anders setzen, aber ich bin Redakteur und ein bisschen pingelig in dieser Hinsicht." Sie lächelte etwas und meinte: „Das ist nicht schlimm. Zeichnen Sie mir die Fehler eben an, dann korrigiere ich sie. Sie sind sich jedenfalls sicher, dass das Fehler sind?" – „Ja, da bin ich mir sicher." Während ich die Fehler anstrich, sagte ich: „Wie haben Sie den Text so schnell geschrieben bekommen? Sie haben ja noch nicht einmal Notizen gemacht, als ich mit Ihnen sprach?" – „Wir zeichnen die Gespräche auf, die reinkommen, und ich musste nur die Aufnahme in ein Textkonvertierungsprogramm schieben, dann kam ein ganz guter Rohtext raus, den es dann zu korrigieren galt. Ohne diese Konvertierungsmaschine wären wir komplett unterbesetzt." – „Und wie gut ist die Texterkennung bei dieser Maschine?" – „Das kommt darauf an. Sie sprechen relativ klar und deutlich, da hat es der Computer leicht. Bei anderen, die nuscheln oder fürchterliche fränkische Mundart sprechen, macht es teilweise gar keinen Sinn, die Konvertierung zu starten." – „Ich hätte nicht gedacht, dass unsere Technik schon so weit ist. Hier sind die Fehler." Wachtmeisterin Schönhuber blickte auf die Blätter, die ich ihr hinhielt, nahm sie und sagte: „Danke. Ich lasse Sie ein paar Minuten allein, aber ich bin gleich wieder zurück."

Überraschend schnell war sie wieder zurück und hielt mir die Blätter hin. Ich überflog sie und legte sie dann auf den Tisch, um zu unterschreiben. Dann sah ich sie an und sagte: „Was kommt nun als nächstes?" – „Als nächstes geht die Vermisstenmeldung raus und wir werden den jungen Herrn Jonatschek mal zum Gespräch vorladen. Daraus ergeben sich die nächsten Schritte. Ich hatte bereits am Telefon erwähnt, dass es mir persönlich Leid tut um die Verzögerung. Haben Sie eine Idee, wohin sich Ihre Tochter gewendet haben könnte?" – „Nein, ich habe keine Idee, abgesehen von der Bemerkung des Jungen. Vor allem sieht es Linda so gar nicht ähnlich, spurlos zu verschwinden. Wenn wir bislang Stress hatten miteinander, fuhr sie zur Mutter. Die lebt hier in der Kreisstadt und sie war immer so fair, mich kurzfristig zu informieren, dass ich mir keine Sorgen machen musste. Margit, also Lindas Mutter, sagte mir auch nichts davon, dass sie in letzter Zeit Unstimmigkeiten mit Linda gehabt hätte und diese sich deshalb nicht an sie hätte wenden wollen, wenn ich ihr zuviel werde." Ich zuckte mit den Schultern und sagte: „Ich war jetzt jeden Tag auf diesem Mittelaltermarkt, obwohl ich mir immer einredete, dass der damit nichts zu tun haben könnte. Scheint aber doch, zumindest habe ich das Gespräch mitbekommen." Ich stand auf und fügte hinzu: „Können Sie mich bitte informieren, sobald Sie irgendwelche Neuigkeiten haben?" – „Ja, klar, das machen wir. Schönen Tag noch." Sie reichte mir ihre Hand und wir verabschiedeten uns voneinander.

Kurz darauf war ich wieder in der Redaktion, stellte das Auto ab und ging gleich zu Klaus-Dieter, um ihm den Schlüssel zurückzubringen und mich anzumelden. Er nickte und sagte: „In einer Viertelstunde hier bei mir im Büro, wie gehabt."

Die Redaktionssitzung war insofern interessant, und darum erwähne ich sie hier in meiner Geschichte, weil wir ziemlich ausführlich über die weitere Vorgehensweise hinsichtlich der „Atomaren Bedrohung" diskutierten. Ich war über die Diskussion einigermaßen erstaunt, weil mein ursprünglicher Kommentar, den ich vor einigen Tagen zu dem Thema verfasst hatte, weniger einem strategischen Kalkül entsprungen als einer Laune, mal wieder einen

Kommentar zu verfassen. Was aber nicht nur ich registriert hatte, sondern offenbar meine Kolleginnen und Kollegen auch, war die zunehmende Präsenz dieses Themas in den anderen Medien. Wir beschlossen also, das Thema weiter zu bearbeiten und ich sollte eine Beitragsserie aufbauen, beginnend mit dem aktuellen Zustand und dann auf die geschichtlichen und technischen Hintergründe eingehen. Dadurch konnte ich in jedem Beitrag einen Bezug zur Tagesaktualität herstellen.

Ansonsten berichtete Klaus-Dieter kurz über Rolfs Ausflug zu dem neuen Modesport, der meiner Meinung nach nichts weiter als waghalsiges Klettern war, und Karla unterhielt uns eine Weile mit ein paar Anekdoten des Dirigenten des Orchesters unserer Kreisstadt. Ich sollte erwähnen, dass das Orchester hinsichtlich seines internationalen Ansehens weit über den Status unserer Kreisstadt hinausragte und dem entsprechend berühmte Persönlichkeiten anzog, die aber teilweise als Menschen ziemlich skurrile und kuriose Eigenheiten pflegten.

Am Schluss der Sitzung erinnerte uns Klaus-Dieter noch einmal an unsere Urlaubspläne für das kommende Jahr und scheuchte uns dann mit einer Handbewegung aus seinem Büro.

Als wir Klaus-Dieters Büro verließen, ging ich als letzter raus und machte einen Abstecher zu Elises Arbeitsplatz. Sie blickte mich fragend an, als ich eintrat. „Die Polizistin hat sich halbwegs entschuldigt, dass sie nicht sofort auf meine Vermisstenanzeige eingegangen ist, aber sie hätten ihre Vorschriften," erklärte ich ihr. Ich zuckte mich den Schultern und ergänzte: „Und den kleinen Jonatschek wollen sie zum Gespräch vorladen. Ich denke, wir hören uns heute Abend mal seine Stimme an." – „Was hast Du weiter vor?" – „Ich weiß es nicht, Elise. Ich habe immer noch das Gefühl, dass

Lindas Verschwinden mit diesem Mittelaltermarkt zu tun hat. Aber ich kann das Gefühl nicht erklären. Das Gespräch, das ich gestern mitbekommen habe, verstärkt dieses Gefühl. Ich habe auch keine Ahnung …" – „Was?" – „Ich habe Linda auf einem Partyfoto von Mertin Jonatscheks Internetauftritt gesehen. Vielleicht schauen wir uns dieses Foto noch mal an. Eventuell ist der andere Junge, den Du mit Jonatschek aus der Toilette kommen sahst, auch bei dieser Party dabei." – „Wo hast Du die Fotos gefunden?" – „Ich habe den Namen gegoogelt und bin auf ein paar Bilder gestoßen." – „Warte." Elise wandte sich ihrem Rechner zu und öffnete das Internet-Programm. Dann startete sie die Suchmaschine und gab den Namen ein. Sie winkte mir, auf ihre Seite des Schreibtisches zu kommen, und gemeinsam sahen wir, wie die Ergebnisse am Bildschirm angezeigt wurden. „Darf ich mal die Maus haben?", fragte ich und sie schob mir den Koordinatenzeiger vor die rechte Hand. Ich suchte eine Weile, ehe ich das Bild gefunden hatte, das ich letzte Nacht schon gesehen hatte. Wir holten das Bild in Großdarstellung heran und Elise blickte aufmerksam auf die Details. Plötzlich deutete sie auf ein Gesicht: „Das da ist Mertin Jonatschek." Dann zeigte sie auf ein anderes Gesicht: „Und das ist der andere, der mit ihm aus der Toilette kam." Sie blickte suchend umher. „Gibt es irgendwo eine Liste der Personen, die hier drauf sind." Ich setzte das Bild wieder zurück. Es war Bestandteil einer Freundschafts- und Kontaktseite und Mertins Freunde und Freundinnen waren am rechten Rand dargestellt. Wir klickten uns durch die einzelnen Bilder, bis Elise sagte: „Der sieht doch so aus, oder?" Ich holte noch mal das Gruppenbild heran und wir verglichen die beiden Bilder. „Ja, das könnte er sein." Er hatte eine andere Frisur, aber das Gesicht war sehr ähnlich. Bei den Freundschaftsbildern stand auch ein

Name, den sich Elise notierte. Wir starteten eine erneute Suche mit diesem Namen und stießen auf ein ähnliches Profil im Internet, wie Mertin Jonatschek es hatte. Sogar die privaten Bilder waren ähnlich bzw. Doubletten, d.h., die beiden schienen sehr viel zusammenzuhängen. Linda war jedoch nur auf dem einen Bild bei Mertin zu finden gewesen. Ich erzählte Elise von meiner vermeintlichen Beobachtung, dass Linda vor etwa drei Jahren angefangen hätte, sich aus dem öffentlichen Leben zurückzuziehen. Ich hätte dem damals wenig Aufmerksamkeit geschenkt, fragte mich aber nun angesichts des Partybildes vor etwa drei Jahren, ob damals etwas vorgefallen sei, das sie nachhaltig verschreckt hatte. Wir kamen erst einmal nicht weiter, beschlossen noch einmal, gemeinsam am Abend zu dem Markt zu gehen, und ich ging in mein Büro, um mich der atomaren Bedrohung zu widmen.

Um mich in das Thema noch mal einzustimmen, holte ich meinen Kommentar hervor und las ihn. Dann blätterte ich die Pressemeldungen durch, die mir in Papierform vorlagen und die ich während der letzten beiden Tage gesammelt hatte. Als nächsten Schritt ging ich durch meine E-Mails, die neuen und die bereits einsortierten, und las alle diese Informationen. Auf diese Weise gewann ich einen ersten Überblick. Bei mir entstand der Eindruck, dass es höchstens zwei oder drei Quellen waren, von denen alle anderen mehr oder weniger unbearbeitet kopiert hatten. Dann forstete ich die Beiträge hinsichtlich Hinweisen auf die „Urquelle" durch und wurde schließlich fündig, zwar nicht hinsichtlich der Urquelle selbst, aber dass es letztendlich nur eine Quelle gab. Der Hinweis hätte zwar keinem Gerichtsprozess standgehalten, aber für mich war der Zusammenhang erst mal schlüssig genug. Nach etwa zwei Stunden Arbeit hatte ich aus all den echten und scheinbaren Informationen ein Destillat von Stichworten erstellt, aus dem ich den ersten Teil der Serie „Atomare Bedrohung, Wahn und Wirklichkeit" in Form einer Reportage zusammenschreiben konnte. Der Text war nach einer weiteren Stunde Arbeit fertig. Im Wesentlichen beschrieb ich die zunehmende Aggressivität, mit der der Diktator des relativ kleinen asiatischen Staates, der weder politisch noch wirtschaftlich Bedeutung hatte, andere Nationen unter Druck setzte, indem er unverhohlen mit atomaren Angriffen drohte, wenn bestimmte Bedingungen nicht erfüllt würden. Die Drohungen untermauerte er, indem er immer wieder mal Raketen abfeuern ließ, die mit Atomsprengköpfen bestückt waren, ähnlich einem Bankräuber, der ein paar Mal in die Decke des Kassenraumes schießt, um die Bankangestellten von der Ernsthaftigkeit seiner Forderungen zu überzeugen. Ich speicherte den Text, las ihn noch mal durch, korrigierte hier und da eine Kleinigkeit und sandte ihn dann an Klaus-Dieter und an Heiner. Mittlerweile war der Nachmittag weit fortgeschritten, die Redaktion war leer geworden. Elise hatte sich vor etwa einer Stunde verabschiedet und wir hatten uns für 18:30 am Fahrradständer verabredet.

Mir blieb noch etwa eine Stunde Zeit, um nach Hause zu fahren, eine Kleinigkeit zu essen – Ein Stück vom Schwein auf einer Scheibe Brot fand ich auf die Dauer doch etwas unbefriedigend – und dann zum Festplatz zu radeln.

Elise wartete schon auf mich, als ich um die Ecke bog. Ich will ja nun nicht sexistisch klingen, aber diese Frau überraschte mich mit ihrem Sinn für Pünktlichkeit, wobei auch Margit einen Hang zur Pünktlichkeit hatte und Linda zeitlebens nie Probleme hatte, Zeitvereinbarungen einzuhalten. Wahrscheinlich ist der Spruch mit der chronischen Unpünktlichkeit der Frauen nichts weiter als ein blöder Spruch und ich sollte ihn einfach vergessen.

Sie strahlte mich an, als ich anhielt, mein Fahrrad in den Ständer hob und dort anschloss. Dann wandte ich mich ihr zu, reichte ihr die Hand, die sie übersah und mich umarmte, was mir sehr gefiel. „Dann lass uns mal Detektiv spielen," sagte sie, hakte sich bei mir ein und wir betraten das Gelände. „Wenn ich daran denke, dass ich mich bisher überhaupt nicht für diese Veranstaltung interessierte und nun jeden Abend hier bin," sagte ich, und Elise lachte: „Auch ein alter Mann wie Du kann sich noch zum Besseren ändern." – „Zum Besseren? Zum Andern höchstens." Solcherart herumalbernd gingen wir die Budengasse hinab, bis wir Seraphims Kräuterstand sahen. Elise blieb stehen, blickte mich an und sagte: „Wie wollen wir jetzt vorgehen?" – „Wenn er da ist, sprechen wir ihn direkt an, fragen ihn etwas zu den Kräutern, die er uns gestern verkauft hat. Was war es noch einmal, was Du hattest?" Sie überlegte kurz und nannte dann die Kräuter mit ihren lateinischen Namen. „Und wenn sein Vater da ist, wird dieser die Fragen beantworten." – „Wir gehen jetzt einfach mal hin und sehen nach. Dann fällt uns schon etwas ein." Ich ging weiter. Als wir vor dem Stand ankamen, sahen wir nur Seraphim hinter dem Tresen stehen. Als er uns sah, zog er kurz die Augenbrauen zusammen, aber nur ganz kurz, dass ich mir anschließend gar nicht sicher war, ob er es wirklich getan hatte. „Guten Abend, was kann ich für Euch tun," fragte er mit einem Lächeln, das irgendwie krampfhaft wirkte. „Ist Euer Sohn Mertin heute da?", fragte ich. Er blickte mich nachdenklich an und sagte mit einem misstrauischen Unterton: „Ihr habt gestern schon nach ihm gefragt und heute wieder. Er ist nicht da. Heute Nachmittag war die Polizei bei uns und hat ihn zu einem Gespräch abgeholt. Seitdem habe ich ihn nicht mehr gesehen. Habt Ihr etwas damit zu tun?" – „Woher sollen wir das wissen?" – „Naja, ich finde es schon seltsam, diese ganzen Zufälle." Seraphim schüttelte den Kopf. Fast tat er mir etwas Leid. Als Vater einer verschwundenen Tochter konnte ich seine Sorgen um seinen Sohn nachvollziehen.

Mir fiel etwas ein: „Haben Sie von der Sumachkresse etwas vorrätig?" – „Ja, habe ich. Darf ich Ihnen etwas davon abfüllen?" – „Ich bin noch am Überlegen. Ich habe auf Ihrer Homepage einiges zu der Sumachkresse gelesen. Sind die Wirkungen tatsächlich wie beschrieben?" – „Ja, wobei gerade bei der Sumachkresse die Dosierung sehr schwierig ist, weil die Menge, um bestimmte Zustände zu erreichen, von Mensch zu Mensch sehr unterschiedlich sein kann, und wir noch keinen Zusammenhang zu individuellen Eigenschaften eines Menschen feststellen konnten, wie zum Beispiel das Gewicht. Wir haben auch noch keine Gewöhnungseffekte erfahren können, wie andere Substanzen sie haben, bei denen man die Dosis immer weiter erhöhen muss, um einen identischen Zustand herzustellen." – „Das bedeutet, man muss sich durch Ausprobieren herantasten." – „Jein, das funktioniert nämlich auch nur begrenzt, weil je nach Stimmungslage die Sumachkresse stärker oder weniger stark wirkt." – „Das klingt aber schon fast gefährlich, oder?" – „Man muss halt sehr vorsichtig und bedacht damit umgehen, dann funktioniert es." – „Was meinen Sie damit?" – „Dass man nicht die ganze Dosis auf einmal nimmt, sondern in mehreren Schritten." – „Okay, und wie weiß ich, dass ich die richtige Dosis erreicht habe?" – „Das hängt nun wieder von dem gewünschten Zustand ab. Und irgendwann ..." und bei diesen Worten blickte er Elises an, „... muss man sich eines anderen Menschen bedienen, der den Zustand überwacht und die letztendliche Dosis verabreicht." –

„Das klingt schon sehr abenteuerlich." – „Der Umgang mit diesen bewusstseinsfördernden Substanzen ist letztendlich immer ein Abenteuer. Aber das ist doch der Grund, warum man sie verwendet, oder?" Das klang etwas barsch, hatte ich den Eindruck. In diesem Moment hörten wir Schritte von hinten und ein „Guten Abend, Vater. Da bin ich." Mertin war gekommen. Er blickte uns kurz an und verschwand dann um die Ecke, um den Stand von hinten durch die Tür zu betreten. Seraphim sagte: „Guten Abend, Mertin. Die beiden wollten Dich sprechen." Mertin blickte uns an, ich hatte dabei nicht den Eindruck, dass er uns mit irgendjemandem in Verbindung brachte. „Ja, was kann ich für Euch tun?" Elise sagte: „Wir haben gestern Abend ein Päckchen Thymus von hier mitgenommen. Nun war ich heute beim Kochen nicht ganz sicher, ob es Thymus vulgaris ist oder der Thymus serpyllum. Erinnern Sie sich noch, was Sie mir gestern einpackten?" Ehe Mertin antworten konnte, sagte der Vater mürrisch: „Diese Frage hätte ich Ihnen auch beantworten können. Wir führen hier nur den Thymus vulgaris." – „Aha, okay, danke. Das wars." Mit diesen Worten zog Elise mich fort. „Und, welche Stimme hat er?", fragte sie, als wir außer Hörweite waren. „Er ist derjenige, der Linda was antun wollte, da bin ich mir ganz sicher," sagte ich. „Aber was fangen wir mit dieser Information an? Wir können ihn ja nicht foltern, um rauszufinden, ob er etwas mit Lindas Verschwinden zu tun hat. Das funktionierte nur damals." Ich machte mit der Hand eine kreisende Bewegung, um das mittelalterliche Ambiente um uns herum zu erfassen. Wir schlenderten noch eine Weile über den Platz, beobachteten die Leute in der Zeltstadt bei ihren abendlichen Verrichtungen, hielten am Pferdestall mit der angelagerten Hufschmiede an, um zuzusehen, wie eines der großen Pferde neue Hufeisen angepasst bekam, und stellten insgesamt eine gewisse Müdigkeit, behaftet mit Unruhe, fest. Heute war der letzte Tag des Mittelaltermarktes und einige der Teilnehmer waren schon dabei, ihre Buden auszuräumen und abzubauen. Plötzlich blieb ich stehen: „Eigentlich wollte ich was von der Sumachkresse mitnehmen, aber Mertins Auftauchen hat uns abgelenkt. Lass uns noch mal zurückgehen zu Seraphim, vielleicht kann ich noch etwas bekommen." Wir kehrten um und eilten durch die Wege zurück. Seraphim war wohl auch schon dabei, seine Bude aufzuräumen. Wir blieben vor seinem Stand stehen und als er uns nicht sehr freundlich anblickte, sagte ich: „Wir sind vorhin abgekommen von der Sumachkresse. Könnten Sie mir da ein kleines Gebinde verkaufen?" – „Ich habe es schon weggepackt, aber warten Sie, ich hole es noch mal raus." Mit diesen Worten ging er nach hinten raus, kramte dort eine Weile rum und kam dann mit einem kleinen Säckchen mit einem Etikett zurück und reichte es mir rüber. „Das macht dann zwanzig Pfenninge." Ich kramte in meinem Portemonnaie und förderte einige Pfenninge zutage. Elise zückte ebenfalls ihr Portemonnaie und gemeinsam schafften wir es gerade, die Summe aufzubringen. Wir reichten ihm das Geld und er gab mir das Säckchen. Auf dem Etikett stand „Rhus Brassica". Ich hielt das Säckchen hoch und sagte: „Vielen Dank und gute Heimreise." – Gute Nacht auch."

Ich steckte das Säckchen in die Jackentasche, ergriff Elises Hand und wir strebten dem Ausgang zu. Nachdem ich mein Fahrrad aus dem Ständer genommen hatte, blickte ich Elise an und sagte: „Danke für den Abend und für die Unterstützung bei meiner detektivischen Arbeit." – „Gerne. Es war schön heute Abend. Wann wirst Du das ausprobieren? Oder willst Du es überhaupt ausprobieren?" – „Ich weiß es

noch nicht. Ich muss nun erst einmal nachdenken. Vor allem frage ich mich immer wieder, ob ich einem Hirngespinst hinterherlaufe." Ich überlegte, ob ich Elise auf eine Tasse Tee zu mir einladen sollte, aber ich verwarf den Gedanken gleich wieder bei der Vorstellung, sie sähe meine Unordnung zuhause. Elise schien wohl in eine ähnliche Richtung zu denken, weil sie sagte: „Hättest Du noch Lust auf eine Tasse Tee? Da ist nur die Sache mit Deinem Fahrrad, weil es bis zu meiner Wohnung etwa 10 km zu fahren sind." – „Wir können den Tee auch bei mir trinken, aber meine Wohnung ist halt sehr unordentlich." – „Das kann ich mir bei einem Redakteur nun gar nicht vorstellen, Unordnung. Jedenfalls wisst Ihr immer, wo was zu finden ist." – „Das ist doch nur ein Mythos, das mit dem Beherrschen des Chaos." – „Soso. Aber nun sind wir noch nicht weiter. Wollen wir uns noch eine Tasse Tee teilen?" Nun ging es also nur noch um eine Tasse Tee. „Weißt Du, ich glaube, ich riskiere es und lasse Dich in meinen Saustall. Du darfst aber nicht über mich urteilen." Elise lachte, hakte sich bei mir ein und sagte: „Also dann, bis gleich." Beschwingt setzte ich mich auf mein Rad und pedalte los, nahm die nächsten Kurven wie ein Jugendlicher, der sein ganzes Leben noch vor sich hat und keine Sorgen kennt, bis ich an einer Stelle beinahe gestürzt wäre und mich im letzten Moment abfangen konnte, auf Kosten eines Fußknöchels, der anfing zu schmerzen. Wenn dem Esel zu wohl wird …
Ich war gerade zu Hause angekommen, als Elise mit ihrem Auto um die Ecke bog. Während ich das Fahrrad in den Schuppen brachte und einschloss, parkte sie ein, stieg aus und schloss ihr Auto ab. Ich öffnete die Haustür und ließ sie ein, ebenso in die Wohnung. Dort bugsierte ich sie ins Wohnzimmer und verschwand in der Küche, um Wasser heiß zu machen und zwei Tassen vorzubereiten. Elise stand plötzlich in der

Küchentür und ich drehte mich um: „Ah, gut. Welchen Tee willst Du denn? Ich habe Ceylon Assam, Rooibos, Pfefferminze, Kamille, dann habe ich Entspannungstee ..." – „Ich glaube, der Rooibos ist genau mein Fall." Ich füllte ein Teesäckchen mit dem Rooibos und warf für mich ein paar getrocknete Pfefferminzblätter in die zweite Tasse. Das Wasser kochte mittlerweile und ich goss es in die beiden Tassen. Dann nahm ich noch einen kleinen Teller aus dem Schrank, reichte ihn Elise und nahm die beiden Tassen, um damit ins Wohnzimmer zu gehen. „Kerzen habe ich nun nicht, aber ich kann das Licht etwas dimmen," sagte ich und drehte am Lichtschalter. Wir setzten uns nebeneinander auf die Couch und blickten auf den aus den Tassen aufsteigenden Dampf. Elise sagte nach einer Weile: „So unordentlich ist es gar nicht bei Dir. Wenn ich da an Dein Büro denke mit all den Papierstapeln und Geschenken und ..." – „Ach, das Wohnzimmer geht ja, das ist ein gemeinsam genutzter Raum, da gibt es strenge Regeln bei uns, aber das Schlafzimmer ..." Ich stoppte. Erstens, weil die Erinnerung an Linda wieder schlagartig vor mir stand und mich ganz tief hinunterriss, und zweitens, weil ich mich fragte, ob das mit dem Schlafzimmer ein zu plumper Hinweis gewesen war. Aber, wie schon früher gesagt, entweder man macht alles falsch bei diesem Spiel oder gar nichts, ein zwischendrin gibt es nicht. Elise schien jedenfalls meinen Stimmungswechsel zu spüren. Sie lehnte sich an mich, legte ihre Hand auf mein Bein und murmelte: „Du musst Dir nicht so viele Sorgen und Gedanken machen. Es kommt alles in Ordnung." Irgendwie beruhigte mich ihre Nähe.

Fünfter Tag (Freitag)

„Willst Du Toast haben zum Frühstück?" Seit einer halben Stunde werkelte ich in der Küche, nachdem ich mich geduscht hatte, um erstens Ordnung zu schaffen und zweitens meinem Hochgefühl ein Ventil zu geben. Elise war tatsächlich über Nacht geblieben und sie hatte sich tatsächlich von meiner Unordnung nicht abschrecken lassen. Nun bereiteten wir uns auf den neuen Tag vor. Sie kam gerade aus dem Badezimmer, ihre Haare in einen Handtuchturban gewickelt, ansonsten unbekleidet, marschierte sie unbekümmert in die Küche und gab mir einen Kuss: „Guten Morgen, Xaver." Sie schnupperte: „Was machst Du denn da?" – „Ich mache Frühstück." – „Willst Du eine ganze Kompanie mästen?" – „Nein, aber ich weiß ja nicht, was und wie viel von allem Du isst zu Beginn eines Tages voll schwerer Arbeit." Sie kicherte: „Um Euch Redakteure ertragen zu können, muss man wirklich wie ein Holzfäller essen. Aber das riecht alles sehr gut und sieht sehr lecker aus, was Du hier fabrizierst. Ich zieh mich ganz schnell an." Damit war sie wieder verschwunden und tauchte ein paar Minuten später wieder auf: „Ich glaube, ich muss ein bisschen Unterwäsche bei Dir deponieren, wenn wir das zur Regelmäßigkeit werden lassen. Hast Du Platz im Schrank?" Sie kicherte: „Du musst nicht gleich so entsetzt schauen. Das war kein Heiratsantrag, Xaver." Elise stupste mir mit der Fingerspitze auf die Nase und ich haschte nach ihrer Hand, zog sie an mich, küsste sie und ließ sie wieder los: „Nun aber marsch an den Tisch."

Während wir ausgiebig frühstückten, diskutierten wir das Thema, das mir am meisten am Herzen lag. „Wenn ich nur wüsste, wie wir an diesen Mertin Jonatschek rankommen und wie wir ihn aushorchen können. Er muss etwas wissen." – „Vielleicht könnten wir über die Universität einen Kontakt zu ihm herstellen. Dort muss er ja zumindest von Zeit zu Zeit mal auftauchen." – „Ja, aber wie sollen wir ihn ansprechen und zum Reden bringen? Foltern ist ja nicht mehr in Mode heutzutage." – „Vielleicht fährt er ja auf ein junge hübsche Dame ab ..." – „Wie? Du willst ..." – „Nein, ich will nicht, aber ich würde versuchen, ihn aus sich herauszulocken." – „Ich weiß nicht ..." – „Einen Versuch ist es wert, denke ich. Ich werde mir heute im Lauf des Tages mal seinen Internetauftritt etwas genauer ansehen. Vielleicht finde ich ja etwas." – „Mal was ganz anderes: Hättest Du etwas dagegen, wenn ich heute Abend zu Dir komme? Ich bringe auch gleich ein bisschen Unterwäsche mit ... Du musst jetzt nicht so entsetzt gucken, Elise." Wir lachten beide. „Weißt Du, eigentlich kannst Du gleich bei mir mitfahren, dann musst Du heute Nachmittag nicht mit dem Fahrrad zu mir rausfahren." – „Eine gute Idee. Ich pack dann nur schnell den Koffer."

Auf dem Weg zur Redaktion sagte Elise: „Ich habe noch eine Weile nachgedacht, ob wir getrennt reinmarschieren, aber es ist mir egal. Wir können offen damit umgehen. Oder?" – „Ja klar, warum nicht? Wir haben keinen Grund, uns zu verstecken. Oder?"

Ich hatte zwar das Gefühl, als wir gemeinsam das Gebäude betraten, dass uns alle anstarrten, aber ehrlich, wer interessiert sich denn im Ernst, wer mit wem und warum und überhaupt? Jedenfalls steuerte ich meinen Kubus an und Elise ihr Büro und wir verabschiedeten uns mit einem „Bis gleich" voneinander. Wir waren die ersten in der Redaktion, und während ich meinen Rechner einschaltete und wartete, dass er betriebsbereit war, blätterte ich die Papiere durch, die sich mit der atomaren Bedrohung befassten. Welchen Beitrag sollte ich als nächstes lancieren zu diesem Thema? Jedenfalls die aktuelle

Entwicklung, aber als Zusatzinformation ein paar physikalisch-technische Hintergründe, in welcher Form diese atomare Bedrohung existierte, die Art von Waffensystemen, die zum Einsatz kamen und so weiter.

Nach einer Stunde kam Klaus-Dieter zu mir in den Kubus, wünschte mir einen Guten Morgen und sagte: „Ich habe Deinen Text über die atomare Bedrohung gestern noch gelesen. Er ist gut, den lassen wir so. Weißt Du schon, wie Du weitermachen wirst?" Ich erklärte ihm die Struktur, die ich mir während der vergangenen Stunde skizziert hatte und wie ich vorgehen wollte, die Struktur mit Fleisch, also mit Inhalten zu füllen, nannte auch ein paar Quellen, die ich anzapfen wollte und schätzte die Umfänge ab. „Am Ende hängt halt tagesaktuell davon ab, wie sich die Lage entwickelt. Daraus kann ich dann jeden Tag neu im Detail justieren, was ich an Inhalten bringen werde." – „Das ist klar und so können wir vorgehen. Gut so." Er klopfte mir auf die Schulter und drehte sich um. Dann stoppte er und wandte sich mir noch einmal zu: „Hast Du eigentlich von der Rathaussache noch mal was gehört? Das Interview ist ja draußen, aber ob es nun eine Untersuchung des Skeletts gab oder was auch immer?" – „Nein. Ich glaube, ich rufe heute einfach mal bei Frau Sandlein an und frage sie." – „Gute Idee. Da sollten wir jedenfalls auch dranbleiben, das ist immerhin unser Thema." Damit verließ er meinen Kubus.

Wieder eine Stunde später betrat Karla verstohlen meinen Kubus, blieb an der Tür stehen und strich verlegen über einen Zeitschriftenstapel, der dort auf dem Sideboard lag: „Du, Xaver, ich habe gerade gehört, dass Du und Elise ... Stimmt das?" Ich musste mich zusammenreißen, um nicht laut herauszulachen. „Wer erzählt das denn?" – „Naja, weißt Du, die

Rezeptionistin unter uns, die ist ja immer sehr früh da und die sieht natürlich, wer hier ein und aus geht und die hat Euch, das heißt Elise und Dich, heute Morgen gemeinsam gesehen. Du seist bei ihr aus dem Auto gestiegen, erzählte sie mir." – „Ich bekenne mich schuldig. Ich bin heute Morgen aus Elises Auto gestiegen und wir sind gemeinsam in die Redaktion gegangen. Wie viele Jahre gibt das bei guter Führung?" – „Nun sei doch nicht gleich so. Ich frage ja nur." – „Nun ehrlich, Karla, was soll ich nun machen? Ich überlege schon seit heute Morgen, ob ich am Schwarzen Brett eine Anzeige aufhängen soll, dass ich heute Morgen aus Elises Auto gestiegen bin, aber Du hast mich dieser Frage gerade enthoben. Da es schon jeder weiß, kann ich mir die Anzeige wohl sparen." – „Was soll das denn nun wieder heißen? Da es schon jeder weiß ... Also weißt Du, ich bin doch kein Klatschmaul, ich interessiere mich doch nur für meine Mitmenschen." – „Genau, und darum arbeitest Du bei einer Zeitung. Gute Berufswahl. Karla. Können wir das Gespräch später weiterführen? Ich hänge hier gerade an einer umfangreichen Recherche und ..." – „Jaja, alles gut, ich störe schon nicht mehr."

Gegen Mittag kam Elise zu mir. Sie lächelte mich an und blickte sich suchend um. Ich hatte zwar zwei zusätzliche Stühle in meinem Kubus stehen, aber auf beiden lagen hohe Stapel alter Zeitungen und Pressemeldungen. Ich stand auf und nahm den Zeitungsstapel von dem einen Stuhl, stellte ihn auf den Boden und machte eine einladende Handbewegung: „Setz Dich doch. Was kann ich für Dich tun?" – „Ich glaube, ich kann etwas für Dich tun. Ich habe in einem Profil von Mertin in den sozialen Medien einen Link zu einer Studentenkneipe in der Stadt gefunden und aus einigen seiner Kommentare entnehme ich, dass er sich wohl öfters in diesem Lokal aufhält. Vielleicht sollte ich dieses Lokal heute Abend mal aufsuchen. Was denkst Du?" – „Das klingt gut. Wie machen wir das nur dann mit dem zu Dir rüberfahren?" – „Ich bringe Dich nach der Arbeit zu Dir nach Hause, sehe dann zu, ob ich ihn in dem Lokal finde und komme später noch mal zu Dir, um Dich abzuholen." – „Das klingt aber nach mächtig viel Fahrerei." – „Das ist nicht so schlimm, da ich nicht in Richtung Kreisstadt wohne, sondern in die andere Richtung, das heißt, dass ich ohnehin fast bei Dir an der Haustür vorbeifahre auf dem Weg von dem Lokal nach Hause." – „Dann machen wir es so." Dann erzählte ich ihr von Karlas Besuch in meinem Kubus und Elise lachte dazu und meinte: „Dann müssen wir uns keine Sorgen mehr machen, dann weiß es bald jede und jeder und noch viel mehr, als wir wissen."

Auch am Nachmittag war ich mit der atomaren Bedrohung beschäftigt. Nebenbei sichtete ich die Eingänge von den Presseagenturen auf sonstige interessante Themen, redigierte einige Texte im Handumdrehen und sandte sie Klaus-Dieter und Heiner zu. Am späten Nachmittag hatte ich den zweiten Teil meiner Serienstory fertig, speicherte den Text noch einmal und sandte ihn ebenfalls zu Klaus-Dieter und Heiner. Dann schaltete ich den Rechner ab und verließ meinen Kubus. Rolf und Karla saßen noch vor ihren Rechnern und waren am Arbeiten. Ich winkte ihnen zu, ging zu Klaus-Dieter, um mich zu verabschieden und dann Elise abzuholen. Sie war noch am Tippen, als ich ihr Büro betrat, blickte kurz lächelnd auf und sagte: „Dauert nur noch fünf Minuten, ich bin gleich fertig."

Tatsächlich schaltete sie nach etwa fünf Minuten ihren Rechner ab, schloss die Rollschranktür hinter ihrem Arbeitsplatz, stand auf, streckte sich und sagte: „Dann lass uns mal losgehen." Wir verließen die Redaktion und sie brachte mich nach Hause, meinte, spätestens um neun Uhr wieder da zu sein und fuhr weg. Ich betrat meine Wohnung und beschloss, die Zeit zu nutzen, aufzuräumen und zu putzen. Damit war ich die nächsten Stunden vollauf beschäftigt. Als ich gegen halb Neun die Putzsachen und den Staubsauger wieder verstaute und die Waschmaschine das dritte Mal leer machte und die Wäsche auf einen Trockner hing, war ich körperlich müde, aber es fühlte sich gut an. So sauber war die Wohnung schon seit Jahren nicht mehr gewesen. Nebenbei hatte ich jede Menge Abfall in Säcke verpackt und zur Entsorgung bereitgestellt. Vielleicht konnte ich während der nächsten Tage mal Elises Wagen oder das Firmenauto der Redaktion leihen, um die Säcke zum Wertstoffhof zu bringen.

Ich stand gerade unter der Dusche, als die Türklingel anschlug. Ich schlang mir ein Handtuch um und tappte mit nassen Füßen an die Tür, um den Öffner zu betätigen und die Wohnungstür zu öffnen. Dann ging ich zurück ins Badezimmer, um mich fertig zu duschen. Als ich den Wasserhahn schloss und die Kabine öffnete, stand Elise lächelnd im Badezimmer und sagte: „Wahnsinn, Deine Wohnung ist ja kernsaniert und Du auch nahezu. Vorsicht, dass ich Dich noch erkenne bei all den Veränderungen." Sie hielt mir den Mund für einen Kuss hin und ich beeilte mich mit dem Abtrocknen.

Kurz darauf fuhren wir los. Als sie auf der Hauptstraße war und sich im fließenden Verkehr bewegte, sagte sie: „Willst Du mich nicht fragen, wie es war?" – „Wie war es denn, erzähl schon, ich platze geradezu vor Neugier?" – „Also, er scheint wohl tatsächlich so eine Art Stammgast in der Kneipe zu sein, die übrigens ein ziemlich finsteres Loch ist. Darum hat er mich wohl auch gar nicht erkannt, als ich reinkam. Immerhin haben wir uns am Vorabend und am Vorvorabend ja gesehen. Er saß alleine am Tresen und ich setzte mich neben ihn und sprach ihn an. Er war schon nicht mehr nüchtern, sonst wäre die ganze Sache wahrscheinlich ein bisschen schwieriger gewesen. Über ein paar Umwege fand ich dann heraus, dass er tatsächlich eine Reihe von Kursen gemeinsam mit Linda belegt hatte und hat und dass er wohl mal ziemlich hinter ihr her war. Er erzählte dann noch etwas von seinen Partys und lud mich ein und es gäbe da ganz tollen Stoff, der noch nicht einmal illegal wäre, weil er nicht unters Drogengesetz falle. Und dann, wahrscheinlich um mich zu beeindrucken, erzählte er noch etwas davon, dass man mit diesem Stoff den Geist erweitern könne, um Zeitreisen zu unternehmen. Du glaubst gar nicht, was der alles von sich gegeben hat in den zwei Stunden, die ich bei ihm saß. Und meine Rechnung hat er auch noch bezahlt. Und er hat mich zu seiner nächsten Party eingeladen, am kommenden Samstag, also morgen Abend, bei ihm in der Wohnung." – „Ich bin beeindruckt. Wirst Du hingehen?" – „Ich glaube, ich mache es. Ich glaube, da kann man mehr fürs Leben lernen als an manchen Schulen." – „Das kann aber gefährlich werden, wenn da mit Drogen rumhantiert wird." – „Ich bin schon groß, und ich glaube, ich kann auf mich aufpassen. Und wenn ich am Sonntag Morgen nicht bei Dir an die Tür klopfe, dann weißt Du, wo Du mich suchen musst."

Mittlerweile waren wir in dem Ort angekommen, in dem Elise wohnte. Sie stellte ihren Wagen auf einem größeren Parkplatz ab, ich nahm meine Reisetasche vom Rücksitz und wir gingen gemeinsam zu einem Mehrfamilienhaus. Sie schloss die Tür auf, ließ mich eintreten und wir gingen die Treppen hoch in den zweiten Stock, wo sie die Wohnungstür öffnete.

Vor mir lag ein kleiner Flur, der trotz der Tatsache, dass er fensterlos war und sein Licht offenbar nur durch die verglasten Raumtüren erhielt, die in ihn mündeten, sehr hell war. Dies war dem fast weißen Dielenboden geschuldet und den weißen Wänden. Der große Spiegel der Eingangstür gegenüber trug zudem dazu bei, dass der Flur größer wirkte als er war. Ich trat ein und Elise schloss die Tür hinter mir. Ich zog meine Schuhe aus, denn auf dem weißen Holzdielenboden mochte ich gar nicht mit meinen Straßenschuhen laufen, und hängte meine Jacke in die offene Garderobe hinter der Tür. Elise hatte ebenfalls ihre Schuhe ausgezogen und ging mir voraus in ein großes Wohnzimmer, bei der die gegenüber liegende Wand komplett verglast war und durch eine Glastür auf eine große Terrasse führte. Hier war der Boden ebenfalls mit den nahezu weißen Holzdielen ausgelegt, die sich unter meinen bestrumpften Füßen wunderbar anfühlten. Ansonsten war der Raum fast leer. In der Mitte stand eine Schreibtischinsel, die beherrscht wurde von einem Rechner, und in einer Ecke mit Blick zur Glasfront stand ein großer Ledersessel. Eine Wand war komplett mit einem gut bestückten Bücherregal bedeckt. Von diesem Raum führte eine Tür in eine Wohnküche, in die Elise mich nun führte. Auch in der Küche war der Boden mit den weißen Holzdielen bedeckt. „Sag mal, Elise, was ist das für Holz? Ich bin ja nun kein Fachmann, aber entweder ist das Holzimitat oder stark behandeltes Holz oder …" – „… Hainbuche, eines der härtesten Hölzer, die es hier gibt. Geschliffen, poliert und geölt. Schön, nicht?" – „Toll." – „Weißt Du was? Du machst es Dir erst mal gemütlich, während ich uns schnell was zu Essen zaubere, und dann reden wir weiter." Solcherart aus der Küche komplimentiert, ging ich zurück ins Wohnzimmer. Dort blickte ich mich noch einmal um und ging dann zu dem Bücherregal. Ein buntes Gemisch von Belletristik, bekannt und unbekannt, in Deutsch, Englisch und Französisch, tummelte sich dort neben einigen Klassikern und

Nachschlagewerken zu allen möglichen Themen. Am meisten erstaunte mich aber eine ganze Insel voller Bücher über Juristik. Gesetzbücher, Kommentare zu Gesetzen und Kommentare zu Kommentaren, außerdem ein ganzer Stapel juristischer Fachzeitschriften standen und lagen hier. Eine weitere Insel bestand aus Biographien, in erster Linie von zeitgenössischen internationalen Politikern. Dann entdeckte ich noch eine ganze Menge an Reiseführern, in erster Linie für Städte und Länder im fernöstlichen Raum.

Ich schlenderte wieder zurück Richtung Küche, wo auf dem Esstisch mittlerweile appetitlich Brot, Wurstaufschnitt, Käseaufschnitt und Gemüse vorbereitet lagen. Auf dem Herd stand eine Pfanne, in der es brutzelte und die einen appetitlichen Geruch verbreitete. Elise sah mich an und fragte: „Was willst Du trinken? Wasser? Wein? Bier?" – „Ich glaube, ich fange mit dem Wasser an, am liebsten ohne Kohlensäure. Oder hast Du einen Kräutertee?" – „Klar, kein Problem. Ich mache ohnehin Wasser heiß, weil ich für mich auch Tee machen wollte." Sie nahm eine zweite Tasse aus dem Schrank über der Spüle und stellte sie auf die Anrichte, bestückte sie mit einem Teesäckchen, in das sie aus einer Dose eine Löffel voller getrockneter Kräuter füllte. „Nimm doch schon mal Platz, ich bin gleich fertig." Mit diesen Worten winkte sie mich zu einem Stuhl, der an den Tisch gerückt stand und auf dem ich strategisch nicht im Wege saß, während sie ihre Verrichtungen beendete. Als wir beide am Tisch saßen, auf dem Teller eine Portion frisch geschmorter Pilze und in der Tasse dampfenden duftenden Tee, lächelte sie mich an und sagte: „Guten Appetit, lass es Dir schmecken." – „Danke für die Einladung, Dir auch guten Appetit. Es sieht sehr gut aus und es riecht gut." Dann schwiegen wir erst einmal und langten zu. Später lehnte ich mich zurück und sagte: „Ich habe in Deinem Regal jede Menge Bücher über Jura gesehen, auch juristische Fachzeitschriften. Bist Du Juristin?" – „Ja. Ich habe Jura studiert mit Spezialisierung auf Zivilrecht. Nach dem zweiten Staatsexamen habe ich in einer Kanzlei angefangen zu arbeiten und bin nicht über die Probezeit rausgekommen. Weil mir das kleinkarierte Hickhack zwischen meinen Mitmenschen, bei dem ich dann eine willkürliche Rechtsposition einnehmen sollte, weil ich ja immer einen Mandanten mit seiner Sichtweise hatte, den es zu vertreten galt, so fürchterlich gegen den Strich ging, dass ich den Job beendete und mich bei dem Verlag als Assistentin bewarb. Als man mich dort einstellte, hatte die Verlagsleitung noch vor, mich mehr in juristischen Kram mit einzuspannen, aber ich hatte nie besonders große Lust. Ich bin mit meiner Arbeit, die ich nun mache, ganz zufrieden. Vor allem muss ich mich nicht verbiegen, und da war ja immer dieser komische Redakteur, der stundenlang in meinem Büro stand und mir alle möglichen Geschichten erzählte. Ich habe eine Anwaltskanzlei angemeldet und habe gelegentlich einen kleinen Auftrag. Da ich auf das Einkommen nicht angewiesen bin, nehme ich nur Fälle, bei denen mein Gerechtigkeitsempfinden nicht leiden muss. Und so geht es mir ganz gut. Ich glaube, wenn ich die Kanzlei etwas voran bringen würde, könnte ich davon sogar leben, aber irgendwann verkauft man halt doch wieder seine Seele, und dazu bin ich nicht bereit. Darum bleibe ich wohl den Rest meines Arbeitslebens die Redaktionsassistentin." – „Du könntest Redakteurin werden. Ich bin mir sicher …" – „Xaver, ich will das nicht. Ich bin zufrieden, warum sollte ich etwas ändern?" Sie griff nach meiner Hand und sagte: „Und nun habe ich Dich sogar noch kennen gelernt. Ich bin glücklich. Was will ich mehr?" Ich sah sie lange an, lächelte und sagte: „Dann wirst Du meinen mangelnden Ehrgeiz ja wohl nie kritisieren." – „Nein, warum sollte ich? Wenn Du zufrieden bist mit Dir, dann ist für Dich die Welt doch in Ordnung. Kein Mensch hat das Recht, einen anderen in ein Leben zu schubsen, das dieser gar nicht führen möchte." Sie schwieg eine Weile und sagte dann: „Aber eigentlich war heute nicht der Zeitpunkt zu so ernsten Gedanken." Ich lachte und sagte: „Für ernste Gedanken ist nie der rechte Zeitpunkt." – „Darum sollten wir uns jetzt auch einen schönen Abend gönnen. Wie ist es? Willst Du jetzt einen Schluck Wein oder so?" – „Um ehrlich zu sein, habe ich mir nach Lindas Verschwinden geschworen, keinen Alkohol mehr zu trinken. Ich glaube immer noch, dass ich sie vertrieben habe." – „Rede Dir doch so etwas nicht ein." – „Es stimmt aber." Und ich erzählte ihr von dem Abend beim Griechen. Sie schwieg eine Weile, nachdem ich geendet hatte, und meinte dann: „Das ist immer noch kein Grund, Dir jetzt Schuldgefühle einzureden. Linda ist erwachsen, vergiss das nicht. Aber nun lass uns zu Bett gehen."

Sechster Tag (Samstag)

Als ich am Morgen erwachte, tappte ich mit geschlossenen Augen nach dem Wecker, um ihn abzustellen, ehe er anfing zu schrillen. Statt des Weckers tastete ich in einem Gesicht herum, was mich hochriss. Wo war ich? Neben mir lag Elise, die ich offenbar gerade aus dem Schlaf getappt hatte, und blickte mich fragend an. „Guten Morgen, Elise. Nun wollte ich gerade meinen Wecker abschalten und stelle fest, ich liege in einem fremden Bett." Sie lächelte und sagte: „Guten Morgen, Xaver, ich hoffe aber doch, dass Du Dich an die vergangene Nacht erinnerst." – „Ja doch, sehr gut, ich habe seit langer Zeit nicht mehr so gut geschlafen." Sie nahm mich beim Arm und zog mich herunter: „Komm doch noch mal her." Ich sträubte mich: „Grundsätzlich gerne, aber ich muss erst mal ganz dringend auf die Toilette, sonst gibt es eine Katastrophe." – „Ja, aber dann kommst Du wieder zurück ins Bett." Ich lachte: „Klar doch."

Einige Zeit später saßen wir endlich frisch geduscht beim Frühstück und überlegten, wie wir den Tag gestalten sollten. Wir waren uns einig, dass Elise am Abend zu dieser Party gehen würde und danach zu mir komme. Falls sie bis zwei Uhr morgens nicht an meiner Tür klingelte, sollte ich die Polizei rufen, weil dann etwas im ganz Argen sei. Ansonsten plänkelten wir leichtherzig herum, ob wir eine kleine Wanderung in der Fränkischen Schweiz machen sollten, das Wetter lud danach ein, oder lieber in der Kreisstadt ein bisschen bummeln gehen. Irgendwann fragte ich sie: „Was machtest Du denn während der letzten zehn Jahre an den Wochenenden?" Sie blickte mich sinnend an und antwortete: „Dies und jenes. Oft habe ich Rechtsfälle bearbeitet, zu denen ich wochentags zu

135

müde war, oder bin zu meinen Eltern gefahren, die nicht weit von hier wohnen. Sie haben einen Bauernhof, den sie immer noch bewirtschaften, aber die Arbeit fällt ihnen langsam immer schwerer und ich helfe dann eben, insbesondere in der Erntezeit." – „Stehle ich Dir gerade Deine Zeit, halte ich Dich von irgend etwas dringendem ab?" – „Nein, nein, dieses Wochenende hatte ich schon vor langer Zeit für Dich reserviert." Sie lachte und ergänzte: „Xaver, das war eben ein Scherz, Du darfst lachen." Dann fügte sie an: „Wie verbrachtest Du denn Deine Wochenenden?" – „Mit Linda ... aber das ist schon eine ganze Weile her. In der letzten Zeit habe ich viel gelesen, Bücher, Zeitschriften, ab und zu eine Wanderung, und der Haushalt musste halt auch gemacht werden." – „Dann lass uns doch in die Fränkische Schweiz fahren. Zeig mir doch mal Deinen Lieblingswanderweg." – „Du könntest aber enttäuscht sein." – „Gib mir wenigstens die Chance auf Enttäuschung." Während dessen hatten wir die Küche aufgeräumt, ich hatte meine Reisetasche wieder gepackt und wir fuhren zu meiner Wohnung, wo ich die Reisetasche deponierte. Dann machten wir uns auf den Weg in die Fränkische Schweiz mit den drei Tausender Gipfeln und der Mainquelle und anderen schönen Wanderzielen.

Am späten Nachmittag kamen wir körperlich erschöpft, aber guter Dinge wieder zurück und setzten uns in meiner Wohnung zu einer Tasse Tee und etwas Kuchen hin, den wir unterwegs in einer Konditorei gekauft hatten. Dann verabschiedete sich Elise, weil sie sich noch für die Party frischmachen wollte. Als sie die Wohnung verließ, drückte ich ihr einen Schlüssel in die Hand für den Fall, dass ich die Klingel nicht hörte, woraufhin sie meinte: „Ich hatte doch gehofft, dass Du den ganzen Abend wartend und zitternd dasitzt, dabei hast Du vor, in den Tiefschlaf zu versinken. Danke für den Schlüssel und das Vertrauen." Wir küssten uns zum Abschied und ich war wieder allein zuhause.

Ich beschloss, Margit anzurufen und mit ihr über die Situation zu reden. Margit ging nach dem dritten Klingelsignal dran, klang aber gehetzt und sagte, sie habe gerade keine Zeit, würde aber in der nächsten Stunde zurückrufen. Es dauerte dann noch etwas länger, ehe sie sich meldete. Ihre Stimme klang immer noch genervt und so ersparte ich uns den Smalltalk und kam gleich zur Sache und erzählte ihr erst von meiner Vermisstenmeldung bei der Polizei, von der halbwegs Entschuldigung der Beamtin und von meinen Aktivitäten auf dem Mittelaltermarkt und was ich da bisher alles rausgefunden hatte. Margit hörte mir zu, ohne mich zu unterbrechen; sie machte nur bisweilen kleine Geräusche oder sagte „ja", um zu signalisieren, dass sie immer noch am Telefon war. Nachdem ich geendet hatte, sagte sie: „Hast Du eine neue Freundin? Oder warum zieht es Dich plötzlich so zu dem Mittelaltermarkt?" – „Zur ersten Frage: Ja, ich habe eine Freundin, und zur zweiten Frage: Linda war jedes Mal mehrfach auf dem Markt, wenn er stattgefunden hatte, und ich hatte von Anfang das Gefühl, dass ihr Verschwinden irgendwie mit diesem Markt zu tun haben musste. Interessanterweise ist der Typ, der dort als Sohn eines Kräuterhändlers auftritt und auf seinem Stand mit Drogen handelt, ein Kommilitone von ihr und scheint etwas gegen Linda zu haben. Zumindest klang der Spruch so, den ich auf der Toilette gehört hatte. Hast Du eigentlich in den letzten drei Jahren eine Veränderung bei Linda feststellen können. Meiner Meinung nach hat sie sich in diesem Zeitraum sozial ziemlich zurückgezogen." – „Nein, das habe ich nicht, aber sie wohnt ja auch bei Dir, da kriege ich einige Details nicht mit." – „Hat sie mit Dir jemals über Freunde oder Liebschaften gesprochen? Mütter eignen sich für dieses Thema ja normalerweise besser als Väter." – „Nein, hat sie nicht. Wenn sie hier war, dann ging es meistens erst um ihre Schule, später ums Studium. Linda war immer sehr verschlossen und ich musste ihr jedes Fitzelchen Information aus der Nase betteln." – „Ich wusste ja auch nicht, dass sie da mal an einer Party teilgenommen hatte und vor allem, dass bei jener Party etwas schief gelaufen sein könnte. Ich schäme mich immer noch, dass ich sie vor ein paar Tagen ..." – „Xaver, Deine Scham in allen Ehren, aber das interessiert mich nun nicht. Weißt Du schon, wie es nun weitergehen soll." Ich zögerte nun etwas, ich wollte ihr die Sache mit der Party, die Elise gerade besuchte, nicht erzählen. „Nun, ich warte erst mal, was mit der Polizei nun weitergeht. Sie wollten diesen Kräuterhändlersohn zum Gespräch laden und soweit ich das verstanden habe, hat das Gespräch auch schon stattgefunden, wobei sich die Polizei bei mir danach noch nicht gemeldet hat. Ich halte Dich auf dem Laufenden." – „Ja, tu das bitte. Und Xaver, vielen Dank, dass Du Dich um unsere Tochter kümmerst. Gute Nacht." Und damit unterbrach sie die Verbindung. Ich saß noch eine Weile perplex dar, den Hörer in der Hand haltend. Was sollte das nun wieder? Schulterzuckend legte ich den Hörer in die Mulde und stand auf. Ich suchte mir ein Buch zum Lesen, aber ich wusste, dass das Lesen gerade nicht gut funktionieren würde.

Ich entkleidete mich und ging zu Bett, versuchte zu schlafen, aber das funktionierte auch nicht gut. Ich stand wieder auf und setzte mich an den Rechner, schaltete ihn ein und begab mich zu einer Nachrichtenplattform, blätterte dort die aktuellen Meldungen durch. Täuschte mich der Eindruck oder gewann das Thema der atomaren Bedrohung zunehmend an Bedeutung. Ich las mich an einigen

Beiträgen fest. Während ich am Lesen war, war ein Teil meines Denkapparates damit beschäftigt, sich mit den Fragen auseinanderzusetzen, wie die Weltgemeinschaft auf die atomare Bedrohung aus dem Fernen Osten, genauer von diesem kleinen Diktator geführten Staat ausgehend, reagierte. Ich holte mir einen Notizblock und einen Stift hervor und begann, mir Notizen zu machen und systematisch mögliche Antworten auf diese Frage zu suchen. Gegen ein Uhr hatte ich eine ganze Seite vollgeschrieben, nebenbei ein Textdokument aufgebaut, in dem ich eine ganze Menge Seitenverweise im Internet abgelegt hatte, und einen ganz guten Überblick über die globale Lage gewonnen. Ich sandte das Textdokument an meine Redaktionsadresse und lehnte mich zurück. Zusammengefasst schien weltweit ein gewisses Aggressionspotential zu wachsen. Ohne den Finger genau auf den Punkt legen zu können, war mein Eindruck, dass der Diktator aus Fernost nur der Sündenbock für ein paar Haudraufjungs in den großen Mächten der Welt war, die sich gerade Hände reibend ihres Lebens freuten. Wie sollte ich an dieser Stelle fortfahren? Solcherart am Grübeln, schreckte ich hoch, als ich den Schlüssel im Türschloss kratzen hörte. Kam Linda zurück? Ich stand auf und ging zum Flur, wo Elise gerade eintrat. Als sie mich so halb gekleidet stehen sah, fing sie an zu lächeln. Sie schloss die Tür und kam auf mich zu, umarmte mich, lehnte sich an mich. Sie roch sehr stark nach Rauch und anderen menschlichen Ausdünstungen. „Hallo Xaver, Du hättest gerne schlafen dürfen." – „Hallo Elise, das ging nicht, drum habe ich bis eben gearbeitet, was sehr selten vorkommt bei mir. Wie war es denn?" – „Lass mich bitte erst duschen. Ich stinke wahrscheinlich ganz fürchterlich. Dann können wir reden. Machst Du mir einen Tee? Kamille oder ähnliches?" Während sie im

Badezimmer verschwand, ging ich in die Küche, um Teewasser aufzusetzen und zwei Tassen hervorzuholen. Außerdem suchte ich ein paar Kleinigkeiten zu essen und deckte den Tisch. Nach zehn Minuten kam Elise, gekleidet in eins meiner Hemden und einen Handtuchturban ums Haar, und setzte sich an den Tisch. „Kannst Du Gedanken lesen? Das mit dem Essen ist eine super Idee." Sie griff die Teetasse und blies vorsichtig hinein, ehe sie einen kleinen Schluck nahm. Ich setzte mich ihr gegenüber und sagte: „So, nun erzähl aber, was war los?" – „Also, es ging schon mal damit los, dass Mertin sich gar nicht mehr erinnern konnte oder wollte, dass er mich am Vorabend zu eben jener Party eingeladen hatte. Wären da nicht ein paar andere Jungs gewesen, die es cool fanden, dass eine Oma mit zur Party kommt, wäre ich schon gleich wieder abgefahren. Als ich dann mal drin war in der Wohnung, war alles ganz einfach. Der hat da eine riesige Altbauwohnung in der Altstadt und da waren zeitweise wahrscheinlich knapp hundert Leute anwesend. Der scheint das halb professionell zu machen, verlangt keinen Eintritt und hat auch keine Preisliste für die Getränke, man hat mir aber zu verstehen gegeben, dass erwartet wird, dass ein bestimmter Betrag gespendet wird. Da stehen überall große Sparschweine, in die man seine Münzen und Scheine stecken darf. Nicht alkoholisches zu bekommen, ist fast eine Herausforderung, ich verlegte mich irgendwann auf Leitungswasser in der Küche. Und jetzt kommts. Gegen elf Uhr – und es scheint einige aus diesem Kreis zu geben, die das Zeremoniell bereits kennen – hat Mertin Freiwillige gesucht für eine Reise in die Vergangenheit. So halb habe ich ja gehofft, dass ich diesbezüglich Antworten bekomme auf ein paar unserer Fragen, aber überwiegend war ich doch skeptisch, dass so etwas funktioniert. Er fragt also nach

Freiwilligen und es gibt einige, die melden sich sofort; bei einigen war es wohl auch nicht das erste Mal, dass sie diese Prozedur über sich haben ergehen lassen. Es beginnt damit, dass der oder die Person, die die Zeitreise machen will, eine Tasse eines bestimmten Gebräus trinkt, nicht alles auf einmal, sondern Schluck für Schluck, und Mertin nach einer Weile anfängt, ähnlich wie bei einer Hypnose Anweisungen zu geben. In diesen Anweisungen zeichnet er das Umfeld, in das die Person reisen soll, und die genaue Zeit und natürlich, die Rückkehrbedingungen, weil die Person ja tatsächlich körperlich verschwindet und wieder auftaucht. Die meisten verschwinden nur ganz kurz und kommen wieder, da ist es eher eine Art Mutprobe, aber einer war für fünf Minuten weg und er sagte hinterher, er wäre tatsächlich über eine Stunde auf der anderen Seite gewesen." – „Das klingt alles reichlich phantastisch und wenn jemand anderes mir das erzählen würde, ich würde es nicht glauben, aber Dir glaube ich." – „Ich habe es sogar selbst ausprobiert ..." – „Was, Du hast ..." – „Ja, ich habe mich wegbeamen lassen. Es schmerzt nicht einmal. Man hat nur ein flaues Gefühl, aber das kommt, glaube ich, von dem Zeugs, das man trinkt." – „Weißt Du denn, was es ist, was er Euch da zu trinken gegeben hat?" – „Da war Mertin ziemlich zugeknöpft, aber ich glaube, ich weiß es trotzdem. Weil ich nämlich immer wieder in der Küche war, um mir ein Glas Wasser zu holen, und was denkst Du, dass ich in seinem Schrank gefunden habe? Sumachkresse. Klingelt da was?" – „Klar, die habe ich doch gekauft von Seraphim." – „Genau, unterstützt Hypnose, öffnet den Geist für Hypnose und so weiter." – „Bist Du Dir sicher, dass das Gebräu aus Sumachkresse erzeugt wird?" – „Fast hundertprozentig sicher. Kurz bevor er mit seinen Zeitreisen startete, war ich in der Küche und er kam rein und hat aus dieser

Sumachkresse eine Kanne Tee gebraut. Ich habe mir die Dosierung und Zeit, die er den Tee hat ziehen lassen, ziemlich genau gemerkt. Und dieses Schluck für Schluck trinken hat den Hintergrund, dass die individuelle Dosierung eben sehr schwierig ist und die hypnotische Führung nur in einem ganz bestimmten Fenster der geistigen Offenheit funktioniert. Man muss sich sozusagen an den Öffnungspunkt herantasten. Also ich habe mich auch gemeldet, nachdem ich ein paar anderen zugesehen hatte, wie sie schwupp verschwinden und schwupp wieder auftauchen und bin dann tatsächlich an die Reihe gekommen. Der Tee schmeckt übrigens scheußlich bitter und jeder Schluck wird zur größeren Überwindung. Man spürt erst mal gar nichts und nach ein paar Schlucken wird der Kopf immer leerer. Mertin meinte, ein Tinnitus sei ein hervorragender Indikator, wenn nämlich in den Ohren kein Geräusch mehr ist, dann ist man soweit. Wobei es bei einer Party natürlich schwierig ist, auf seinen Tinnitus zu hören. Und dann fing Mertin an, einen Raum zu beschreiben, ganz im Detail, und der leere Kopf nimmt die Beschreibung auf und formt daraus ein Bild, und irgendwann ist man in diesem Raum. Die geistige Verbindung zum Abreiseort und der Abreisezeit bleibt wohl noch eine Weile bestehen, so dass Mertin uns mit einer Art Rückkehrbefehl wieder in die Gegenwart holte. Was, wenn er das selbe mit Linda machte und sie dann in der Vergangenheit sitzen ließ?"
– „Irgendwie klingt das alles sehr abenteuerlich, aber es funktioniert ja, wie Du am eigenen Leib erfahren hast. Ich frage mich jetzt nur, ob Leute wie der Graf von Stellenberg auch die Sumachkresse verwenden oder ob die, wie Ludfried sagte, kraft ihres Willens über Autosuggestion die Zeitsprünge überwinden. Aber wie will der Graf sich in die Zukunft beamen? Er kann doch gar nicht wissen können, wie ein Raum der Zukunft

aussieht." Elise tippte sich mit dem Zeigefinger nachdenklich an die Lippen und meinte dann: „Wer sagt denn, dass der Graf ursprünglich aus der Vergangenheit kommt. Vielleicht kommt er ebenfalls aus unserer Zeit und hat sich in die Vergangenheit an die Stelle eines Grafen gebeamt? Durch diese Zeitsprünge ist es irgendwann egal, was der Referenzpunkt ist, wenn man nur weit genug zurückgeht – oder nach vorne geht. Ohje, das wäre was für einen Physiker, aber nicht für eine arme Redaktionsassistentin. Aber das beste habe ich Dir noch nicht erzählt. Ich war nämlich länger als eine Stunde in der Vergangenheit, ehe Mertin mich zwei Minuten später in die Gegenwart zurückholte. Ich habe ihn darauf angesprochen und er sagte, er wüsste nicht, wie das zusammenhängen könne, er habe derartige Beobachtungen aber schon häufiger als Rückmeldung erhalten. Die Zeitdauer in der anderen Zeit könne kürzer oder länger sein als die Zeitdauer in der Gegenwart. Aber das war gar nicht das Beste. Ich habe in der anderen Zeit etwas über Linda erfahren, das heißt, ich vermute, dass es sich um Linda handelt. Man hat wohl ein Mädchen eingesperrt und will sie als Hexe verbrennen, weil sie das Hexenmal hat. Der Beschreibung nach könnte es sich um Linda handeln."
– „Was ist das Hexenmal?" – „Hexenmale gibt es eine ganze Menge. Das sind meist Muttermale in auffälligen Formen, und das Mädchen muss wohl ein Muttermal am Hals haben, das aussieht wie der Dreizack des Teufels. Hat Linda ein Muttermal am Hals?" – „Ja, das hat sie, wenn auch der Vergleich mit dem Dreizack schon sehr weit hergeholt ist. Warte mal, ich suche mal, ob ich ein Bild von Linda finde, auf dem man das Muttermal erkennen kann. Sie war ein bisschen eigen deswegen, weil sie als Kind mal von einem Mitschüler gehänselt worden war und seitdem versucht hat, es zu

verbergen beziehungsweise beim Fotografieren achtete sie immer drauf, dass man diese Seite ihres Halses nicht aufs Foto bekam." Ich stand auf und holte eine Schachtel heran, in der ich die Fotos aufbewahrte, die ich verschiedentlich angefertigt hatte. Nach einer Weile fand ich einen Schnappschuss von Linda, auf dem die rechte Halsseite erkennbar und auch das Muttermal. Ich holte eine Lupe und betrachtete das Bild. „Schau mal, mit sehr viel Fantasie erkennt man auf der Oberseite des Mals drei Ausprägungen. Naja, so etwas als Dreizack des Teufels zu bezeichnen, erfordert schon einiges an Bösartigkeit." Ich gab Elise die Lupe und sie studierte das Mal auch eine Weile. „Aber es passt alles zusammen. Nun wissen wir oder meinen wir zu wissen, wo Linda ist. Was machen wir nun?" Ich blickte eine Weile auf das Bild und sagte dann: „Mir ist überhaupt nicht wohl, wenn ich daran denke, dass Linda da in einer anderen Zeit ist und in Lebensgefahr, auch wenn das alles für mich vor einer Woche noch reichlich phantastisch geklungen hätte. Aus Mertin werden wir wohl keine vernünftigen Erklärungen rausbekommen, insbesondere wenn er den Verdacht hat, dass wir etwas mit Linda zu tun haben. Wenn ich nur an Ludfried herankäme. Das ist der Geschichtenerzähler vom Mittelaltermarkt. Auf den wurde ich aufmerksam, weil er eine Moritat vortrug über diese Zeitreisen. Und von Ludfried habe ich auch die Information, dass der Graf, der da immer rumstolziert, zwischen den Zeiten wandert. Es gibt auch noch eine Reihe anderer Kerle auf diesem Markt, die seiner Aussage nach das Zeitreisen beherrschen. Irgendwie klingt es gerade so, als sei diese unüberwindliche Barriere der Zeit durchlässiger als ein Sieb. Weißt Du, wie viel Zeit in der Gegenwart vergehen darf, ehe die Rückholung durch den Hypnotiseur nicht mehr funktioniert?" – „Mertin hat sich da etwas schwammig geäußert, aber es hängt wohl wieder vom Individuum ab beziehungsweise davon, wie lange der Körper in der Gegenwart in diesem besonderen Rauschzustand ist, in dem er geistig offen ist für die Steuerbarkeit und gleichzeitig Zeitreise. Wenn man also das Quantum knapp erreicht hat mit dem letzten Schluck, dann ist das Fenster ganz klein, und wenn man das Quantum reichlich erfüllt hat, dann wird das Fenster ganz groß, aber gleich nach dem Fenster kommt wohl das Koma und danach der Exitus." – „Huh, das klingt aber nicht einfach. Hast Du den genauen Wortlaut noch parat, mit dem Mertin Dich losgeschickt hat?" – „Nein, den habe ich nicht parat, weil ich zwar die Worte empfangen habe, aber mit einem Teil des Geistes, der vom Bewusstsein weit abgekoppelt ist. Aber ich habe vorher einige Zeitreisemoderationen beobachtet und er verwendet immer die selben Worte. Ich vermute mittlerweile, er hat sie irgendwo aufgeschnappt und weiß gar nicht, was die Silben und Laute im Einzelnen bedeuten." – Könntest Du den Text aufschreiben?" – „Ich versuche es mal. Hast Du Papier und einen Stift?" Ich brachte Elise das gewünschte und während sie die Worte oder auch Lautfolgen aufschrieb, machte ich uns beiden noch eine Tasse Tee. Außerdem suchte ich noch ein paar Knabbereien zusammen, legte sie auf einen Teller und brachte sie ebenfalls ins Wohnzimmer. Schließlich nahm ich das Säckchen mit der Sumachkresse und brachte es ins Wohnzimmer. Elise hatte in der Zwischenzeit fast eine Seite des Notizblocks mit ihrer präzisen Handschrift gefüllt, sich zurückgelehnt und las eben das Niedergeschriebene noch einmal sorgfältig durch. Dann nickte sie und sagte: „Ich glaube, so klingt das nach dem, was Mertin sagte. Hier diesen Teil," und damit zeigte sie auf die ersten drei Viertel des Textes, „hat er angewendet, um jemand loszuschicken, und jenen Teil," damit zeigte sie auf den letzten Absatz, „hat er immer ausgesprochen, um jemand zurückzuholen." – „Weißt Du, was ich gerade am meisten bewundere?" Elise lächelte mich herausfordernd an, klapperte mit den Augenlidern und sagte: „Nein, das kann ich mir nun gar nicht vorstellen." – „Du hast diese Lautmalerei nur einige Male gehört und kannst sie wiedergeben. Wie schnell lernst Du eigentlich eine Sprache?" – „Ich lerne keine Sprachen, ich spreche sie in dem Moment, in dem ich sie höre." – „Ich komme noch mal drauf zurück: Warum bist Du bei uns RedaktionsASSISTENTIN? Bei einem drittklassigen Käseblatt der Provinz?" – „Xaver, lassen wir das Thema – vorerst. Ich bin zufrieden und das ist das Wichtigste. Oder? Abgesehen davon solltest Du Eure Lichter nicht so unter den Scheffel stellen. Ich finde unser Lokalblatt klasse. Eigentlich sollten wir versuchen, der Times Konkurrenz zu machen." Ich schüttelte lachend den Kopf und holte Luft, um etwas zu erwidern. Elise legte mir die Hand auf den Arm und sagte: „Ich erzähle es Dir irgendwann mal. Okay? Aber nun sollten wir uns überlegen, was wir machen, um Linda da rauszuholen." – „Ja, Du hast Recht. Hast Du eine Idee?" – „Wir könnten ja mal versuchen, anhand dieser Notizen einen von uns beiden in die Vergangenheit zu beamen. Die Sumachkresse hast Du ja. Und dort könnte einer von uns beiden weitere Nachforschungen anstellen und vielleicht sogar Linda hier herüberschicken, ehe er wieder von dem anderen von uns beiden zurückgeholt wird." – „Weißt Du was? Ludfried hat mir erklärt, dass das ganze so funktioniert, dass man sich in Gedanken genau den Ort und die Zeit vorstellen muss, in den und die man sich bewegen will, und dann klappt es. Ich habe gerade eine ganz abenteuerliche Idee. Ich war doch vor ein paar Tagen im Rathaus, um dieses alte Verlies zu sehen. Wenn Linda tatsächlich in so einem

Verlies steckt als Hexe, dann müsstest Du mir nur das Verlies zu der Zeit suggerieren, in dem und der Linda da drin steckt, und ich könnte da reinkommen und ihr den Tee zu trinken geben und sie dann losschicken." – „Das klingt sehr clever, aber nun sage mir, welche dieser Lautmalereien den Ort beschreiben und die Zeit, in die Mertin mich geschickt hat?" Mit diesen Worten hielt Elise mir den Notizblock hin. Was ich zu lesen bekam, war nicht sehr ermutigend. Der Text begann mit: „Oh wergude maibusse frigo grommulu hega ..." und blieb auch den Rest der Seite in dieser Art. „Ach, so ist das." – „Ja, so ist das. Sonst wäre es ja auch einfach."

Wir lehnten uns nebeneinander auf der Couch zurück und ich starrte unglücklich die gegenüber liegende Wand an. Ich fühlte mich auf einmal entsetzlich müde. Elise lehnte sich zu mir herüber, legte ihren Kopf gegen meine Schulter, nahm den Notizblock noch einmal zur Hand und starrte auf den Text, den sie da geschrieben hatte. Ich lehnte meinen Kopf gegen ihren Scheitel, mir kamen wieder die Tränen. Warum musste so etwas passieren? Warum Linda?

Siebter Tag (Sonntag)

Ich muss wohl eingenickt sein in meiner Misere, denn ich erwachte mit einem Ruck, weil Elise sich bewegt hatte. Sie saß nun vornübergebeugt und schrieb hektisch auf eine neue Seite des Notizblocks. Das Blatt mit ihrem ursprünglichen Text hatte sie abgerissen und konsultierte es regelmäßig, um dann erneut wie ein Maschinengewehr Buchstabenreihen auf das neue Blatt zu kritzeln. Ich rieb mir die Augen und blickte mich verschlafen um. Ihre Teetasse war leer. Ich stand auf, nahm ihre Tasse und meine und ging in die Küche, um erneut frischen Tee zu brauen. Als ich mit den beiden dampfenden Tassen ins Wohnzimmer zurückkam, blickte sie strahlend auf und sagte: „Ich glaube, ich hab's. Ich weiß jetzt, wie das alles zusammenhängt, zumindest denke ich, dass ich es weiß." Ich stellte die Tassen ab, weil meine Hände angefangen hatten zu zittern, und setzte mich neben ihr auf die Couch. Sie hielt mir das gerade beschriebene Blatt hin und sagte: „Schau, ich habe mal eine Beschreibung des Ortes angefertigt, an dem ich in der Vergangenheit rausgekommen bin, und versucht, eine zeitliche Abschätzung zu machen, wann das gewesen sein könnte. Es ist natürlich jetzt ein extrem weiter Sprung, aber ich meine, dass diese Lautmalerei hier den Ort beschreibt und jene hier die Zeit." Mit diesen Worten zeigte sie mit kreisenden Zeigefingerbewegungen auf zwei Stellen in ihrem ursprünglichen Dokument. „Wenn Du mir nun eine Beschreibung der Kerkerzelle aufschreiben könntest, würde ich versuchen, Deine Beschreibung in diese Sprache zu übersetzen. Die Zeit würde ich lassen, weil es ja ganz richtig war, dass ich in der Zeit gelandet bin, in der Linda gerade auf ihre Verbrennung wartet." Ich war baff und sagte: „Ich bin gerade völlig baff und Du wirst mir langsam etwas unheimlich. Wie lange hat Dich die Entschlüsselung jetzt gekostet?" Ich blickte auf die Uhr. „Oh, doch schon so spät, also hast Du doch so an die vier Stunden für dieses Rätsel investiert. Warte, ich versuche mal, mich an den Kerker zu erinnern." – „Hast Du keine Fotos gemacht? Kannst Du mir diese mal zeigen?" – „Jaja, klar. Warte mal, ich habe sie auf dem Redaktionsserver abgelegt und ich hatte sogar mal Zugriff von hier aus auf den Redaktionsserver. Ich gehe mal eben rüber in mein Büro und sehe zu, ob ich die Bilder von hier aus runterladen kann." Ich stand wieder auf und lief in das Kämmerchen, in dem ich meinen Rechner stehen hatte. Ich startete ihn, startete dann ein spezielles Programm, mit dem ich über einen gesicherten Kanal im Internet Zugriff auf den Redaktionsserver hatte. Das Programm lud eine Weile und öffnete dann ein Eingabefeld mit der Aufforderung, mein Passwort einzugeben. Ich tippte mein aktuelles Passwort für meinen Arbeitsplatz in der Redaktion ein und – nach einer Weile des Wartens, in der die Sanduhr auf dem Bildschirm um und um gedreht wurde, kam die Meldung: „Zugang gewährt." Ich war drin. Ich startete das Programm, mit dem man Dateistrukturen betrachten und bearbeiten kann, und klickte mich durch bis an die Stelle, an der ich die Bilder aus meinem Rathausbesuch abgelegt hatte. Elise war mir gefolgt und blickte mir über die Schulter. Ich startete eine virtuelle Diashow und ließ mir die Bilder der Reihe nach anzeigen. Als das erste Bild mit dem Skelett auf dem Bildschirm auftauchte, sagte sie: „Hat es Dich da nicht gegruselt in dem Loch und seinem alten Bewohner?" – „Ich war so aufgeregt, weil ich derjenige war, der da reinkletterte, dass ich gar keine Zeit zum Gruseln hatte." Elise lachte und sagte: „Nun lass uns mal eine Beschreibung der Zelle anfertigen." Ich stoppte die Diashow und ordnete ein paar ausgewählte Bilder auf dem Monitor an, die wir dann langsam der Reihe nach ansahen. Elise fing nach kurzer Zeit an, sich Notizen zu machen, bat mich diverse Male, ein bestimmtes Bild in den Vordergrund zu rücken oder einen Ausschnitt besonders zu vergrößern. Irgendwann nickte sie und sagte: „So, ich glaube, das ist nun genau die rechte Präzision und es kommt auch vom Umfang der Worte hin. Nun muss ich das alles in diese Sprache übersetzen." Sie nahm wieder ein neues Blatt und fing an, zögernd zu schreiben. Ich beobachtete sie und ich musste staunen. Immerhin hatte sie diese Sprache erst vor ein paar Stunden das erste Mal gehört, und nun versuchte sie sich bereits an Übersetzungen. Zwischendrin nahm sie ihre Tasse, um einen Schluck zu trinken, und ich machte mich auf den Weg in die Küche, um frisches Wasser zu erhitzen. Ich ließ das Wasser in den Kocher einlaufen, als ich Elises Stimme aus dem Wohnzimmer hörte: „Xaver, Du musst keinen Tee mehr machen. Ich bin total müde und werde mich gleich mal schlafen legen." Ich kippte das Wasser in den Ausguss und ging zurück ins Wohnzimmer. Sie saß zurückgelehnt auf der Couch und blickte mich müde lächelnd an: „Ich wollte das ganz gerne noch fertig machen, weil ich auch vermute, dass Du in Sorge bist wegen Linda, aber ich kann nicht mehr." – „Hey, Elise, es ist in Ordnung. Lass uns erst mal ins Bett gehen und ein paar Stunden schlafen. Dann können wir weitermachen, beziehungsweise Du arbeitest ja dran." Elise erhob sich langsam, streckte sich, gähnte ausgiebig und machte sich auf den Weg Richtung Bad. Im Vorbeigehen wuschelte sie mir über die Haare und strich mit der Hand kurz über meine Wange. Ich stand perplex.

Als ich nach einigen Stunden wieder erwachte, war das Schlafzimmer hell. Die Sonne schien durch die beiden

Fenster. Wir hatten wohl vergessen, die Vorhänge zuzuziehen, ehe wir beide ins Bett gefallen und eingeschlafen waren. Ich blickte zu Elise, die immer noch schlief. Sie schien aber zu spüren, dass ich sie beobachtete, weil ihre Lider anfingen zu flattern. Dann schlug sie die Augen auf. Man merkte, dass sie einen Moment brauchte, ehe sie wusste, wo sie war. Dann blickte sie mich an, schien plötzlich hellwach, und lächelte ihr Lächeln: „Guten Morgen, Xaver. Was ist, habe ich einen Blutegel auf der Nase?" – „Guten Morgen, Elise, und nein. Warum solltest Du?" – „Dein Blick eben …" Sie blickte auf die Uhr und sagte: „Was, schon zehn Uhr. Hab ich lange geschlafen. Und gut. Ich glaube, ich bin gestern noch fertig … Gestern? Heute Morgen? Jedenfalls habe ich die Übersetzung noch geschafft. Ich werde sie gleich mal prüfen und dann …" – „… werden wir erst mal frühstücken. Leerer Bauch reist nicht gern." Sie stupste mir auf die Nase: „Klar. Und dann …" – „… Wie wollen wir eigentlich vorgehen? Selbst wenn ich Linda finden sollte, muss ich sie ja irgendwie auch über die Zeitbarriere bekommen." – „Darüber habe ich gestern schon nachgedacht und auch schon etwas vorbereitet. Aber Du hast Recht, wir sollten wirklich erst einmal frühstücken, leerer Bauch diskutiert nicht gerne." Sie schubste die Bettdecke zurück und stand auf. Sie war, wie Gott sie geschaffen hatte, und ich bin der Meinung, er hatte sehr gute Arbeit geleistet bei ihr. Ich meinte, sie hätte sich gestern in ihrer Kleidung ins Bett fallen lassen, also musste sie wohl nachts noch einmal aufgestanden sein, um sich zu entkleiden. Sie blickte sich suchend um und sagte: „Irgendwo habe ich gestern noch meine Kleider abgelegt, aber wo?" Kopfschüttelnd verschwand sie im Bad, von wo ich erst die Toilettenspülung und anschließend die Dusche hörte. Ich stand auch auf, suchte eine Hose und ein

Hemd und schlurfte in die Küche, um mit den Frühstücksvorbereitungen zu beginnen.

Elise kam einige Minuten später, mit dem Handtuchturban auf dem Kopf und mit Bluse und Hose bekleidet. Sie blickte sich um und sagte: „Ich mache das Frühstück eben fertig, geh Du auch schon mal zum Duschen. Dann haben wir hinterher mehr Zeit." Ich tat wie befohlen und einige Minuten später saßen wir am Tisch, ließen uns Tee, Toast mit Marmelade oder Wurst schmecken und diskutierten das weitere Vorgehen: „Also, ich habe mir das so gedacht, dass Du von mir in die Vergangenheit geschickt wirst. Du nimmst ein Schriftstück mit, in dem ich aufgeschrieben habe, welche Sätze Du sprechen musst, um Linda hierher zu beamen. Außerdem brauchst Du natürlich den Tee für sie. Wenn Du Linda losgeschickt hast und sie hier bei mir angekommen ist, dann hole ich Dich zurück. Eigentlich ganz einfach. Ich habe gestern schon mal Dein Wohnzimmer in dieser unsäglichen Sprache beschrieben und als Zeit die jetzige Zeit eingesetzt. Wir müssen das nur alles ganz exakt timen, weil sonst Linda nicht mit uns zusammentreffen kann. Sie bewegt sich ja dann auf einer anderen Zeitebene als wir. Es muss aber auch relativ schnell gehen, weil je länger Du in der Vergangenheit bleibst, desto höher ist das Risiko, dass Dich jemand erwischt. Dann seid Ihr beide weg." Sie zögerte einen Moment, dann sagte sie leise: „Und das will ich nicht." In diesem Moment stieg eine Wärme und Zuneigung in mir auf, bei der ich lange vergessen hatte, wie sich so etwas anfühlt. „Gut," sagte ich, „das klingt schon mal durchdacht. Nun können wir nur noch hoffen, dass Deine Übersetzungen korrekt sind." – „Ich gehe die ganzen Texte gleich noch mal durch. Das war auch der Grund, warum ich heute Nacht irgendwann ins Bett gegangen bin. Ich habe einen Fehler gefunden, den ich selber gemacht habe, und da wurde mir unwohl." – „Okay, dann räume ich eben die Küche auf und mache mich reisefertig. Wie soll ich den Tee mitnehmen?" – „Hast Du eine Thermoskanne?" – „Ja, habe ich." – „Dann mach eine Kanne voll Tee und pack Dir noch etwas von den trockenen Sumachkresseblättern ein. Wer weiß, wozu das gut ist. Außerdem brauchst Du natürlich den Sermon. Ich habe ihn gestern aufgeschrieben. Ich bin der Meinung, Du solltest ihn abtippen und ausdrucken. Meine Schrift hat bisweilen das eine oder andere Kürzel involviert und das wäre dann fatal, wenn Du darauf reinfielest."

Während Elise im Wohnzimmer verschwand, räumte ich schnell die Küche auf und braute eine Thermoskanne von dem Sumachkressetee exakt nach Elises Vorgaben. Weiterhin braute ich mir eine Tasse von diesem Tee. Dann ging ich ins Wohnzimmer, um zu sehen, wie weit Elise mittlerweile mit ihren Überprüfungen war. Sie blickte auf, als ich eintrat, und hielt mir einen Bogen Papier hin: „Hier, das kannst Du schon mal abtippen. Wegen der Zeit bin ich noch dabei, die Zahlentafeln übersetzungstechnisch zu bearbeiten. Außerdem geschah die Zeitenrechnung damals nach dem julianischen Kalender und ich muss nun alles zwischen dem aktuellen gregorianischen und dem damaligen Kalender abstimmen."

Es waren noch ein paar Stunden Arbeit vonnöten, in erster Linie von Elise, ehe wir alles vorbereitet hatten für meinen großen Sprung in die Vergangenheit. Als der Moment immer näher rückte, an dem sich entscheiden sollte, ob wir Fehler gemacht hatten, wurde mir etwas flau im Magen. Oder es war einfach nur Hunger. Immerhin lag unser Frühstück auch schon eine ganze Weile hinter uns. Elise schien mein Unbehagen zu spüren, denn sie lächelte mich aufmunternd an: „Ich habe es ausprobiert. Es tut gar nicht weh. Die große Unbekannte ist, in welcher Zeit und an welchem Ort man landet." – „Gut, wollen wir? Bringen wir es hinter uns?" – „Hast Du alles bei Dir? Schriftstück? Tee? Taschenlampe?" Ich klopfte auf die ausgebeulten Taschen meines „Abenteuerdress", das Linda immer so genannt hatte, weil ich die Cargohose meistens trug, wenn wir irgendwo in der Natur unterwegs waren und auch schon mal unversehens in ein Gelände kamen, in dem man klettern musste oder schmutzig wurde. In der unförmigen linken Schenkeltasche hatte ich die Thermoskanne verstaut, in der schmalen rechten die stiftförmige Taschenlampe, die ich mal bei einer Pressekonferenz geschenkt bekommen hatte und die tatsächlich funktionierte, in der Hosentasche den Beutel mit der getrockneten Sumachkresse und in der Gesäßtasche das Schriftstück. „Ich habe alles dabei." Außer der Cargohose trug ich nun robuste Schnürstiefel und einen Pullover anstatt meines allgegenwärtigen karierten Hemdes, für das mich Karla immer wieder verspottete. „Okay, dann fang an, den Tee zu trinken. Er schmeckt bitter. Trink kleine Schlucke und nach jedem Schluck warte etwa eine Minute." Sie schob mir die Tasse hin, die zwischen uns auf dem Wohnzimmertisch stand. Ich atmete tief ein und aus und nahm die Tasse: „Ich glaube, es macht keinen Sinn, es zu verzögern." Elise nickte und ich nahm einen Schluck. Bitter? Huh, das wüsste ich aber, das war Scheußlichkeit pur. Aber wenn Elise das geschafft hatte, dann schaffte ich es auch. Ich spürte die kalte Flüssigkeit durch meine Speiseröhre in den Magen rinnen und sich dort ausbreiten. Ich wartete, dann nahm ich den nächsten Schluck. Der schmeckte schon weniger schlimm. Das ist immer ein Zeichen, dass da irgendetwas in der Sensorik beeinflusst wird. Bier oder Wein schmecken mir nämlich auch immer erst, wenn

ich schon etwas intus habe. Elise blickte mich gespannt an. Ich wartete wieder und trank. Die Flüssigkeit rann in den Magen und fühlte sich warm an. Wärme, die sich langsam in meinem Leib ausbreitete. Wärme? Der Tee war doch kalt. Oder? Plötzlich fiel mir die Sache mit der atomaren Bedrohung ein, ein Thema, an dem ich gerade arbeitete. Welches Thema? Ich versuchte, mich an den eben gehabten Gedanken zu erinnern. Was sollte ich tun? „Trink," sagte Elise. Ich blickte sie an. Ihr Bild stand scharf und klar vor mir, ihre Stimme klang wie immer. Ich trank einen kleinen Schluck. Eigentlich schmeckte das Zeug ganz gut, da könnte man sich glatt dran gewöhnen. Woran? Was machte ich hier? Ich grübelte eine Weile, aber mir fiel nichts rechtes ein. Elise nahm ein Blatt Papier auf und begann vorzulesen. Ich verstand gar nichts von dem, was sie da vorlas, aber ich hatte das Gefühl, dass irgendwo tief drin in mir etwas sehr wohl verstand, was die Lautmalereien zu bedeuten hatten. Jetzt, wenn ich die Geschichte aufschreibe, fällt mir unwillkürlich eine Szene aus unserem Physikunterricht ein, als wir den Magnetismus erklärt bekamen und der Lehrer auf eine flach liegende Plastiktafel Eisenspäne streute und dann von unten einen Hufeisenmagneten dagegenhielt. Die Eisenspäne richteten sich so aus, dass Linien zwischen den beiden Magnetpolen erkennbar wurden. Nun verschob er den Magneten langsam, immer darauf achtend, dass die beiden Pole schön von unten gegen die Plastiktafel drückten, und das Linienmuster verschob sich ebenfalls wie von Zauberhand bewegt. Genau so fühlte sich mein Gehirn an, wie Hirnspäne, die durch einen Magneten ausgerichtet wurden, während Elise mit monotoner Stimme ihren Text vorlas.
Dann klopfte es damals an die Tür, der Lehrer zuckte kurz herum, nahm dadurch einen Pol etwas zurück und

– schwupps – Wo war ich? Es war plötzlich dunkel, kühl, und es stank. Hilfe, stank das hier! „Was ist da?" Eine Stimme, verängstigt. „Linda?" – „Papa, bist Du es?" – „Linda?" – „Papa?" – „Warte mal." Ich saß offenbar in einem dunklen Raum, der Boden schmutzig, klebrig, nass, soweit ich das mit den Fingern fühlen konnte. Und offenbar war Linda mit mir in dem Raum. Welchem Raum? Natürlich, das Verlies unter dem Rathaus. In Ermangelung eines anderen bekannten Ortes hatten wir das Verlies beschrieben und scheinbar war Linda gerade in diesem Raum eingesperrt. Wie sagte Elise? Sie hatte von einem jungen Mädchen gehört, das die Teufelsmale hatte und daher als Hexe eingesperrt worden war, und Linda hatte dieses komische Muttermal an ihrem Hals. Ach ja, ich hatte die Taschenlampe bei mir. Ich holte sie aus der Tasche und knipste sie an. Ich saß tatsächlich in einem Raum, der so aussah wie das Verlies unter dem Rathaus. Als ich die Taschenlampe anknipste, hörte ich hinter mir einen Schreckenslaut. Ich drehte meinen Kopf und sah eine junge Frau, die in der Ecke kauerte und ihre angezogenen Beine mit den Armen umschlungen hatte. Außer ein paar Fetzen trug sie keine Kleider mehr. Sie versteckte ihr Gesicht hinter ihren Knieen, das wirre und filzige Haar hing ihr runter. Ein Arm hatte einen unnatürlichen Winkel zwischen Ellenbogen und Handgelenk, er war wohl gebrochen. Um einen Knöchel lag eine eiserne Schelle, die mit einer Kette an einem Ring in der Wand befestigt war. Die Frau wimmerte leise. „Linda?" – „Bist Du es, Papa?" – „Ja, ich bin's." – „Papa, es tut mir so Leid." Sie schluchzte. Ich stand auf und ging zu ihr, wollte sie in den Arm nehmen. „Es wird alles gut. Es muss Dir nicht Leid tun." Sie war wieder mein kleines Mädchen, das sich einmal bei den ersten Fahrradfahrübungen das Knie böse aufgeschürft hatte. Als ich sie berührte,

156

zuckte sie zusammen und schrie auf. „Was ist?" – „Mein Arm, er tut so weh." – „Entschuldige. Was ist mit Deinem Bein, das sieht auch aus …" – „Auch gebrochen." – „Warum?" – „Sie haben mich gefoltert, wollten, dass ich gestehe, ein Verhältnis mit dem Teufel zu haben, weil ich dieses Muttermal habe am Hals. Und nun wollen sie mich einem Gottesgericht überantworten. Ich soll heute Früh in einem Käfig im See versenkt werden, und wenn ich ertrinke, dann ist das ein Zeichen, dass Gott mich verlassen hat." – „Ich weiß, wie Du hierher gelangt bist, und auf dem selben Weg wurde ich hierher geschickt. Ich habe den Sumachkressetee dabei und den Spruch, der Dich von hier wegholt nach Hause ins Wohnzimmer." – „Aber woher weißt Du …?" – „Ich glaube, dafür ist gerade nicht viel Zeit. Später kann ich Dir alles erzählen. Erst musst Du hier raus." – „Papa, ich habe Angst." – „Liebes, Du musst keine Angst haben. Wir schaffen das." Ich zog die Thermosflasche aus der Hosentasche und reichte sie ihr: „Da schau, ich habe Dir von diesem Tee mitgebracht und ich," mit diesen Worten zog ich das Papier aus der Gesäßtasche, „kenne auch den Zauberspruch, der nötig ist, um Dich hier rauszuholen." Ich lächelte sie aufmunternd an. Zögernd nahm sie die Flasche. „Weißt Du noch, wie es geht? Du darfst immer nur kleine Schlucke trinken und musst zwischen den Schlucken warten." – „Ja, ich weiß noch. Wie könnte ich das vergessen?" Sie schraubte die Flasche auf und nahm einen Schluck. In diesem Moment hörte ich ein Geräusch und dann eine Stimme: „Da ist ein Licht in der Zelle. Schau." Linda hatte die Stimme auch gehört und fing an zu zittern. „Der Mann, der mir das Bein und den Arm gebrochen hat. Papa, er kommt." – „Linda, beruhige Dich und trink, bitte." Von draußen hörten wir eine andere Stimme: „Holt den Kerkermeister mit den Schlüsseln. Schnell." Wir hörten Kratzen und

157

Stampfen, das sich langsam entfernte. Linda wimmerte und setzte die Thermoskanne an die Lippen. Sie zitterte so stark, dass ein Gutteil des Getränks an ihrem Kinn herunterlief, anstatt in ihrem Mund zu landen. Aber ich hatte zumindest an ihrem Hals eine Schluckbewegung wahrgenommen. „Wie geht es Dir?" – „Es ist noch zu wenig, aber ich darf nicht zu schnell trinken." Draußen tauchten die stampfenden Schritte wieder auf, begleitet von einem metallischen Klirren. „Linda, trink." Sie trank noch einen Schluck, wartete. Sie zitterte noch stärker, die Thermosflasche entglitt ihr und fiel zu Boden. Ich versuchte, sie aufzufangen, aber sie landete auf dem Boden und ihr Inhalt plätscherte heraus. Schnell griff ich zu und richtete sie auf. Ein bisschen Tee war noch drin geblieben. Ich reichte ihr die Flasche wieder und sagte: „Trink." Dann nahm ich den Zettel zur Hand und begann, die völlig wirren Lautfolgen abzulesen, während das Klirren vor der Tür mittlerweile ganz nahe gekommen war und ergänzt wurde durch ein Schab- und Kratzgeräusch im Schloss. Linda trank noch einen Schluck, zumindest hoffte ich es. Ein kurzer Blick auf sie zeigte mir, dass das meiste über ihr Kinn gelaufen war. Ich leierte den Sermon immer weiter und konzentrierte mich fürchterlich, keinen Fehler zu machen, was gar nicht so einfach war bei den Geräuschen, die von der Tür kamen. Es klapperte und eine Stimme sagte: „Das ist wohl der falsche Schlüssel." Eine andere erwiderte gereizt: „Nein, es ist der richtige Schlüssel, aber das Schloss klemmt, weil das Holz hier unten so feucht ist, dass es sich immer wieder verzieht." Ich hatte nur noch drei Zeilen zu lesen und strengte mich sehr an. Meine Hand zitterte und die Buchstaben verschwammen vor meinen Augen. Linda begann wieder zu wimmern. Nur noch zwei Zeilen, als ich das typische klackende Kratzen an der Tür hörte, das entsteht, wenn ein

Schlüssel greift und den Riegel zurückschiebt. Nur noch eine Zeile. Ich konnte nichts mehr sehen, so sehr flatterte das Papier in meiner Hand. Die gereizte Stimme sagte: „Die Türe klemmt, warte mal," dann ein Rummsen, wie wenn jemand mit stahlbewehrten Schultern eine Holztür rammt. Ich hielt meine Hand mit der anderen Hand fest. Noch drei von diesen unsäglichen Worten, und die Tür schwang auf. Ich versagte es mir, aufzublicken, sondern sprach die drei Worte zu Ende und Linda war weg. Die Schelle, die um ihren Fuß befestigt gewesen war, fiel klappernd zu Boden. Drei Männer mit Fackeln in den Händen stürmten in die Zelle und blieben, meiner ansichtig werdend, abrupt stehen. „Was ist das?" Einer fing stammelnd an, das Paternoster zu beten, ein zweiter machte Zeichen mit seinen Händen. Ich blickte sie an, leuchtete mit der Taschenlampe in ihre Augen und stopfte den Zettel zusammengeknüllt in die Hosentasche. Einer der drei zog sein umgürtetes Schwert, stieß einen Schrei aus und ging auf mich los. In diesem Moment spürte ich ein wahnsinniges Ziehen – und stand in meinem Wohnzimmer. „Oh Gott, was hast Du?" Das war Elise. Ich blickte auf meinen Arm. Da war ein blutiger Schnitt. Da hatte der mit dem Schwert wohl gerade noch getroffen. Linda lag wimmernd auf dem Boden des Wohnzimmers und ich wendete mich ihr zu: „Es ist alles gut, Linda. Du bist wieder daheim." Ich kniete mich neben sie und winkte Elise: „Gib mir bitte die Decke da von der Couch." Damit bedeckte ich Linda. Elise reichte mir noch eines der Kissen, das ich ihr vorsichtig unter den Kopf schob. „Tun die Brüche sehr weh, Linda?" Sie blickte mich lange an, dann schüttelte sie den Kopf. „Willst Du etwas essen oder trinken?" – „Durst." Elise eilte in die Küche und ich hörte, wie der Wasserhahn lief. Dann kam sie mit einem Becher voller warmem Wasser zurück. „Hier, Linda, trink das." Linda blickte Elise fragend an und dann mich. Ich nickte: „Das ist Elise. Sie ist ein guter Mensch." Zögernd streckte Linda einen Arm aus, ich schob meinen Arm unter ihren Kopf und richtete sie etwas auf. Sie zuckte ein paar Mal zusammen, aber sie führte den Becher an den Mund und trank ein paar Schlucke. Elise fragte: „Kannst Du sitzen?" – „Ich glaube, es geht." – „Warte, ich helfe Dir." Gemeinsam richteten wir Linda auf und lehnten sie gegen die Couch, die Decke drapierten wir dann vorsichtig wieder um sie. Elise wandte sich an mich: „Hast Du einen Verband, dass wir erst einmal Deine Wunde versorgen. Dann müssen wir uns Gedanken machen, wie wir das mit Linda machen. Sie hat ja einen gebrochenen Arm und ein gebrochenes Bein. Wenn wir sie ins Krankenhaus fahren, wird aber automatisch die Polizei benachrichtigt, und dann wird es schwierig." Sie wandte sich an Linda: „Willst Du etwas essen?" – „Noch mehr Wasser bitte und dann etwas zu essen, ja." Ihre Stimme war ganz klein. „Wie lange ist es denn her, dass Dir die Knochen gebrochen wurden?" – „Ich weiß es nicht. Es war immer dunkel in der Zelle. Wie lange war ich denn weg?" – „Das ist kein Maßstab, weil die Zeiten hier und dort nicht synchron laufen." Ich sagte: „Es hat alles keinen Sinn. Ich rufe jetzt einen Arzt an und der soll sich das ansehen und dafür sorgen, dass Linda ins Krankenhaus kommt." – „Nein, nicht, ich will hier bleiben." –„Bitte, Linda." Elise berührte meinen Arm: „Es ist gut. Ruf den Arzt an, damit Linda versorgt wird. Ob sie dann hier bleibt oder nicht, das besprechen wir mit dem Arzt." Während ich in mein Zimmer ging, um herauszufinden, wer heute Notdienst hatte, hörte ich leises Gemurmel. Dann hörte ich Elises Schritte in die Küche, wo sie eine Weile rumorte, ehe sie wieder ins Wohnzimmer zurückging. Ich hatte in der Zwischenzeit die Telefonnummer ausfindig gemacht und einen Arzt in der Leitung. Ich erklärte ihm, dass ich hier einen Knochenbruch hätte, der versorgt werden müsste. Erst wollte der Arzt partout, dass der Patient ins Krankenhaus in die Notaufnahme gebracht würde, aber ich konnte ihn überreden, dass er sich ins Auto setzte und zu uns kam. Er versprach, in einer halben Stunde da zu sein. Dann ging ich wieder ins Wohnzimmer. Linda saß immer noch auf dem Boden, mit dem Rücken an die Couch gelehnt. Die Decke hatte sie um sich geschlungen und Elise hatte ihr aus einem Handtuch eine Schlinge geknotet, in der sie ihren gebrochenen Arm lagern konnte. Das gebrochene Bein hatte sie flach auf den Boden gelegt, unter dem Knie von einem Kissen gestützt. Das andere Bein hatte sie angezogen, auf dem Knie ruhte eine Schüssel, von Elise festgehalten, während Linda langsam den Brei löffelte, den Elise für sie vorbereitet hatte: Milchbrei mit warmer Milch, Lindas Lieblingsessen, seit sie feste Nahrung zu sich nehmen konnte. Wir hatten immer noch eine Packung im Haus, weil dieser Brei auch heute noch für sie der beste Trostspender war, wenn es ihr besonders schlecht ging. Zwischendrin nahm sie von dem Becher einen Schluck Wasser.

Es klingelte an der Tür und ich ging, um zu öffnen. Vor der Tür stand ein älterer beleibter Herr mit der klassischen Arzttasche, gekleidet in eine ausgebeulte Jeans, ein offenes Hemd und einen leichten Mantel. „Herr Schreiner? Ich bin Dr. Meier. Wir hatten vorhin telefoniert." – „Ja, guten Tag und danke, dass Sie kommen konnten." – „Ja, das ist ja nun mal mein Job," sagte der Arzt daraufhin trocken und setzte sich in Bewegung. Ich drückte mich an die Wand und schloss hinter ihm die Tür. „Der Weg ist geradeaus und dann die letzte Tür links, im Wohnzimmer." Ich eilte ihm hinterher. Er ging stracks ins Wohnzimmer und blieb dann abrupt stehen, das Bild aufnehmend, das sich ihm bot: Eine sehr schmutzige junge Frau mit filzigem Haar, gekleidet in eine Wolldecke, die auf dem Boden an die Couch gelehnt saß, ein Bein auf einem Kissen gelagert. Das Bein war sehr schmutzig, verschmiert mit Fäkalien und mit Erbrochenem und sonstigem Unrat. Ein Arm war von der Decke verborgen, in der anderen Hand hielt sie einen Löffel, mit dem sie Brei aus einer Schüssel löffelte, die eine andere Frau auf ihrem zweiten Knie, dessen Bein angewinkelt war, festhielt. In dem Gesicht der jungen Frau konnte man in dem Schmutz die Spuren von Tränen sehen. Als der Arzt eingetreten war, blickte sie kurz auf und panische Furcht erschien in ihren Augen. Dr. Meier ging in die Hocke, stellte seine Tasche neben sich und sagte mit überraschend sanfter Stimme: „Ganz ruhig, Kleines, wer immer Dir das angetan hat, kann Dir erst mal nichts mehr tun. Und nun sag mir erst mal, wie Du heißt." – „Ich, ich bin Linda. Linda Schreiner." – „Wo tut es denn weh?" – „Mein Arm und mein Bein. Sie haben es mir gebrochen." Linda begann zu schluchzen. „Wer hat es Dir gebrochen?" Linda blickte mich Hilfe suchend an und ich sagte: „Könnten wir das später klären? Ich glaube, jetzt sollten wir erst mal dafür sorgen, dass Linda – meine Tochter – versorgt wird." Der Arzt atmete tief ein und nickte. Dann blickte er sich um und sagte: „Ich sehe den Beinbruch. Der Armbruch ist wahrscheinlich am linken Arm, den Du unter der Decke hast." Er wandte sich an mich: „Ich kann die Brüche erst mal nur provisorisch fixieren. Um sie ordentlich richten zu können, brauche ich ein Röntgengerät. Wenn die Brüche fixiert sind, dann müssen wir das Kind erst mal sauber machen und dann kommt sie ins Krankenhaus." Linda schrie auf: „Nein, ich will nicht wieder weg." – „Was stimmt hier nicht?" Ich sagte: „Können Sie bitte erst mal Linda versorgen und wir reden im Anschluss über die Ursache für das alles hier?" – „Okay, gut. Ich müsste mir erst mal die Hände waschen, dann brauche ich eine Schüssel mit warmem Wasser, Seife, Schwamm, Handtücher." Er zog seinen Mantel aus, legte ihn über eine Stuhllehne und öffnete die Tasche, der er einen weißen Ordinationskittel entnahm, in den er schlüpfte. Dann ging er mit mir ins Badezimmer, wo er sich ausgiebig die Hände wusch. Ich hatte in der Zwischenzeit aus der Küche eine große Schüssel geholt und sie voll warmes Wasser laufen lassen. Dann holte ich Seife, Waschlappen und Handtücher und legte alles im Wohnzimmer auf den Boden. Dr. Meier hatte erst nachdenklich zu Linda hinabgeblickt und sich wohl überlegt, ob man sie anders lagern könne, in Anbetracht des gebrochenen Beins sich aber dann offensichtlich dagegen entschieden. Er kniete nun neben ihr und betastete vorsichtig den Unterschenkel an der Stelle, an der er verdickt war und blau angelaufen. Dann nahm er den Waschlappen, tauchte ihn ins Wasser und fing an, Lindas Bein vorsichtig zu reinigen. Sie wimmerte ein paar Mal. Er hielt inne, zog seine Tasche heran und sagte: „Ich gebe Dir jetzt etwas gegen die Schmerzen ..." – „Nein, nein, ich bin schon still." – „Es hilft nichts, wir müssen das Bein ordentlich versorgen." – „Nein, bitte nicht, bitte keine Drogen." Ich sagte: „Linda ist gerade traumatisiert und ..." – „Das weiß ich auch, aber wir müssen sie ja in Ordnung bringen, und das geht nicht ohne Schmerzmittel. Der Bruch ist schon seit längerem unbehandelt und da ist eine Menge Arbeit vonnöten, die nicht ohne zusätzliche Schmerzen abläuft. Es tut mir Leid." Er zeigte auf das Bein und sagte: „Ich kann so nicht viel sagen, aber nach meiner Einschätzung ist der Bruch bereits drei Wochen alt und die Knochen fangen bereits an, sich voreinander zu verkapseln. Ich kann das Bein nun nur mit einer festen Bandage fixieren, dann muss sie ins Krankenhaus."

Linda begann wieder zu wimmern und Dr. Meier sagte, an sie gerichtet: „Linda, Du musst mir vertrauen. Ich weiß, was ich mache, und ich möchte, dass Du wieder ganz in Ordnung kommst. Dafür musst Du mir aber vertrauen. Ich kümmere mich persönlich drum, dass Du nur die richtige Behandlung bekommst. Du musst keine Angst mehr haben. Ich weiß nicht, was geschehen ist, aber darum kümmere ich mich auch." Linda blickte ihn lange an und nickte dann leicht. Der Arzt fuhr fort, sie zu reinigen. Dann nahm er aus der Tasche eine flexible Schiene, die er an ihrem Bein anlegte, dann an einer paar Stellen anders einstellte und schließlich mit den Klettverschlüssen zumachte. Dann legte er das Bein auf das Kissen. Er fragte: „Drückt sie?" – „Ein bisschen, aber das ist in Ordnung." – „So, und nun zeigst Du mir mal Deinen Arm." Mit diesen Worten hielt er die Hand hin. Linda zögerte einen Moment, dann öffnete sie die Decke. Dr. Meier zog die Luft mit einem scharfen Zischen ein, als er ihren unbekleideten Körper sah und die Striemen, die die Schläge auf ihr hinterlassen hatten. Er warf mir einen kurzen Blick zu und konzentrierte sich dann wieder auf Linda, wusch ihren Arm und versorgte ihn ähnlich wie ihr Bein. Dann sagte er: „Ich glaube, wir versuchen nun mal, ob Du aufstehen kannst. Ich würde Dich gerne waschen und dann weiter untersuchen. Es würde mich wundern, wenn da keine Rippen gebrochen sind. Hast Du Schmerzen beim Atmen?" Linda schüttelte den Kopf. Dr. Meier richtete sich auf und blickte sich um. „Ihr habt eine Badewanne, habe ich gesehen. Können wir versuchen, sie ins Bad zu bringen? Dann stellen wir einen Stuhl in die Badewanne und sie kann sich waschen." Elise meldete sich zu Wort: „Linda, wenn Du willst, kann ich Dir gerne helfen beim Waschen." Linda nickte wieder dieses leichte Nicken. Ich besorgte einen Stuhl, der in die Badewanne passte; diese zusammenklappbaren Campingstühle eignen sich hervorragend, um sich in der Badewanne im Sitzen zu waschen. Elise und Dr. Meier halfen derweil Linda, sich aufzurichten und auf die beiden gestützt ins Bad zu humpeln. Es war noch ziemlich schwierig, sie in die Badewanne zu bugsieren, aber schließlich saß sie auf dem Stuhl und wir überließen die beiden Damen der Reinigung Lindas. Dr. Meier kam zu mir ins Wohnzimmer, setzte sich unaufgefordert hin und sagte: „So, Herr Schreiner, nun will ich wissen, was los ist. Für mich sieht das auf den ersten Blick nach so genannter häuslicher Gewalt aus, die etwas aus dem Ruder gelaufen ist, aber ehrlich gesagt, schätze ich Sie nicht als besonders gewalttätig ein, und Ihre Frau …" – „Freundin …" – „Okay, Freundin, auch nicht. Aber irgendetwas ist hier aus dem Ruder gelaufen, und mehr als die körperlichen Schäden an Ihrer Tochter entsetzt mich ihr seelischer Zustand. Sie sagten vorhin, dass sie ein massives Trauma erlitten hat, und da kann ich nur zustimmen." – „Tja, Dr. Meier, wie soll ich das jetzt erzählen, wo soll ich anfangen, ohne dass Sie mich für einen Lügner, einen Phantasten oder einen Idioten halten?" – „Versuchen Sie es doch einfach mal." – „Na gut, also das war so." Ich umriss in groben Zügen die Geschichte, beginnend mit der Nacht, in der Linda verschwunden war, über die diversen Besuche des Mittelaltermarktes bis zu der dramatischen Rettungs- aktion vor etwa drei Stunden. Die Rolle Mertins bei der ganzen Geschichte ließ ich eher vage, weil ich mir noch nicht ganz klar war, wie ich damit umgehen sollte. Dr. Meier unterbrach mich nicht, während ich redete. Als ich geendet hatte, saßen wir beide eine Weile schweigend da. Plötzlich fiel mir ein, dass ich ihm noch nicht einmal was zu trinken angeboten hatte. „Wollen Sie etwas trinken? Ich hätte auf jeden Fall Mineralwasser und verschiedene Tees im Haus." – „Ein

Mineralwasser gerne, von Ihren Tees halte ich mich wohl besser fern," sagte er mit einem leichten Schmunzeln. In diesem Augenblick kam Elise ins Wohnzimmer. Sie blickte uns beide an und sagte: „Linda schläft jetzt erst mal. Wir haben sie gewaschen und noch mal gewaschen, sie hat viel geweint. Ich habe ihr noch mal zu trinken gegeben, und dann wollte sie ins Bett. Dort haben wir noch eine Weile geredet. Du hast eine ganz tolle Tochter, Xaver Schreiner, auch wenn sie jetzt ziemlich durcheinander ist." – „Ich weiß, und es tut mir nochmal Leid, dass ich sie so getriezt habe." – „Es ist geschehen und ich glaube, sie nimmt es Dir nicht übel. Ihr müsst nun beide damit leben und Euch trotzdem weiter ertragen können." Dr. Meier nickte und sagte: „Sie sind sehr empathisch, Frau …" – „Schäublein." – „Frau Schäublein. Aber, Herr Schreiner, wir haben hier aus meiner Sicht noch eine ganz große Aufgabe, die wir kurzfristig angehen müssen, sonst wird das mit der Verkapselung ganz schwierig, weil man dann ein Stück des Knochens raussägen muss und das linke Bein deutlich kürzer wird als das rechte, und das ist, dass Linda ins Krankenhaus muss. Und damit müssen Sie sich überlegen, wie Sie das mit der Polizei auf die Reihe kriegen, weil unabhängig davon, ob ich Ihnen die Geschichte glaube, wird die Polizei da ganz andere Fragen stellen, und die erste Idee bei derartigen Verletzungen, vor allem wenn sie so lange unbehandelt bleiben, ist eben die häusliche Gewalt." – „Können wir das mit dem Krankenhaus auf morgen verschieben? Linda schläft nun und soll meines Erachtens schlafen." – „Ich mache Ihnen einen Vorschlag. Ich melde, wenn ich wieder in meiner Praxis bin, Linda für morgen Früh ins Universitätskrankenhaus in der Kreisstadt an. Ich rufe Sie dann später noch an, um Ihnen den Termin mitzuteilen, bis wann sie im Krankenhaus erwartet wird. Ich kenne dort einen der Oberärzte im chirurgischen Zentrum, mit dem werde ich den Fall schon mal im Vorweg besprechen. Und ich bin dann bei den Voruntersuchungen und auch bei den Operationen zugegen. Sie haben dann auch noch bis morgen Zeit, um sich zu überlegen, mit welcher Geschichte wir das ganze erklären. Wie gesagt, was ich Ihnen glaube und was die Polizei hören will, muss nicht unbedingt deckungsgleich sein. So, und nun muss ich wieder los." Er erhob sich, zog seinen Mantel an, griff sich seine Tasche, reichte erst Elise und dann mir die Hand und verabschiedete sich.

Als er gegangen war, saßen wir lange Zeit im Wohnzimmer und sahen uns an. Ich sagte irgendwann: „Danke, Elise, dass Du da bist." Sie lächelte wieder dieses Lächeln und sagte: „Aber Xaver, dafür nicht. Wenn ich vorher gedacht hätte, wie abenteuerlich das Leben bei und mit Dir ist, hätte ich Dir schon lange den Hof gemacht." – „Es ist mir ernst." – „Ich weiß. Was machen wir jetzt wegen der Polizei?" – „Ich habe da eine Idee." Und ich erklärte Elise, was ich mir in der Zeit, seit mir Dr. Meier gewissermaßen die Pistole auf die Brust gesetzt hatte, ausgedacht hatte. Sie wiegte mit dem Kopf, sagte aber nichts dazu. Es war mittlerweile Abend geworden. Ich fragte sie, ob sie zum Essen und über Nacht hier bleiben wolle, und sie bejahte beide Fragen. Wir gingen früh zu Bett. Wir waren beide körperlich und emotional sehr erschöpft.

Achter Tag (Montag)

Linda hatte die Nacht über durchgeschlafen. Ich hatte zwar sehr schnell Schlaf gefunden, war aber nach drei Stunden schon wieder wach und döste dann, belastet von schweren Träumen und unguten Gedanken, bis in die Morgenstunden. Elise hatte sich ausgezogen, ins Bett gelegt, mir „Gute Nacht" zugemurmelt und war eingeschlafen. Sie bewegte sich die ganze Nacht nicht und ich hatte mehrfach Sorge, sie lebte nicht mehr, weil auch ihr Atem ganz still geworden war. Sie war am nächsten Morgen als erste wach, ging ins Bad und, als sie fertig war, in Lindas Zimmer, um ihr beim Aufstehen und sich waschen zu helfen. Ich war wie üblich aufgestanden, hatte geduscht und dann das Frühstück vorbereitet. Schließlich saßen wir zu dritt am Küchentisch und frühstückten. Linda sah wieder besser aus als gestern. Ich fragte sie, ob es ihr gut ginge, und sie murmelte etwas. Elise blickte mich an und nickte. Als wir fertig waren, sagte ich: „Linda, ich hatte gestern noch ein längeres Gespräch mit Dr. Meier. Er sorgt sich sehr um Deine gebrochenen Knochen, weil diese sich schon voreinander zu verkapseln beginnen. Wenn Du keine Langzeit- schäden davontragen willst, dann musst Du heute noch ins Krankenhaus und operiert werden." Sie holte eben tief Luft, aber ich hob die Hand und sagte: „Lass mich bitte ausreden. Dr. Meier macht die Vorunter- suchungen und wird bei den Operationen dabei sein. Er macht mir einen kompetenten Eindruck. Auch ich werde versuchen, soweit wie möglich, bei Dir zu bleiben. Ich will Dich nicht alleine lassen. Wir stehen das gemeinsam durch." Sie ließ die Luft langsam wieder ab, blickte auf ihren Teller und nickte dieses kleine Nicken. Elise stand auf und sagte: „Ich fahre dann mal los. Soll ich Dich bei Klaus-Dieter entschuldigen oder machst Du das selbst?" – „Ich rufe ihn gleich mal an. Ich möchte während der nächsten Tage Linda nicht alleine lassen und kann ja von hier aus oder im Krankenhaus weiterarbeiten. Netzwerkanschlüsse gibt es ja überall heutzutage." Ich stand ebenfalls auf und brachte Elise zur Tür. Wir verabschiedeten uns mit einem Kuss und sie verließ die Wohnung, mir lächelnd zuwinkend.

Als ich in die Küche zurückkehrte, blickte mich Linda an und sagte: „Wird die jetzt hier wohnen?" Das schwierigste Thema gleich am Anfang, die Tochter ihrer Mutter. „Die heißt Elise und ich weiß nicht, ob sie hier wohnen wird. Ihr haben wir es jedenfalls zu verdanken, dass ich irgendwann überhaupt wusste, wo ich Dich finden kann und vor allem, wie ich Dich da rausholen kann. Linda, ich glaube, Elise ist jetzt nicht unser Thema. Unser Thema ist, dass Du wieder in Ordnung kommst." Linda starrte mich entsetzt an, dann sagte sie erst leise und dann immer lauter werdend: „In Ordnung kommen? Ich soll wieder in Ordnung kommen? Sag mal, weißt Du eigentlich, was das heißt, wochenlang im Finstern eingesperrt zu sein und verprügelt zu werden, weil man ein beschissenes MUTTERMAL hat? Jeder darf Dich anfassen und mit Dir machen, was er will. IN ORDNUNG KOMMEN. SAG MAL, WIE TICKST DU EIGENTLICH?" Sie tobte noch eine Weile und hörte dann irgendwann schluchzend auf. Ich stand auf und ging zu ihr, umarmte sie, aber sie wehrte sich. Ich räumte den Tisch ab, machte den Abwasch und trocknete mir anschließend die zitternden Hände. Dann ging ich wieder zu Linda, die auf ihrem Stuhl kauerte und ab und zu einen leisen Schluchzer hören ließ. „Linda, wir sollten jetzt langsam los. Was soll ich für Dich einpacken?" – „Es ist mir egal." – „Komm bitte mit in Dein Zimmer." Sie richtete sich mühsam auf,

169

umklammerte meinen Hals und gemeinsam gingen wir in ihr Zimmer, wo sie sich auf ihren Stuhl fallen ließ. Ich holte eine Reisetasche hervor und packte etwas Unterwäsche, zwei Blusen und einen Rock ein, weil Röcke sich leichter handhaben lassen als Hosen. Dann half ich ihr, sich anzukleiden. Sie war im Wesentlichen apathisch, wehrte sich aber zumindest nicht mehr. Dann rief ich ein Taxi und während wir warteten, rief ich Klaus-Dieter an. Er war mit allem einverstanden, bot mir sogar an, Urlaub zu nehmen, aber das wollte ich gar nicht. Ich hatte den Eindruck, dass ich den Urlaub später noch nötiger gebrauchen konnte als während der nächsten Tage. Der Taxifahrer und ich verfrachteten Linda ins Auto auf den Beifahrersitz, ich setzte mich mit der Reisetasche auf den Rücksitz und wir fuhren zur Klinik. Dort brachte er uns zur Notaufnahme. Ich ging erst alleine hinein und erzählte, dass im Auto meine Tochter mit einem gebrochenen Bein säße. Daraufhin fuhr ein Pfleger mit einem Rollstuhl hinaus und wir brachten Linda in die Notaufnahme. Dr. Meier wartete schon auf uns und bugsierte uns gleich in einen der Untersuchungs-räume. Er bat mich, draußen zu bleiben und schloss die Tür. Ich setzte mich auf eine der Bänke in dem Vorraum und wartete. Nebenbei informierte ich die Polizei, dass Linda wieder aufgetaucht sei und dass ich die Vermisstenanzeige zurückziehe. Weiteren Fragen wich ich erst einmal aus. Dann rief ich Margit an, um sie zu informieren. Sie sagte nicht viel und versprach, uns im Krankenhaus zu besuchen. Nach etwa einer halben Stunde kam Dr. Meier wieder raus, setzte sich zu mir und sagte: „Linda will sich operieren lassen. Wenn Sie einverstanden sind, dann können wir sofort loslegen. Ich habe gestern Abend noch mit dem Chefarzt der Chirurgie telefoniert. Operieren wird der Oberarzt, mein Freund, und ich werde ihm assistieren.

Wir kriegen Linda zumindest körperlich wieder hin. Die Striemen und Prellungen werden verheilen, außer den beiden Knochenbrüchen ist sonst nichts physisch zerstört. Mit ihrer Seele sieht es allerdings ganz anders aus. Sie ist noch sehr verschlossen, was ich aber gut verstehen kann, zumal ich Ihre Version der Geschichte kenne. Wie wir da weitermachen, das müssen wir erst auf uns zukommen lassen. Ein Schritt nach dem anderen." – „Ich habe Linda versprochen, dass ich bei ihr bleibe. Kann ich bei der Operation mit in den OP?" – „Nein, das geht nicht, aber Sie können unmittelbar vor dem OP warten und wenn sie rauskommt, mit ihr in den Aufwachraum, so dass Sie zugegen sind, wenn sie wieder aus der Narkose aufwacht. Wir werden gleich beide Knochenbrüche gemeinsam erledigen, weil wirklich Eile geboten ist. Das schwierige ist halt hier der Zeitfaktor, weil niemand weiß, wie lange sie da schon mit den gebrochenen Gliedern in dieser Zelle saß." Er erklärte mr noch, wo der OP lag, dann ging er wieder zu Linda ins Zimmer. Nach kurzer Zeit kam ein Pfleger mit einem Bett und fuhr in das Zimmer. Bald kam er wieder raus. Nun lag Linda auf dem Bett. Ich ging zu ihr und sie ergriff meine Hand. „Papa." Ich begleitete sie bis vor die große Tür, die in den Operationssaal führte, dann winkte ich noch mal und setzte mich auf einen der dort herumstehenden Stühle. Ich versuchte, mir Gedanken zu meiner Beitragsserie über die atomare Bedrohung zu machen, aber meine Gedanken kehrten immer wieder zu Linda zurück, die gerade dort drinnen lag. Nach etwa drei Stunden kam Dr. Meier aus dem OP, setzte sich neben mich auf einen Stuhl und sagte: „Es ist alles gut gegangen. Die Knochenbrüche waren noch weitgehend offen und wir konnten alles ordentlich zusammensetzen. Nun braucht sie ein bisschen Zeit und Ruhe. Sie erzählte mir, dass sie Physik studiert. Können Sie ihr ein paar

171

Studienunterlagen mitbringen? Dann hat sie etwas Ablenkung und die Zeit vergeht schneller." – „An wen muss ich mich wenden, um hier im Krankenhaus bei meiner Tochter bleiben zu können?" – „Da fragen Sie am Besten die Stationsschwester, wenn sie nach dem Aufwachen verlegt wird." – „Danke, Dr. Meier." – „Dafür nicht. Das passt schon. Sie haben eine wunderbare Tochter und die wird schon wieder, auch wenn im Moment alles ein bisschen trüb aussieht."

Nach kurzer Zeit öffnete sich die Tür und ein Pfleger schob das Bett heraus, auf dem Linda noch schlafend lag. Ich begleitete sie in einen Raum, in dem wir dann alleine waren. Während sie noch schlief, saß ich still neben ihr und betrachtete sie. Und ich fragte mich: „Warum Linda? Und warum macht der Mensch so etwas?" Aber ich fand keine Antwort, nicht in dem stillen Antlitz meiner Tochter und nicht in dem Schweigen in dem Raum.

Nach einer halben Stunde schlug Linda die Augen auf. Sie lag ganz still und betrachtete mich, während ich auch ganz still dasaß. Sie streckte eine Hand aus und sagte: „Papa. Es tut mir Leid." – „Es ist gut, Linda, und wir beide schaffen das. Ich bin bei Dir. Okay?" – „Okay."

Ich klärte mit der Stationsschwester meinen vorübergehenden Aufenthalt bei Linda, besorgte mir einen Zugang zum Internet und binnen einer Stunde war ich online und auf dem Server unserer Redaktion. Ich blätterte meine E-Mails durch, bearbeitete Pressemeldungen und Berichte, während Linda fast den ganzen Tag schlief. Außerdem schrieb ich eine aktuelle Meldung wegen der atomaren Bedrohung, die aus Ostasien kam und die allem Anschein nach progressive Züge annahm. Nach dem Abendessen, für sie leichte Schonkost und für mich ein etwas üppigeres, aber immer noch reichlich nach Krankenhaus schmeckendes Gericht, lag Linda eine Weile nachdenklich da. Dann sagte sie: „Papa, als ich da ganz allein in dieser dunklen Zelle lag, dachte ich irgendwann, es gibt keinen Menschen auf der Welt, der weiß, wo ich bin und der mich da rausholen kann. Das war ein ganz schlimmes Gefühl, gerade als ob ich in ein Loch falle, das kein Ende nimmt. Ich habe geschrien, aber niemand hat mich da unten gehört. Und wenn ich die Augen zumache, dann wird wieder alles dunkel und ich liege wieder in der Zelle. Aber ich weiß jetzt, dass Du da bist und dann sage ich mir, dass ich nur die Augen geschlossen habe und es deswegen dunkel ist. Dann kann ich einschlafen. Können wir heute Nacht das Licht anlassen?" – „Klar, kein Problem. Ich bin Redakteur, ich kann auch bei eingeschaltetem Licht wunderbar schlafen." Es klopfte an die Tür, dann öffnete sie sich langsam und Elise betrat den Raum. Sie lächelte ihr Lächeln und sagte: „Hallo Linda, wie geht es Dir?" Linda blickte sie ernst an und sagte: „Es geht ganz gut. Die Operationen sind gut verlaufen." – „Gott sei Dank." Sie holte ein Buch aus ihrer Tasche und reichte es Linda. „Ich weiß nun gar nicht, ob Du liest oder was Du liest, aber falls Du lesen willst und dieses Buch noch nicht kennst und es lesen willst, dann leihe ich es Dir." – „Oh, danke. Ich lese gern. Was ist es denn?" – „Eine Geschichte über Technik. Ich habe es mal zufällig in einem Bücherladen aufgestöbert und gekauft, obwohl es nicht mein Thema ist. Lies einfach rein und wenn Du was anderes oder Nachschub brauchst, gibst Du mir einfach Bescheid." Sie blickte sich suchend um und nahm dann einen Stuhl, der in der Ecke stand, und setzte sich zwischen unsere Betten. Sie blickte mich an und sagte: „Hallo Xaver. Du wurdest heute in der Redaktion schon vermisst und als ich fallen ließ, dass Du im Krankenhaus bist, meinte Karla sofort, Du hättest wohl einen Herzinfarkt, kein Wunder bei Deinem Lebenswandel." Sie kicherte und sagte: „Ich überlegte noch, ob ich da etwas richtigstellen soll, als Klaus-Dieter schon sagte, dass Du an Burnout leidest, der verursacht ist durch das immerwährende Mobbing von Seiten der Kolleginnen." An Linda gewandt sagte sie: „Ich weiß nicht, ob Dein Papa Dir das schon erzählt hat, aber wir sind gewissermaßen Kollegen in der Redaktion." – „Nein, das hat er mir noch nicht erzählt, aber er sagte mir, dass Du letztendlich rausgefunden hast, wo ich bin und wie Ihr mich da rausholen könnt." Linda streckte ihre Hand aus und sagte: „Elise, ich möchte Dir gerne danken." Elise lächelte und sagte: „Da nicht für. Ich fand diese Dekodierung der Sprache extrem interessant und allein dafür war es mir schon wert, mit Xaver zu diesem Mittelaltermarkt gegangen zu sein." – „Interessierst Du Dich sonst nicht für diesen Markt?" – „Doch, ich schon. Ich kaufe da immer Kräuter, Gewürze und Bienenwachskerzen. Die duften nämlich so schön." Plötzlich kicherte Linda: „Echt, wegen der Bienenwachskerzen gehst Du da hin? Und was sagt Xaver dazu?" – „Er meint, es sei gar nicht nötig, den Aufwand zu treiben." An dieser Stelle hielt ich es für geraten, mich zu räuspern, um zu signalisieren, dass ich auch noch anwesend war. Wir unterhielten uns noch etwa zwei Stunden, bis eine Schwester reinkam und mahnte, dass die Besuchszeit eigentlich schon längst vorüber sei. Elise fragte zum Abschied dann noch, ob sie etwas mitbringen solle, wenn sie am nächsten Tag wieder komme. Wir verneinten, nicht zuletzt, weil ich ja nicht bettlägerig krank war und daher selbst bei Bedarf nach Hause fahren konnte. Als wir alleine waren, herrschte eine ganze Weile Stille, dann sagte Linda nachdenklich: „Ich glaube, Elise ist ganz nett. Ich mag sie. Sie strahlt sehr viel Ruhe aus." – „Ja, das stimmt, und das mag ich auch an ihr." – „Wird sie mal bei uns wohnen?" – „Ich habe sie noch nicht gefragt und sie hat noch nichts gesagt." – „Ich habe jedenfalls nichts dagegen, wenn sie bei uns wohnt." – „Danke, Linda, und nun gute Nacht." – „Gute Nacht, Papa."

Neunter Tag (Dienstag)

Soweit ich das mitbekommen hatte, schlief Linda die ganze Nacht, während ich nach einer kurzen Schlafphase wach lag. Das eingeschaltete Licht trug sicherlich sein Teil mit dazu bei, aber in erster Linie gingen mir Fragen im Kopf rum, wie es nun weitergehen solle. Ich hatte zwar mit Elise meine Idee besprochen, aber nun musste ich Linda einweihen, ohne sie zu sehr aufzuregen. Vor allem fürchtete ich, dass die Polizei nicht mehr lange auf sich warten ließ und meine größte Sorge war diesbezüglich, ob die Polizisten das notwendige Feingefühl mitbrachten bei ihren Fragen.

Am nächsten Morgen kam Dr. Meier kurz nach dem Frühstück zu einer inoffiziellen Visite, wie er es nannte. Er untersuchte Linda noch einmal, horchte sie ab, betrachtete kopfschüttelnd die Striemen und Blessuren und meinte dann: „Das sieht alles ganz gut aus, mein Fräulein. Ich glaube auch, dass die Knochen gut zusammenwachsen und dass eventuell noch nicht einmal ein verkürztes Bein bleibt. Das heißt, Du kannst irgendwann doch noch in Deine Modelkarriere einsteigen, falls Du willst. Wie geht es Dir sonst?" – „Ja, ganz gut." – „Falls Du Unterstützung brauchst, dieses Trauma, das Du sicherlich hast, zu verarbeiten, kann ich Dir – inoffiziell natürlich – eine gute Adresse vermitteln." – „Im Moment bin ich einfach froh, dass ich hier bin und mein Vater da ist und alles vorbei ist." – „Ja, das ist erst einmal in Ordnung, ich wollte es nur anbieten." Er machte sich bald wieder auf den Weg und versprach, am nächsten Morgen wieder zu kommen.

Nach der offiziellen Visite klopfte es an der Tür und Margit steckte ihren Kopf herein. Sie trat ein, ging an Lindas Bett, streckte ihr die Hand hin und sagte: „Hallo Linda, wie geht es Dir? Ich habe mir Sorgen gemacht, nachdem ich von Xaver erfahren habe, dass Du verschwunden bist." – „Es geht mir gut, Mama. Ein Bein und ein Arm sind gebrochen, sonst nichts." – „Was war denn? Wie ist das denn passiert?" Linda blickte hilfesuchend zu mir. Ich sagte: „Das ist eine lange Geschichte, Margit, und wir sind noch dabei, das alles auseinander zu dröseln. Linda ist gewissermaßen unter die Räuber gekommen und wir mussten sie erst mal finden und dann rausholen. Das war ziemlich aufwändig." – „Wir, das heißt, Deine neue Freundin und Du?" Linda seufzte: „Mama, bitte. Es geht mir nicht gut." – „Entschuldige, Linda. Ich verstehe es halt nicht und würde es gerne verstehen." – „Können wir da ein andermal drüber reden?" Nun war es an der Reihe Margits zu seufzen: „Ja klar, was bleibt mir auch anderes übrig. Aber Du bist auf jeden Fall auf dem Weg der Besserung, oder?" – „Ja, Mama, und danke für Deinen Besuch." Margit blieb noch eine Weile und wir redeten über Belanglosigkeiten. Am Schluss, kurz bevor sie sich verabschiedete, meinte sie: „Ich habe übrigens Deine Beiträge zu der atomaren Bedrohung gelesen. Stimmt das alles, was Du da zusammengetragen hast?" – „Drum habe ich es ja zusammengetragen, weil ich der Meinung bin, dass es stimmt." Plötzlich lächelte sie: „Das war eben doof gefragt, nicht? Na, ich wünsche Euch jedenfalls einen schönen Tag und Dir gute Besserung."

Als Margit aus der Tür war, grinste Linda verstohlen in meine Richtung und sagte: „Sie ist halt so, aber sie ist meine Mutter."

Später sagte ich zu ihr: „Linda, ich muss mit Dir reden, und zwar, ehe die Polizei kommt." – „Warum Polizei?" – „Erstens, weil ich eine Vermisstenanzeige aufgegeben habe, nachdem Du Dich drei Tage nicht gemeldet hattest, also das heißt, ich wollte schon am ersten Tag eine Vermisstenanzeige aufgeben." Ich erzählte ihr die ganze Geschichte, wie ich mich auf die Suche gemacht hatte und wie Elise mich dann dabei unterstützt hatte, wie wir zufällig auf Mertin gestoßen waren und über Mertins Fotos im Internet die Verbindung zu ihr herstellen konnten, wie Elise sich dann an Mertin herangemacht hatte, um etwas rauszufinden und wie er sie in die Vergangenheit gebeamt hatte. Wie sie dann später die Lautmalereien, die er anwendete für seine Hypnose, aufgeschrieben, übersetzt und modifiziert hatte, damit ich in die Vergangenheit reisen und sie zurückbeamen konnte. Abschließend meinte ich: „Gewissermaßen hat Dich Mertin ja während dieses Zeitraums gefangen gehalten und wenn er Dich auch nicht selbst gefoltert hat, so hat er es doch billigend in Kauf genommen. Darum frage ich mich, ob wir die ganze Sache Mertin anhängen können, ohne aber auf die Zeitreisen eingehen zu müssen." Linda schwieg zu dem Thema und ich wollte sie nicht bedrängen, noch nicht.

Sie nahm das Buch zur Hand und schlug es auf, um zu signalisieren, dass sie nicht reden wollte. Ich seufzte innerlich und machte mich an die Arbeit. Die Sache mit der atomaren Bedrohung schien weiter zu eskalieren. Eine Menge Pressemeldungen lagen in meinem Posteingang. Sie beschäftigten sich nicht nur mit den Aktivitäten in Fernost, sondern mit den Vorbereitungen in Amerika, Europa bis hin zu Russland. Einerseits versuchte man wohl, eine Allianz zu schmieden, um die Gefahr aus Fernost abzuwenden, andererseits herrschte zwischen den Mitgliedern der Allianz so viel gegenseitiges Misstrauen, dass manche Aussagen so klangen, als wolle man sich gegenseitig an die Kehle gehen. Die indifferente Haltung Pekings vereinfachte die Sache auch nicht und ich sah mich bemüht, den Begriff der „undurchsichtigen Gemengelage" mehrfach zu strapazieren. Ich war gerade vertieft in eine

Zusammenfassung, die ich mit einem Kommentar einzuklammern gedachte, als Linda mich ansprach: „Papa?" – „Ja, Linda?" – „Ich muss Dir noch etwas erzählen." – „Ja?" – „Ja. Und zwar, kennst Du den Geschichtenerzähler vom Mittelaltermarkt?" – „Ja, den kenne ich, ein bisschen zumindest." – „Und den Grafen?" – „Den habe ich mehrfach gesehen und der Geschichtenerzähler – Ludfried heißt er – hat mir erklärt, dass der Graf aus der Vergangenheit kommt. Eine der Geschichten des Geschichtenerzählers ist ja die Moritat von den Zeitreisen. Dadurch wurde ich auf ihn aufmerksam." – „Der Geschichtenerzähler und der Graf waren dabei, als ich gefoltert wurde." – „Bist Du sicher?" – „Ich habe gestern und heute immer überlegt, woher ich die beiden Gesichter kenne, die da mit in dem Folterkeller waren, und ich bin mir sicher, dass es der Geschichtenerzähler und der Graf sind. Und der Kräuterhändler war auch einmal dabei. Da hat man versucht, mir irgendwelche Drogen zu geben und ich wollte nicht. Daraufhin hat man mich verprügelt. Das sind die breiten blauen Flecken, die auf meinem Rücken zu sehen sind, weil sie einen Knüppel verwendeten. Sonst haben sie meistens eine Peitsche verwendet." Linda sprach mit ruhiger, normaler Stimme, als würde sie eine Nebensächlichkeit über einen anderen Menschen mitteilen. Dieser unbeteiligte Ton verursachte mir irgendwie Unbehagen. Ich fürchtete, sie fange gerade an, etwas tief in sich zu vergraben. Wobei ich kein Psychologe bin und daher alles falsch sein konnte, was ich dachte. Jedenfalls war ich froh, dass sie es mir erzählte. Ich sagte: „Irgendetwas an dem Verhalten des Geschichtenerzählers kam mir immer wieder komisch vor. Wir sprachen mehrfach miteinander und er erzählte mir, dass der Graf aus dem zehnten Jahrhundert stammt und irgendwie kraft seines Willens geschafft hat, sich in unsere Zeit zu beamen. Was, wenn das gar nicht stimmt und die ganze Sache eine Masche ist, sich Opfer in die Folterkammer zu beamen?" – „Ich landete bei meiner Hinreise auf einem Dorfplatz. Es waren Leute da und die waren verwundert, wo ich so plötzlich herkomme. Dann sah einer mein Muttermal und fing an zu schreien, dass ich eine Buhlerin des Teufels wäre. Ganz schnell waren ein paar Männer da, die mich packten und wegtrugen, in ein Kellerverlies brachten. Dort kamen dann kurze Zeit später der Graf und der Geschichtenerzähler an, gemeinsam mit einem, der die Folterarbeiten machte, und man erklärte mir, dass ich eine Teufelsbraut sei und dass ich das gestehen solle. Ich habe erst gedacht, das sei ein Jux, immerhin kam ich ja direkt von der Party von Mertin. Aber das Lachen ist mir schnell vergangen."

Wir schwiegen lange Zeit. Ich wusste nicht, was ich sagen sollte, und eine Phrase schien mir unangebracht. Ich fühlte mich hilflos und langsam entstand ein Zorn in mir, auf Mertin, den Angeber, und auf den verlogenen Geschichtenerzähler, dem ich ja noch von meinen Problemen erzählt hatte und meinem Verdacht. Irgendwann sagte Linda: „Ich denke immer wieder daran, was Du sagtest, alles auf Mertin abzuwälzen. Ich finde diesen Menschen fürchterlich und zum Fürchten, aber ich weiß nicht, wie man ihn ADÄQUAT bestrafen könnte für das, was er da macht. Ich glaube noch nicht einmal, dass Mertin wirklich weiß, was in diesen Lautmalereien steckt, die Elise ja offenbar zu übersetzen imstande war." Ich wollte gerade zu einer Erwiderung ansetzen, weil ich immer noch der Meinung war, dass Mertin nicht ungeschoren davonkommen sollte, als es an die Tür klopfte. Die Tür öffnete sich und eine polizeibemützte Frau steckte ihren Kopf herein. Sie drückte die Tür ganz auf und marschierte herein, gefolgt von einem männlichen

Kollegen. „Frau Linda Schreiner?" – „Ja." – „Guten Tag, Frau Schreiner. Ich bin Wachtmeisterin Schönhuber, das ist Wachtmeister Kohlstrunk. Wir haben ja zum Einen von Ihrer Absenz erfahren, Ihr Vater hatte eine Vermisstenanzeige aufgegeben, und zum Andern vom Krankenhaus einen Bericht über Ihre Verletzungen erhalten. Da müssen wir der Sache natürlich nachgehen." Die Wachtmeisterin blickte mich an und fragte: „Wer sind Sie?" – „Ich bin Xaver Schreiner, der Vater, der die Vermisstenanzeige aufgab." – „Und warum liegen Sie im Krankenhaus?" – „Ich liege nicht im Krankenhaus, ich wollte nur meine Tochter nicht alleine lassen nach ihrem Trauma und habe mich daher hier einquartiert." Sie wandte sich wieder Linda zu und sagte: „Frau Schreiner, wir würden Ihnen gerne ein paar Fragen stellen. Passt es gerade?" – „Wenn es sein muss." – „Es muss sein. Bei dieser Art von Verletzungen liegt natürlich der Verdacht auf äußerliche Einwirkung durch Dritte nahe und das ist dann ein Straftatbestand. Welche Verletzungen haben Sie denn?" – „Ich habe einen gebrochenen Arm und ein gebrochenes Bein." – „Und sie haben noch Striemen und Prellungen vorne und hinten am Oberkörper." – „Ja." – „Wie sind diese Verletzungen denn entstanden?" – „Ich bin gestürzt, unglücklich gefallen und habe mir dabei wohl die Knochen gebrochen." – „Einen Arm UND ein Bein? Das ist schwer vorstellbar." Ich sah Linda an und ich erkannte ihr Gesicht, das sie immer dann aufsetzte, wenn sie den höchstmöglichen Verschlusszustand herstellte. Die Wachtmeisterin erkannte den Gesichtsausdruck nicht. Sie sagte: „Ich werde Ihnen nun sagen, was ich vermute. Ich vermute, dass wir hier einen Fall häuslicher Gewalt vorliegen haben und daher möchte ich, dass Ihr Vater das Zimmer verlässt, ehe wir beide weitersprechen." In Lindas Gesicht flackerte Panik auf: „Nein, mein Vater bleibt hier." – „Haben Sie Angst vor Ihrem Vater?" Ehe Linda weitersprechen konnte, hakte ich ein: „Das glaube ich jetzt nicht. Linda, sag bitte nichts mehr. Ich möchte nun erst mal einen Anwalt haben, ehe wir uns diese Frechheiten weiter anhören müssen." Wachtmeisterin Schönhuber wandte sich mir zu und sagte: „Das passt alles ins Bild, Herr Schreiner. Sie überwachen Ihre Tochter sogar im Krankenhaus, Ihre Tochter hat Angst, vor Ihnen offen zu sprechen. Möglicherweise war sie noch nicht einmal abgängig, sondern Sie haben die Vermisstenanzeige nur aufgegeben, um davon abzulenken, dass Ihre Tochter seit Tagen schwerverletzt in Ihrer Wohnung liegt." An Linda gewendet, sagte sie: „Frau Schreiner, Sie müssen keine Angst mehr haben vor Ihrem Vater. Wir können und wir werden Sie beschützen." Linda fing an zu weinen, schüttelte den Kopf, wimmerte. Ich wollte mich aus dem Bett erheben, da stand der Wachtmeister, der mit ins Zimmer gekommen war, plötzlich neben mir und sagte warnend: „Ganz ruhig, Herr Schreiner. Machen Sie nun keine Dummheiten." – „Ich mache keine Dummheiten, aber angesichts des hanebüchenen Blödsinns, den Ihre Kollegin verzapft, ist es schwer, ruhig zu bleiben." – „Vorsicht in Ihrer Wortwahl, Herr Schreiner, sonst kommen noch weitere Schwierigkeiten auf Sie zu." Ich war fassungslos. Da ich mir nicht mehr zu helfen wusste, drückte ich auf den Knopf für den Schwesternruf. Mir wurde in diesem Moment auch klar, dass ich noch nicht einmal einen Anwalt hatte, den ich nun anrufen hätte können, so wie die Helden in den Geschichten und Spielfilmen. Wachtmeisterin Schönhuber wandte sich wieder an Linda, die nun hemmungslos schluchzte: „Frau Schreiner, am besten kommen Sie mit uns. Wir können Ihnen wirklich helfen. Dafür müssen Sie uns aber vertrauen." Linda blickte lange mit Entsetzen auf die

Wachtmeisterin und fing dann an, hysterisch zu lachen. In diesem Moment öffnete sich die Zimmertür und eine Krankenschwester kam herein: „Was ist hier denn los?" Die Wachtmeisterin wandte sich ihr zu und sagte: „Wir wollten Frau Schreiner ein paar Fragen zu ihren Verletzungen stellen, die offensichtlich das Ergebnis häuslicher Gewalt sind, im Beisein ihres Vaters ist sie aber nicht bereit, mit uns zu kooperieren." Da sich Linda immer weiter in ihre Hysterie reinzusteigern schien, sagte die Schwester zu ihr mit fester Stimme: „Linda, hören Sie zu." Keine Reaktion. „Linda, hören Sie zu oder ich muss Ihnen ein Sedativum verabreichen." Wie schon früher reagierte Linda auf diese Ansprache sofort. Abrupt hörte sie auf zu lachen und schwieg. Die Wachtmeisterin sprach nun in genervtem Ton: „So, können wir nun weitermachen?" Die Schwester schaltete sich ein und sagte: „Ich habe den Eindruck, dass Sie unsere Patientin gerade sehr aufregen, und ich möchte Sie daher ersuchen, das Zimmer zu verlassen. Oder soll ich einen Arzt rufen?" Ich erhielt einen wütenden Blick von der Wachtmeisterin und sie wandte sich zum Gehen: „Gut, dann hole ich mir eine gerichtliche Vorladung. Diesen Fall klären wir, das verspreche ich Ihnen, Frau Schreiner, und überlegen Sie sich genau, wer für Sie gefährlich ist." Mit einem Kopfnicken in Richtung ihres Kollegen marschierte sie aus der Tür, gefolgt von Wachtmeister Kohlstrunk. Die Schwester schloss die Tür und sagte: „Häusliche Gewalt? Das glaube ich nicht. Irgendetwas stimmt nicht mit Ihnen, Linda, aber das hat nichts mit häuslicher Gewalt zu tun. Jedenfalls informiere ich den Oberarzt und Dr. Meier, falls Sie nichts dagegen haben." Linda schüttelte den Kopf: „Nein, ich habe nichts dagegen, auch wenn ich nicht weiß, was ich nun machen soll." – „Beruhigen Sie sich und konzentrieren Sie sich auf Ihre Heilung. Ihr Körper und Ihre Seele brauchen nun Ihre ganze Kraft." Die Schwester trat an Lindas Bett heran und zupfte fürsorglich an der Bettwäsche herum, ehe sie das Zimmer wieder verließ. Wir lagen beide lange schweigend in unseren Betten und starrten gegen die Decke. Irgendwann sagte Linda leise, so dass ich sie kaum verstehen kann: „Es ist einfach unglaublich. Erst die Verletzungen und nun die Unterstellungen. Ich fühle mich sehr allein." – „Linda, ich bin bei Dir." – „Ich weiß, aber Du kannst mich nicht beschützen. Das hast Du doch gerade gesehen. Die glauben mir noch nicht einmal. Was ist erst dann, wenn ich die Wahrheit erzähle? Die glauben sie erst recht nicht." Dann schwieg sie für sehr lange Zeit und starrte an die Decke. Ich wandte mich wieder meinen redaktionellen Pflichten zu und schickte die vorbereiteten Dateien noch rechtzeitig an Klaus-Dieter und Heiner. Kurze Zeit später klingelte mein Telefon und ich nahm den Hörer auf: „Hier Schreiner." – „Hallo Xaver, hier ist Klaus-Dieter. Ich habe gerade Deine Beiträge durchgelesen. Das Thema nimmt ja nun richtig Fahrt auf. Hast Du eine Vorstellung, was da los ist? Warum ist der Spinner da in Ostasien plötzlich so aggressiv?" – „Ich weiß es nicht. Ich verstehe die ganze Lawine nicht. Ich habe vor ein paar Tagen mal versucht rauszufinden, aus welchen Quellen die Informationen stammen. Du weißt ja, das Abschreibesyndrom und der damit verbundene Multiplikationsfaktor. Und ich bin der Meinung, dass alle Informationen aus einer Quelle stammen, allerhöchstens eine Haupt- und eine Nebenquelle. Aber diese Urquelle konnte ich noch nicht ausfindig machen. Das wäre mein nächster Rechercheschritt gewesen. Ich meine, wenn AP, Reuters, DPA und wie sie alle heißen, darüber berichten, dann muss es doch stimmen. Ich habe mittlerweile sogar UPI und ITAR-TASS angebohrt und da finde ich diese Nachrichten auch, obwohl das eigentlich alles nicht unsere Kragenweite ist." – „Wenn ich Dich recht verstehe, bist Du Dir gar nicht hundertprozentig sicher, dass das alles stimmt?" – „Das kann man so einfach nicht sagen. Es ist alles stimmig, die Politikeraussagen, die Vorgänge, die passieren – in Amerika fangen sie gerade an, die Reservisten anzuschreiben, habe ich vorhin bei UPI gelesen – aber die Ursache ist mir nicht klar. Der Fernostdiktator hat ja schon öfters mit dem Säbel gerasselt und außer ein bisschen politischem Hickhack ist nie etwas passiert, es war auch immer schnell wieder aus den Medien und Agenturen verschwunden, weil halt nie etwas passiert ist. Aber vielleicht mache ich mir einfach zu viele Gedanken und ich sollte das tun, wofür ich bezahlt werden: Agenturmeldungen verarbeiten und damit unsere Seiten füllen. Ich habe halt ein ungutes Gefühl." – „Gefühle … Wie geht es Linda, nebenbei gefragt?" – „Ihr geht es ganz gut. Nur war gerade die Polizei hier und da musste sie sich aufregen." – „Noch etwas. Der Bürgermeister hat mich vorhin informiert, dass der Spezialist von der Uni morgen kommen soll, um das Skelett im Rathauskeller etwas unter die Lupe zu nehmen. Er fragte, ob wieder einer von uns dabei sein wolle. Ich überlasse die Entscheidung Dir." – „Weißt Du, wann das stattfinden soll?" – Ich glaube, so gegen zehn Uhr, aber ich werde noch mal Frau Sandlein anrufen und ihr Deine Nummer geben. Dann kannst Du Dich mit ihr direkt abstimmen." – „Ich kann Frau Sandlein auch selber anrufen. Ich habe ihre Nummer hier irgendwo." – „Okay, dann halte ich mich da erst mal raus. Hast Du noch etwas?" – „Nein, ich bin erst mal durch." – „Gut, dann Tschüss und Alles Gute." – „Danke und Tschüss."

Linda hatte mir zugehört und sagte nun: „Was ist das mit den Nachrichtenagenturen?" – „Ach, ich habe vor einer guten Woche …" Ich stutzte, überlegte. „Ja, es war an dem Tag, nachdem Du nachts verschwunden warst, als ich ein paar Pressemeldungen zu einem Füller zusammengeschnitten und außerdem einen Kommentar geschrieben hatte. Da ging es los. Das übliche, dass dieser fernöstliche Diktator wieder mit Atomwaffen spielt und die Welt mit seinen Drohungen in Angst und Schrecken versetzt. Und aus diesen verstreuten Pressemeldungen ist nun innerhalb einer guten Woche eine weltweit zu scheinende Kampagne geworden, die diese atomare Bedrohung zum Thema hat. Es ist ungefähr so wie an einem heißen Sommertag, an dem man am Nachmittag ein kleines Lüftchen spürt und innerhalb einer halben Stunde der Himmel mit schwarzen Wolken überzogen ist und ein irres Gewitter runtergeht. Normalerweise gehen derartige Dinge nicht so schnell in der internationalen Politik, und dieser Fakt beschäftigt uns hauptsächlich." – „Das klingt ja fast so, als hättest du mit Deinem Kommentar da etwas in Gang gesetzt." Linda lachte zu ihren Worten und ich lachte auch: „Das kann ich mir nicht vorstellen, ich als Redakteur in einem drittklassigen Käseblatt ..." – „Stell Dein Licht mal nicht zu tief unter den Scheffel, Papa."

Ich rief anschließend Frau Sandlein an und ließ mir von ihr bestätigen, dass die Experten der Universität tatsächlich am nächsten Tag gegen 10:00 Uhr im Rathaus sein wollten, und sagte ihr zu, rechtzeitig da zu sein.

Nach dem Abendessen klopfte es an die Tür und Elise steckte ihren Kopf herein. Sie begrüßte uns mit ihrem Lächeln und fragte dann Linda: „Na, wie geht es Dir heute?" – „Ach, ganz gut. Manchmal tut es noch an der einen oder anderen Stelle ein bisschen weh, aber das ist nicht schlimm. Heute war die Polizei hier und wollte von mir eine Aussage gegen meinen Vater, weil meine Verletzungen nach häuslicher Gewalt aussehen. Das hat mich ziemlich runtergerissen, weil ich nicht weiß, was ich sagen soll. Die Wahrheit ist so phantastisch, das glauben mir diese Leute sowieso nicht, und als ich sagte, ich sei gestürzt, dann fingen sie sofort an mit häuslicher Gewalt." Elise seufzte, dann sagte sie: „Du musst keine Aussage machen. Du kannst sagen, dass Du keine Angaben machen willst. Dann kann die Polizei nicht viel machen und auch die Staatsanwaltschaft nicht. Du wirst dann wahrscheinlich in einer dieser unsäglichen Statistiken geführt als Opfer häuslicher Gewalt, das sich nicht traut, gegen den Peiniger vorzugehen wegen emotionaler Gebundenheit, aber diese Statistiken sind ohnehin nur Statistiken. Bleibe bei Deiner Geschichte und irgendwann verlieren sie die Lust. Es werden noch einige Organisationen mit Dir sprechen wollen, zum Beispiel „Frauen gegen Gewalt", und Dich gegen Deinen Vater aufhetzen, aber auch das geht vorbei." – „Ich habe übrigens angefangen, Dein Buch zu lesen. Es liest sich ganz gut. Wenn Du noch mehr von der Sorte hast ..." Eine Weile plauderten die beiden über Bücher und verglichen ihre Geschmäcker und Vorlieben miteinander. Ich fühlte mich etwas außen vor, freute mich aber, dass Elise und Linda scheinbar miteinander gut klarkamen. Nach Lindas erster Reaktion, als sie Elise kennen gelernt hatte, war ich etwas in Sorge gewesen. Als bei den beiden mal eine Gesprächspause eintrat, beschloss ich, ein Thema anzuschneiden, das mir immer noch auf der Seele lag: „Ich habe heute Linda den Vorschlag gemacht, ihre Verletzungen Mertin anzulasten. Dass er sie eingesperrt und gefoltert hat. Das stimmt zwar nicht wörtlich, aber sinngemäß ..." – „Papa, ich habe heute Vormittag schon mal gesagt, dass ich das nicht will." Sie wandte sich an Elise: „Wie oder womit soll man einen Menschen wie Mertin bestrafen? Ich vermute,

187

dass er noch nicht einmal weiß, was seine Worte bedeuten, mit denen er diese Zeitreise beschwört." Elise nickte: „Ich glaube, Du hast da Recht. Die Frage ist, welche Strafe ist angemessen." – „Weißt Du, Elise, ich habe auch zwei der Folterer erkannt, es waren der Geschichtenerzähler und der Graf. Ich frage mich heute immer wieder, ob die beiden den Mertin nur als Lockvogel benutzen, um an Opfer für ihre sadistischen Spiele zu kommen. Aber das ist ein bisschen weit hergeholt, weil ja während der Party alle möglichen Leute von Mertin weggebeamt wurden. Mich hat man ja nur dort festgehalten, weil ich dieses Muttermal am Hals habe." Ich merkte, dass sich Linda gerade wieder aufzuregen begann, und sagte: „Ich glaube, wir sollten dieses Thema für heute vertagen. Ich werde es nicht mehr vorschlagen. Ich habe gerade mal nachgedacht und halte meine Idee nicht mehr für so gut, weil wenn die Polizei die Folterkammer sehen will, wie wollen wir denen diesen Raum zeigen? Der existiert ja in einer ganz anderen Zeit." Wir unterhielten uns noch eine ganze Weile, ehe die Schwester kam und Elise bat, für heute Abend zu gehen. Sie verabschiedete sich mit einem keuschen Kuss von mir und mit einer Umarmung von Linda, winkte noch einmal an der Tür und ging. Es war dann eine Weile still, ehe Linda sagte: „Gute Nacht, Papa, und entschuldige, dass ich Deine Idee nicht gut finde." – „Es ist gut, Linda, die Idee war wirklich nicht durchdacht. Schlaf gut."

Zehnter Tag (Mittwoch)

Am nächsten Morgen machte ich mich nach dem Frühstück auf den Weg. Linda schien gut geschlafen zu haben und war am Morgen heiter und guter Dinge. Ich sagte ihr, dass ich spätestens zum Abendessen wieder da sein würde und wünschte ihr einen guten Tag. Ich fuhr erst nach Hause, leerte den Briefkasten, der voll war mit Werbebroschüren und sonstigem Wohlstandsmüll, wechselte meine Kleidung und fuhr dann zur Redaktion. Dort wurde ich wie ein verlorener Sohn begrüßt. Ich besprach mich kurz mit Klaus-Dieter, wärmte mich ein bisschen an Elises Lächeln, sichtete meinen Schreibtisch, sortierte schnell die dort liegende Post und machte mich dann auf den Weg zum Rathaus. Als ich dort gegen 9:50 Uhr ankam, wurde ich von Frau Sandlein in Empfang genommen. Der Bürgermeister sei noch in einer Besprechung und der Besuch aus der Stadt sei noch nicht eingetroffen. Wir plauderten eine Weile über allen möglichen Klatsch, weil ich sie zwar immer wieder als den Vorzimmerdrachen des Bürgermeisters bezeichnete, ich sie aber als ganz sympathischen und zugewandten Menschen kannte, der nur einen Fehler hatte. Sie klatschte recht gern und wusste vielleicht wegen ihrer Stellung über alles und jeden alles und jedes und manchmal noch ein Stückchen mehr. Es sei jedoch hinzugefügt, dass sie über die Interna des Rathauses nie ein Wort äußerte. Bisweilen frage ich mich, ob ihre Klatscherei lediglich ein Ablenkungsmanöver ist. Es war jedenfalls unterhaltsam, in ihrem Büro zu sitzen und mit ihr zu plaudern. Kurz nach zehn Uhr kam der Professor ins Büro geeilt, stellte sich mir mit Professor Doktor Doktor Häberle vom Lehrstuhl für Altersbestimmung an der Universität unserer Kreisstadt vor und sagte: „Sie sind wohl der Entdecker des Skeletts in dem Verlies?" –

„Entdecker ist ein bisschen großartig formuliert. Entdeckt haben das Verlies zwei unserer städtischen Bauarbeiter, der Bürgermeister hat befunden, dass das Verlies geöffnet wird und ich war nur derjenige, der als erster und bisher einziger die Leiter runtergeklettert ist und die Fotos machte. Ich bin Redakteur der hiesigen Zeitung und in dieser Funktion eingeladen worden, den Fund zu besichtigen und darüber zu berichten." – „Ja, das stimmt, das hatte mir Herr Schnitter ja auch erzählt und er hatte mir auch Ihren Beitrag zugeschickt. Ich war natürlich nicht ganz so glücklich über die Reihenfolge der Veröffentlichung, aber das ist ja nun nicht mehr zu ändern gewesen." – „Wieso, hätten wir den Beitrag drucken sollen, ehe das Verlies gefunden worden war?" – „Häh? Nein nein, Es wäre mir nur lieber gewesen, wenn wir uns darauf hätten verständigen können, dass der Beitrag über die Pressestelle der Universität lanciert würde. Dann wäre der Verbreitungseffekt viel höher gewesen." Ich war doch etwas perplex. Soweit ich mich erinnerte, hatten Klaus-Dieter und ich den Bürgermeister bearbeiten müssen, um überhaupt eine Veröffentlichung genehmigt zu bekommen, aber das wollte ich nun nicht ansprechen, zumal sich gerade die Tür zum Büro des Bürgermeisters öffnete und dieser mit einem strahlenden Lächeln auf uns zukam: „Ah, der Herr Professor, guten Tag." Sie schüttelten sich die Hände. „Und Xaver ist auch wieder da, der Vertreter der hiesigen Presse. Hallo Xaver." Auch mir gab er die Hand und klopfte mir dabei auf die Schulter. Er komplimentierte uns in sein Büro und als wir am Tisch Platz genommen hatten, sah er erst den Professor an: „Was wünschen Sie? Kaffee? Tee? Wasser?" – „Ach, einen Kaffee bitte." Und dann an mich gewandt: „Du trinkst Wasser, stimmts?" – „Stimmt." Peter erhob sich noch mal und ging zur Tür, um Frau Sandlein die

Bestellung der Getränke weiterzugeben. Dann setzte er sich wieder und sagte: „Das ist ja schön, dass die Wissenschaft sich so schnell Zeit nehmen konnte, um den aufregenden Fund in unserem Rathauskeller zu begutachten. Ich habe den Bauhof gestern Nachmittag gebeten, heute Vormittag alles bereitzustellen, Leitern, Lampen, Seile und was wir sonst noch benötigen, damit Sie da heute einsteigen können." – „Ja, ich freue mich, dass wir die Möglichkeit haben, hier im regionalen Umfeld einen derartigen Fund zu haben und vor allem, ihn untersuchen zu dürfen. Gerade was die Geschichte dieses Ortes hier anbelangt, gibt es ja einige Ungereimtheiten über die Zeit, bevor der Bischof aus dem hiesigen Erzbistum hierher sein Jagdrevier verlegte. Es gibt ein paar Hinweise in einer – leider nicht sehr zuverlässigen – Quelle über einen Adelssitz aus noch früherer Zeit, aber bis dato gab es keine Bestätigung, die diese Hinweise verifizieren. Mit diesem Fund in Ihrem Keller wissen wir nicht nur, dass da etwas gewesen ist, sondern können möglicherweise sogar bestimmen, aus welcher Zeit das alles stammt." – „Wie genau können Sie das Alter des Skeletts bestimmen?" Die Frage kam von mir, immerhin war ich ja als Vertreter der Presse hier. „Ja, eigentlich schon ganz präzise, wobei es natürlich immer davon abhängt, wie umfangreich die Probe ist, die wir entnehmen und ob die Probe genügend der Substanz enthält, die wir für die Bestimmung untersuchen." – „Sie wenden doch die Radiokarbonmethode an, oder?" – „Ah, der Herr hat sich belesen. Stimmt, wir wenden hauptsächlich die Radiokarbonmethode an, aber es gibt auch noch andere Mittel und Möglichkeiten der Altersbestimmung. Man kann zum Beispiel aus der Diffusion externer Materie in die Knochen über die Zeit einen ziemlich genauen Hinweis darüber bekommen, wie lange die Knochen mit der externen Materie in Kontakt standen.

191

Diese Diffusion hängt natürlich von einer Reihe von Faktoren ab, zum Beispiel der Temperatur, der Luftfeuchte, um welche Materie es sich handelt und so weiter und so weiter." – „Wie lange dauern denn diese Untersuchungen?" – „Ach, das hängt ganz davon ab, mit welcher Priorität wir den Fall behandeln. Wobei ich schon ein sehr großes Interesse an der Sache habe. Wie gesagt, es ist schon spannend, aus dem regionalen Umfeld so einen Fund in die Finger zu bekommen." Zusammengefasst, war es sehr schwer, den Herrn Professor auf eine belastbare Aussage hinzubewegen, aber er schien ganz gut Bescheid zu wissen über die Möglichkeiten, und er schien ganz angetan von der Aussicht, einen Fund aus dem regionalen Umfeld zu untersuchen. Nach einer knappen halben Stunde, als wir uns und das Thema einigermaßen erschöpft hatten, erhoben wir uns und folgten dem Bürgermeister in den Rathauskeller. Ich kannte den Weg ja schon, aber für Professor Häberle war er neu, so machte ich das Schlusslicht. Vor der Tür in die Kammer, in der die beiden Bauarbeiter der Stadt das Loch im Boden entdeckt hatten, standen die beiden und warteten. Wie der Bürgermeister angekündigt hatte, hatten sie bereits alles herabgeschleppt: Eine Ausziehleiter, ein paar Seile, Akkustrahler, ein paar Bohlen. Sie saßen, an die Tür gelehnt, und unterhielten sich. Als sie unser ansichtig wurden, richteten sie sich hastig auf und wischten ihre Hosenböden ab. Das wäre aber nicht notwendig gewesen, weil der Boden in dem Kellerraum wirklich sauber war. Sie begrüßten uns und der Bürgermeister zog einen Schlüssel aus seiner Tasche und öffnete die Tür. Nacheinander traten wir ein. Das Loch im Boden war mit Bohlen abgedeckt, es sah alles so aus, wie ich es vor ein paar Tagen verlassen hatte. Die beiden Bauarbeiter wollten gleich die Bohlen vor dem Loch entfernen, aber der Professor hielt sie davon ab. Er zückte eine Kamera und machte ein paar Bilder von dem Raum und von den Bohlen, die den Boden bedeckten. Dann traten wir zurück an die Wand und ließen die beiden Bauarbeiter vor. Sie rückten ein paar der Bohlen beiseite, sicherten die Leiter mit einer Leine und ließen sie langsam in das Loch hinab, sie dabei immer weiter ausziehend. Da wir das alles schon einmal gemacht hatten und weil wir wussten, was uns unten erwartete, hielt sich beim Bürgermeister und mir die Aufregung in Grenzen, wohingegen Professor Häberle den beiden Bauarbeitern unaufhörlich Anweisungen gab und Fotos machte. Als die Leiter stand, blickten wir uns an. Der Bürgermeister winkte dann dem Professor und sagte: „Bitte schön. Ihnen gebührt die Ehre." Einer der Bauarbeiter hob einen der Strahler hoch, knipste das Licht an und drückte es dem Professor in die Hand: „Hier haben Sie Licht."

Vorsichtig betrat der Professor die Leiter, während ein Bauarbeiter sie an den Holmen festhielt und der zweite mit dem Seil sicherte. Langsam kletterte der Professor hinab, dabei den Strahler mit einer Hand festhaltend. Als er unten war, dauerte es eine Weile, dann kam eine Stimme aus dem Loch: „Wo ist denn nun das Skelett?" Wir rissen die Köpfe hoch, der Bürgermeister, die Bauarbeiter und ich, und starrten uns an. Der Bürgermeister beugte sich über das Loch: „Das muss da unten sein, an der Wand, wo die Kette mit der Schelle befestigt ist." – „Ich sehe die Kette und die Schelle, aber ich sehe kein Skelett," kam es von unten. „Das gibt es nicht, ich habe es doch selbst gesehen," rief der Bürgermeister. Die Leiter zitterte und nach einer Weile tauchten Kopf und Schultern des Professors in dem Loch auf. Er kletterte vorsichtig ganz nach oben und stieg aus dem Loch. „Ich habe alles fotografiert da unten, aber da ist wirklich kein Skelett."

Er wedelte mit seiner Kamera. Der Bürgermeister blickte mich an: „Aber da war doch ein Skelett?" – „Ja natürlich, ich habe es doch fotografiert und anschließend haben wir die Bilder bei Dir auf dem Rechner angesehen. Du hast sie ja sogar gespeichert, wenn ich mich recht erinnere." Man konnte den beiden Bauarbeitern direkt ansehen, wie sie sich bemühten, das Feixen aus ihren Gesichtern rauszuhalten. Der Bürgermeister blickte auf das Loch, schüttelte den Kopf, setzte einen Fuß auf die Leiter und schüttelte wieder den Kopf. Er blickte den Professor an und sagte: „Und da ist kein Skelett unten?" – „Wenn ich es Ihnen sage." Der Professor zückte seine Kamera, schaltete sie ein und wischte ein paar Mal über den Bildschirm. „Hier habe ich die Kette mit der Schelle fotografiert. Sehen Sie, kein Skelett. Ich sah die Fußspuren im Staub, aber kein Skelett." Der Bürgermeister schüttelte den Kopf und blickte mich an: „Xaver, Du bist Dir ganz sicher ..." – „Ich bin mir ganz sicher. Moment." Auch ich zückte meine Kamera und schaltete sie ein. „Jetzt hoffe ich nur, dass niemand die Bilder gelöscht hat. Sie sind zwar bei uns auf dem Server, aber die Kamera wird schon mal bereinigt, insbesondere wenn Karla damit unterwegs war." Ich wischte über den Bildschirm und sagte: „Da schau, die Kette, die Schelle und das Skelett." Ich zeigte das Bild auch dem Professor. Er blickte erst etwas verwirrt und sagte dann: „Und Sie sind sich sicher, dass wir hier im richtigen Raum sind?" – „Nein," sagte der Bürgermeister: „Wir haben mindestens fünf dieser Räume mit drunter liegendem Verlies." Er hob die Hand und ergänzte: „Natürlich sind wir sicher." Er blickte sich um, überlegte und sagte zu den Bauarbeitern: „Nehmt bitte die Leiter wieder raus, deckt das Loch wieder ab und bringt alles raus aus dem Raum." Wir warteten, bis die beiden fertig waren, dann komplimentierte uns der

Bürgermeister aus dem Raum, schloss die Tür wieder ab und wandte sich an die beiden Bauarbeiter: „Und Mund halten, ist das klar?" – „Jaja, wir halten den Mund. Haben wir bisher doch auch." Dann verabschiedeten der Bürgermeister, der Professor und ich uns von den beiden und gingen wieder nach oben in das Büro des Bürgermeisters. Dort setzten wir uns und blickten uns dann etwas ratlos an. „Das ist doch mysteriös", meinte der Professor schließlich. Der Bürgermeister schien schon weiter gedacht zu haben, denn er sagte: „Gut, Skelett oder kein Skelett, was denken Sie denn, könnte man zumindest das Alter des Raumes feststellen? Da war doch noch die Kette und eine Tür. Dann wissen wir zwar immer noch nicht, wohin das Skelett gekommen ist, aber wir wissen zumindest, wie alt dieser Raum ist." – „Das ist eine gute Idee, aber ich habe nun kein Werkzeug dabei, um mir eine Probe von der Kette oder von der Tür zu nehmen. Da muss ich ein andermal wieder kommen." Der Bürgermeister setzte sich an seinen Schreibtisch und sagte: „Nun schaue ich doch mal nach, ob ich die Bilder vom letzten Mal gespeichert habe." Er klickte eine Weile und sagte dann: „Jawohl, ich habe sie. Und hier kann man eindeutig das Skelett erkennen." Er klickte noch ein paar mal und nickte. Dann blickte er den Professor an und sagte: „Könnte ich auch Ihre Bilder …" – „Ungern, höchst ungern. Wissen Sie …" – „Schon gut. Wie machen wir jetzt weiter?" – „Ich sehe mal zu, wann ich mit einem meiner Mitarbeiter wieder herkommen kann, dann machen wir eine genaue Bestandsaufnahme des Raumes und überlegen uns, wie wir die Altersbestimmung durchführen." An diesem Punkt stand ich auf und sagte: „Ich glaube, Ihr braucht mich erst mal nicht mehr. Wenn sich neue Informationen ergeben, wäre ich Ihnen verbunden, Herr Professor, wenn Sie mich im Vorwege informierten und die allgemeine Information erst später rausgeben." Ich verabschiedete mich und machte mich auf den Weg, nachdem ich auch Frau Sandlein „Auf Wiedersehen" gesagt hatte. Mir war etwas eingefallen und mir war siedend heiß, darum musste ich so schnell wie möglich aus diesem Büro raus. Als ich das erste Mal in dem Verlies war, gab es dort ein Skelett mit Brüchen an Bein und Arm. Elise beamte mich in dieses Verlies, weil wir kein anderes Bild eines Raumes jener Zeit hatten, und ich holte Linda aus diesem Verlies, und sie hatte ein gebrochenes Bein und einen gebrochenen Arm. Und nun gab es kein Skelett mehr. Das konnte doch nur bedeuten, dass in einer anderen Raumzeit-ebene Linda mit ihrem gebrochenen Arm und Bein in diesem Verlies gestorben war. Mir schwindelte. Wie ferngesteuert fuhr ich zur Redaktion, stellte mein Fahrrad in den Ständer, schloss es ab und ging in die Redaktion. Dort setzte ich mich erst in meinen Kubus und versuchte, mein Gedankenchaos zu ordnen. Die Tatsache von Zeitreisen war ich noch zu akzeptieren bereit gewesen, aber was ich heute erfahren hatte, ging noch eine Dimension weiter. Nämlich die Wiederholung zeitlicher Abläufe mit unterschiedlichen Ergebnissen. Ich bin nun kein Wissenschaftler und schon gar kein Physiker, aber ich habe mal von dem Spruch Einsteins gehört, dass Gott nicht würfelt, wenn aber das, was ich eben erlebt hatte, wirklich stattgefunden hatte, dann war plötzlich alles möglich geworden und egal, welche Eingangsvoraussetzungen für ein Erlebnis gegeben waren, der Ausgang sich völlig unterschiedlich entwickelte und nicht nur entwickeln konnte, man musste nur genügend Wiederholungen starten, die zeitgleich stattfanden und zufälligen Abläufen folgten.

Ich saß fast eine Stunde wie betäubt in meinem Kubus, raschelte mit dem Papier, klickte durch meine E-Mails, aber meine Gedanken wirbelten immer nur um dieses eine Thema.

Später stand ich auf und ging in Klaus-Dieters Büro. Er saß hinter dem Schreibtisch, hatte unsere aktuelle Zeitung auf dem Tisch ausgebreitet und kritzelte darin herum. Als ich eintrat, blickte er auf und winkte mir, mich zu setzen. Ich nahm auf einem der Stühle ihm gegenüber Platz und sah zu, wie er die Zeitung weiter bearbeitete. Endlich legte er den Stift weg und sagte: „Ich glaube, wir müssen wieder mal eine Qualitätssitzung halten. Ich bin mit einigen Punkten beziehungsweise wie sie sich entwickelt haben, nicht mehr einverstanden. Was führt Dich zu mir? Wie war es im Rathaus?" – „Tja, wie soll ich anfangen? Mit dem Rüffel, den ich von dem Professor Häberle dafür bekam, dass wir die Story veröffentlichten, ohne uns mit ihm abzustimmen?" Als Klaus-Dieter Luft holte, hob ich die Hand, um ihn zu stoppen. „Oder mit dem neuesten Klatsch, in den mich Frau Sandlein einweihte?" Klaus-Dieter holte wieder Luft, und erneut hob ich die Hand, um ihn zu stoppen. „Ich komme schon zum Punkt: Das Skelett ist nicht mehr da." Nun zog Klaus-Dieter die Brauen zusammen und sagte: „Willst Du mich auf den Arm nehmen?" – „Nein nein, und vielleicht hätte ich vorhin nicht so anfangen sollen. Aber das Skelett ist wirklich nicht mehr da. Der Professor war unten im Verlies und hat uns anschließend Fotos gezeigt, von der Kette und der Schelle, die früher um ein Bein des Skeletts geschlossen war, und von meinen Fußabdrücken im Staub, aber dieses Skelett existiert eben nicht mehr. Wir haben vorhin noch mal meine Bilder überprüft und es kann sich auch nicht um eine Verwechslung von Räumen handeln. Das Skelett ist weg." – „Ja, aber wo soll es hingekommen sein?" Ich seufzte und überlegte. Sollte ich Klaus-Dieter einweihen oder riskierte ich, von ihm höchstpersönlich ins Bezirkskrankenhaus in die geschlossene Abteilung gebracht zu werden? Und Elise gleich mit mir, weil sie die Geschichte ja bestätigen konnte. Ich stand auf und schloss die Tür, dann setzte ich mich wieder hin und blickte Klaus-Dieter fest an. „Also, das ist noch nicht alles. Der gesamte Ablauf ist ja so, dass ich beim ersten Mal, als der Zugang zu dem Verlies geöffnet wurde, der einzige war, der da reingeklettert ist und alles gesehen und fotografiert hat. Ich habe zwar dem Bürgermeister hinterher die Bilder gezeigt und ihm auch erlaubt, sie auf seinen Rechner zu laden, aber es gibt keinen Beweis, dass die Bilder nicht schon vorher auf meiner Kamera waren. Nun ist beim zweiten Mal der Professor reingeklettert und hat Bilder gemacht, auf denen zwar der Platz zu sehen ist, auf dem meinen Bildern zufolge das Skelett lag, aber kein Skelett mehr. Aber auch hier wissen wir nicht, ob die Bilder nicht schon vorher auf seiner Kamera waren. Weiterhin wissen wir nicht, ob der Bürgermeister oder sonst jemand aus seinem Umfeld in den letzten Tagen das Verlies manipuliert hat. Der Schlüssel für das Schloss in der Hosentasche des Bürgermeisters kann ja in den letzten Tagen zwischen den beiden Besichtigungen, die ich durchführte, das Schloss noch öfter auf- und zuge-schlossen haben und der Bürgermeister oder wer auch immer kann das Skelett aus welchem Grund auch immer weggeräumt haben, falls da überhaupt ein Skelett existierte, wie ich eben erläuterte. Klaus-Dieter, genau genommen wissen wir gar nichts. Es gibt zwei Momente, die ein paar Tage auseinander liegen, und während dieser beiden Momente wurden ein paar digital gespeicherte Bilder betrachtet, die einmal mit einem Skelett ausgestattet und einmal nicht mit einem Skelett ausgestattet waren. Mehr wissen wir nicht. Der Rest liegt im Dunklen und ich fürchte, da wird der Rest auch bleiben. Ich glaube noch nicht einmal, dass es besonders schlau ist, über diese Sache noch weiter zu berichten. Logische Erklärung siehe das eben gesagte." – „Huh, das war mir nun fast ein bisschen zu schnell, aber ich glaube, die wesentlichen Zusammenhänge habe ich erfasst. Und was schlägst Du nun vor?" – „Wir warten, ob und wenn sich der Professor wieder meldet und uns etwas zum möglichen Alter des Verlieses erzählt, dann veröffentlichen wir genau das: Dass das Verlies so und so alt ist, festgestellt durch Professor Doktor Doktor Häberle vom Lehrstuhl für Altersbestimmung der Universität unserer Kreisstadt." – „Okay, gut, das klingt vernünftig. Und, Xaver, hast Du da etwas manipuliert?" – „Klaus-Dieter, egal welche Antwort ich Dir gebe. Was glaubst Du und was glaubst Du mir?" – „Dann sind wir nun beim Glauben und Vertrauen angekommen. Sollen wir unsere Zeitung in ein religiöses Traktätchen umwandeln?" Wir beide lachten und ich war froh darüber. Dann verabschiedete ich mich von ihm und besuchte Elise, weil ich es nicht erwarten konnte, ihr das neueste zu erzählen. Sie kannte ja alle Hintergründe und war daher kaum überrascht über die Geschichte, die ich aus dem Rathaus mitbrachte. Wir unterhielten uns noch eine Weile über die Optionen, die aus diesem Erlebnis erwuchsen, und vereinbarten uns für den Abend bei Linda im Krankenhaus.

Dann ging ich wieder zu meinem Kubus, schaltete meinen Rechner ein und vertiefte mich in meine Tagesarbeit. Die atomare Gefahr nahm einen immer größeren Raum im internationalen Nachrichten-geschehen ein. Immer hitziger wurden die Debatten zwischen den Regierungen der Supermächte, die zwar auf der einen Seite heuchlerisch ihre Kooperation zur Eindämmung des Risikos aus Fernost beteuerten, sich aber gleichzeitig Schlammschlachten über ihre gegenseitigen Betrügereien lieferten, was den tatsächlichen Besitz von Atomwaffen und vor allem den einschlägigen technologischen Systemen anbetraf. Ich glaube, ich hätte an diesem Tag das dreifache meines Seitenkontingents mit Texten füllen können, was diese Punkte anbelangte. Dazu kamen dann noch das eine oder andere Land, das jahrelang als Entwicklungsland riesige Geldströme für Aufbaumaßnahmen erhalten hatte und plötzlich auch mit der einen oder anderen Rakete rumwedelte, mit der es sich an dem allgemeinen Aufruhr beteiligen konnte. Und überall die Vorwärtsstrategen, die eine Lösung der Konfliktsituation nur in einem Erstschlag sahen. Ich versuchte, die Vielfalt der Informationen in Form von Berichten, Reportagen, Kommentaren und Dokumentationen zu ordnen und auf ein Maß herunterzustutzen, dass unsere fränkischen Leser es verdauen konnten. Als ich lange nach dem üblichen Feierabend meine Texte an Klaus-Dieter und Heiner schickte, war ich gerädert und müde. Elise hatte sich vor zwei Stunden verabschiedet und die Redaktion war still, als ich sie anrief, dass ich fertig sei, dann meine Jacke anzog und nach Hause radelte. Ich zog mich noch einmal um und wartete auf Elise. Sie wollte mich abholen und wir wollten gemeinsam ins Krankenhaus zu Linda fahren.

Auf dem Weg dorthin diskutierten wir noch einmal den Vorfall im Rathaus und kamen auf ähnliche Schlüsse, dass nämlich nichts mehr feststand und alles möglich war, wenn meine Tochter ein paar Tage vorher noch als Skelett in einem Verlies verschmachtet war und nun durch eine Zeitreise bedingt, bei der ich die Tochter auch durch eine Zeitreise vom frühen Tod bewahrte, plötzlich weiterleben durfte.

Wir erreichten das Krankenhaus rechtzeitig zum Abendessen. Dort bekam ich von der Schwester einen ziemlichen Rüffel, weil ich mich zum Mittagessen nicht abgemeldet hatte, und dass es mir trotzdem in Rechnung gestellt würde. Linda wirkte etwas bedrückt, als wir ankamen, aber im Lauf des Abends war sie wieder sie selbst in ihrer heiteren Art.

Ich erzählte Linda von meinem Erlebnis im Rathaus und sie war ziemlich schockiert von der Vorstellung, dass eine andere Version von ihr den Aufenthalt in diesem Verlies nicht überlebt hatte. Wir diskutierten eine Weile über das Phänomen von parallel vorhandenen Raumzeitverhältnissen. Dann drehte sich das Gespräch in Richtung der atomaren Gefahr, und da erkannte ich nach kurzer Zeit auch, warum Linda eingangs so bedrückt war: „Papa, wie sicher bist Du Dir denn mit all den Informationen, die Du während der letzten Tage über die Zunahme der atomaren Gefahr auf der Erde zusammengetragen hast." – „So sicher wie man sich halt sein kann, wenn man von mehreren verschiedenen Presseagenturen Texte mit sinngemäß identischem Inhalt erhält. Es ist nun nicht so, dass jede Presseagentur ihre eigenen Rechercheure vor Ort hat, und in Staaten wie dieser kleinen Diktatur in Fernost ist es ohnehin schwierig, überhaupt an Informationen ranzukommen, aber neben den Presseagenturen für die allgemeine Berichterstattung gibt es ja auch noch die ganze Riege der Geheimagenten, die über ganz andere Mittel und Kanäle verfügen, an Informationen zu gelangen, und die Entscheidungen, die eine Supermacht wie Amerika oder Russland trifft, beruht weniger auf den Recherchen eines Presseagenten als auf den Informationen, die ihm seine eigenen Agenten zuspielen. So kann ich mir nur ein Gesamtbild basteln und versuchen, Diskrepanzen auszumerzen und Übereinstimmungen aneinanderzufügen, um für meinen Leser einen glaubwürdigen Text zu erzeugen." – „Dann finde ich es schon ziemlich vergeudet, wenn ich nun aus den Klauen der Hexenjäger entkommen bin, um im Endeffekt von einem Irren gegrillt zu werden." – „Zum Einen glaube ich nicht, dass es hier zu einem echten atomaren Zwischenfall kommt, dazu sind die Mehrzahl der Entscheidungsträger am Ende doch zu vernünftig, und zum Andern denke ich, dass das Sterben, das Dir bei den Hexenjägern gedroht hätte, erheblich unangenehmer gewesen wäre." Elise warf an dieser Stelle ein: „Ihr beide habt ja ein erbauliches Thema heute Abend." Linda schüttelte den Kopf und meinte: „Es bringt aber doch nichts, so zu tun, als sei die Welt in Ordnung, wenn in Wirklichkeit nichts in Ordnung ist." Sie wandte sich mir zu: „Papa, Ihr beide habt doch bewiesen, dass es möglich ist, sich frei in der Zeit zu bewegen. Was hältst Du davon, wenn Dich Elise in die Zukunft beamt und Du mal nachsiehst, ob der atomare Schlag tatsächlich erfolgt ist?" Elise und ich schüttelten gleichermaßen und vehement den Kopf: „Nein, Linda, das ist keine gute Idee. Mir wäre überhaupt nicht wohl bei dem Gedanken, die Fähigkeit zu haben und zu nutzen, das globale Geschehen maßgeblich beeinflussen zu können, indem ich in der Zeit hin und her jette und hier und dort Korrekturen anbringe. Ich glaube nicht, dass die Zusammenhänge auf der Erde so simpel sind, dass ein Mensch imstande ist, auch nur annähernd für eine rechte Ordnung zu sorgen." Elise ergänzte: „Ich glaube, wir müssen an dieser Stelle einfach Vertrauen haben in den Überlebenswillen der Menschheit als Ganzes, auch wenn Einzelschicksale an der einen oder anderen Stelle zu kurz kommen mögen."

Epilog

Bis dato ist kein atomarer Erst-, Zweit- oder sonstwas Schlag erfolgt. Die Säbelrassler dieser Erde werden zwar nicht müde, sich auf ihre Primatenbrust zu trommeln und solcherart echte oder vermeintliche Feinde einzuschüchtern zu versuchen, aber insgesamt ist der Wahnsinn wohl ausgewogen genug, dass weitgehend Frieden herrscht.

Linda zog mit mir nach einigen Tagen aus dem Krankenhaus in unsere Wohnung. Ihre körperlichen Wunden heilten sehr schnell, Dr. Meier fand den Heilungsprozess nahezu beängstigend, aber die seelischen Wunden haben sehr lange gebraucht, bis die Narben einigermaßen belastbar waren. Sie konnte monatelang nur mit Licht schlafen und fürchtet sich heute nach Jahren noch vor der Dunkelheit. Von ihrem ersten selbst verdienten Geld bezahlte sie eine kosmetische Operation und ließ das Muttermal an ihrem Hals entfernen. Elise wurde zu einem festen Bestandteil unseres Lebens, was natürlich gegenseitig ist, so dass ich mich heute wieder in einer kleinen friedvollen Familie befinde; Ehrgeiz wird bei uns allen dreien nicht sehr groß geschrieben.

Was das weitere Schicksal Mertins betrifft, so zählte Wachtmeisterin Schönhuber eins und eins zusammen, kam ganz richtig auf drei und lud ihn noch mal zum Gespräch. Nachdem Linda wieder aufgetaucht war, meinte sie zu wissen, was mit ihr geschehen war, und es konnte sich entweder nur um häusliche Gewalt drehen oder um die Tat eines Sadisten. Erst einmal in der Mühle der Justiz gelandet, bestätigte Mertin nach gebührender Mühe durch die Polizei die verurteilungsnotwendige Version der Geschichte, die letztendlich zu einem angemessenen Strafmaß führte und ihn auf eine Weile hinter Gitter brachte. Inwieweit er als Bestrafung die selbe oder eine vergleichbare Qualität an Qualen litt wie Linda, als sie im Verlies an die Wand gekettet war und ohne Hoffnung auf Rettung siechte, mag jeder für sich entscheiden, der der Meinung ist, Schuld und Sühne angemessen wägen zu können.

Der Graf und der Geschichtenerzähler treiben sich wohl nach wie vor auf den Mittelaltermärkten herum, der eine, um für Ordnung zu sorgen, der andere, den Leuten Moritaten aus dem Leben zu erzählen. Wer oder was die beiden treibt, bleibt dabei im Dunklen und ist auch nicht wirklich wichtig für diese Geschichte.